Knaur

Über die Autorin:

Katryn Berlinger war mehrere Jahre lang Direktionsassistentin, bevor sie Literaturwissenschaft und Systematische Musikwissenschaft studierte. Nach dem Magister baute sie das Lektorat eines Schallplattenunternehmens in Hamburg auf. Einige Jahre später tauschte sie dann den Beruf gegen ihre Familie ein. Heute lebt und arbeitet sie als Schriftstellerin in Norddeutschland.
Erster Roman »Mit dem falschen Mann fing alles an« (Econ TB)

Katryn Berlinger

Villa Bernstein

Roman

Knaur

Besuchen Sie uns im Internet:
www.knaur.de

Originalausgabe 2002

Redaktion: Gisela Menza
Umschlaggestaltung: ZERO Werbeagentur, München
Umschlagabbildung: Quirin Leppert, München
Satz: Ventura Publisher im Verlag
Druck und Bindung: Nørhaven Paperback A/S
Printed in Denmark
ISBN 3-426-62146-0

5 4 3 2 1

I

An einem heißen Freitagnachmittag ließen Alisa und Henrik ihre Büros in Hamburg hinter sich und fuhren mit kleinem Koffer und leerem Picknickkorb an die Ostsee. Die überraschend leere Autobahn schien ihre spontane Idee zu belohnen.

Seit zweieinhalb Jahren waren sie glücklich verheiratet. In einem Crashkurs für Wirtschaftsenglisch hatten sie sich kennen gelernt. Sie sollte ihm bei einem Rollenspiel einen supergenialen Büroroboter schmackhaft machen, er sollte Gründe dagegen bringen. Die Anstrengung, die richtigen Vokabeln zu finden, führte schnell zu witzigen Umschreibungen und noch witzigeren Repliken. Keine Frage, sie waren sich auf Anhieb sympathisch – und dies war ihr erster Flirt.

Damals ein Freitag – heute ein Freitag. Mit dem Unterschied, dass vor zwei Jahren der Winter tobte, heute aber über dreißig Grad draußen herrschten. Und natürlich gab es jetzt auch keinen Schulungsleiter wie diesen Tom Sharidon, diesen kauzigen Amerikaner, der sich damit gebrüstet hatte, bereits eine Woche nach dem Mauerfall DDR-Wirtschaftslenker in Ostberlin unterrichtet zu haben.

Sharidon mochte Alisa, nicht aber Henrik. Verständlich, denn als er mitbekam, dass sie ein Paar geworden waren, konnte er seine Eifersucht nicht mehr verbergen. Bis in die ungerechtfertigt schlechten Noten in Henriks Zeugnis hinein war das zu spüren.

Zum Abschied war dieser Sharidon sogar so dreist, dass er Alisa beiseite nahm und zu ihr sagte: »Whenever you want, come and see me in Chicago. Your English is excellent. I am sure that some of my friends could offer you interesting jobs. See the world, have fun, get some money! He is not the right guy for you!«

Sie hatte es Henrik nie erzählt. Dafür liebte sie ihn einfach viel zu sehr. Das Schicksal hatte ihr nun einmal die Chance auf Liebe zuerst geboten und nicht die Chance auf Karriere. So sollte es sein, und so war es gut.

Alisa warf Henrik einen glücklichen Blick zu. Er war ein Muster an Beherrschung. Obwohl die Autobahn fast frei war, raste er nicht. Dabei hätte es gut zu ihm gepasst.

Henrik sah mit seinen dreiunddreißig Jahren, seinem durchtrainierten Körper und dem sexy Dreitagebart eigentlich wie ein Dressman aus. Nach der Wende hatte er rasch im Westen Fuß gefasst und arbeitete jetzt als Controller bei der BP in Hamburgs City Nord. Seine vollen Lippen verbargen einen – wirklich – nur leicht schrägen Schneidezahn, was Alisa gleich beim ersten Date erregt hatte. Sie fand es einfach erotisch, wenn Henriks Zungenspitze zwischen Lippe und Zahn spielte. Für sie zum Verrücktwerden!

Sie selbst war achtundzwanzig und hielt sich für durchschnittlich. Henrik sah es glücklicherweise anders.
»Du hast die niedlichsten Grübchen der Welt, den knackigsten Po, die schönste aller großen Nasen, und wenn du mir mit deinen langen braunen Strähnen die Brust kitzelst, machst du mich damit so an, dass ich dich von oben und unten gleichzeitig auffressen möchte.«
»Und meine blauen Augen?«, fragte sie einmal anklagend. »Die gefallen dir nicht?«
»So gut wie die von Catherine Zeta Jones«, schwärmte er. »Und so schön wie die meiner Mutter.«
Klar, das war ein Scherz. Aber Henrik liebte sie. Er war ein beständiger Typ. Und auch wenn er mal anderen Frauen nachguckte, zog er anschließend immer denselben Vergleich: »Toll – aber der Pfeffer fehlt. Und du weißt ja, dass ich es gerne scharf mag.«
Mit ihrer Arbeit waren sie beide zufrieden. Und seit Henrik bei der BP war, träumten sie von einem Häuschen im Grünen.
»Klar, mit Blick aufs Meer, Kamin und alten Rosen. Gibt's auch an der Ostsee. Und deshalb spielst du ab morgen Lotto.«
»Und wenn ich nicht gewinne, was dann?«, meinte Alisa.
»Dann muss ich mal meinen Stammbaum durchgehen. Vielleicht stolper ich dabei ja zufällig über eine gaaanz alte Tante in den USA.«
»Und wenn die alte Tante nicht in den reichen USA, sondern im armen Rumänien lebt?«
»Dann fangen wir mit einer Blockhütte an. Ich hab da im Übrigen schon lange einen Plan … Bekanntlich erspart die Axt im Haus den Zimmermann.«
Alisa war bei Henrik auf alles gefasst. Hatte er etwa schon mehr als eine Idee? Zuzutrauen war es ihm. Alisa ver-

suchte sich auszumalen, wie man eine Blockhütte einrichten könnte. Es fiel ihr schwer. Irgendwie schweiften ihre Gedanken immer wieder ab.
Ach was, sagte sie sich, unsere Wohnung am Lattenkamp tut es doch. Immerhin brauchen wir bloß zehn Minuten bis zur Alster. Mit Vergnügen erinnerte sie sich daran, wie es ihnen beiden gelungen war, ihr Singlemobiliar zu einem praktischen und originellen Stilmix zu vereinen. Henriks Ausrüstung ging noch auf IKEA zurück, Alisas Küchenmöbel, Bett und Regale waren irgendwas Dänisches. Daneben hatte sie ein pseudobarockes Flohmarkttischchen eingebracht und er einen dunkel gebeizten Vitrinenschrank aus der Gründerzeit. Klar, dass jeder irgendwie Federn lassen musste, aber im Laufe der Zeit wuchs alles harmonisch zusammen. Eure Wohnung hat Stil, fanden sogar ihre Eltern. Richtig stolz waren sie auf den gigantischen amerikanischen Kühlschrank. Und wenn Henrik samstags an ihrem megageilen Gastronomieherd aus Edelstahl kochte, gab's von den Freunden regelmäßig neidische Bemerkungen.
Im Moment war also alles gut. Noch mehr wäre Luxus pur. Die Nacht verbrachten sie in einer kleinen Pension. Gleich nach dem Frühstück ging es an den Strand, mit Badetasche und auf dem Markt aufgefülltem Picknickkorb.

Flach auslaufend rollten die Wellen mit schmalen Schaumkrönchen an den breiten feinkörnigen Sandstrand. Die Sommersonne stand schon tief über dem Land, aber sie hatte noch genug Kraft, Alisas Rücken zu wärmen. Henrik, die Schirmmütze nach hinten gedreht, saß neben ihr und zog genüsslich an einer langen Schnur. Vor Stunden hatte er das eine Ende um den Hals einer

Weißweinflasche gebunden, die seitdem im Ostseewasser lag. Das rote Herz eines Luftballons markierte die Kühlstelle und tanzte auf dem Wasser. Hinter ihm erstreckte sich bis zum Horizont das dunkle Blau der See, die unter den Strahlen der Abendsonne mit unendlich vielen gleißenden Flecken bedeckt war.

Endlich war es so weit. Als würde er dabei meditieren, zog Henrik die Flasche Zentimeter um Zentimeter aus dem Meer – der Luftballon taumelte im Wind.

Junge und alte Paare spazierten am Strand entlang, die einen mit Schuhen in der Hand, die anderen mit um die Schulter gehängten Pullovern. Es wurde geplaudert, geraucht und fotografiert, Kinder tollten herum, suchten Muscheln oder erschreckten Möwen. Ein struppiger Hund sprang hechelnd über Alisa hinweg, doch vor der Flasche und dem Luftballon stoppte er so abrupt, dass der Sand aufspritzte. Neugierig beschnupperte er das kuriose Objekt, schien Henrik dabei anzulachen und schnappte verspielt nach dem Luftballon. Henrik gab ihm einen leichten Klaps – Tropfen sprühten umher, es roch nach nassem Fell und Salzwasser.

»Tschuldigung, das ist Tobi. Und der ist immer so«, sagte ein kleines Mädchen in hochgekrempelten Ringelhosen und dutzenden von gerollten Haarschnecken mit bunten Spangen um den Kopf.

»Er ist wohl genauso alt wie du?«

Alisa neigte den Kopf und krauste die Stirn.

»Wie soll denn das gehen?«, entgegnete das Mädchen entrüstet und schaute Alisa mit seinen dunkelbraunen Augen selbstbewusst an. »Er ist doch gerade erst eins geworden.«

»Na, ich dachte, ein Hundejahr sind sieben Menschenjahre«, sagte Alisa schmunzelnd.

»Stimmt. Dann bin ich ein Jahr älter!«, meinte das Mädchen lachend und lief weiter.
Alisas Blick verlor sich in der Ferne.
Das Mädchen war so süß.
Henrik mochte Kinder. Sagte er zumindest. Aber näher darüber gesprochen hatten sie noch nie. Bestimmt wäre er ein wundervoller Vater.
»Wenigstens etwas kühl«, murmelte Henrik zufrieden, als er die Flasche von der Schnur losband und den Korkenzieher in den Korken drehte. »Aber lieber ein nicht ganz exakt temperierter Weißwein am Strand als Champagner im Büro.«
Henrik stand auf und nahm die Flasche zwischen die Füße. Doch selbst nach Aufbietung aller Kräfte bewegte sich der Korken keinen Millimeter. Er steckte fest, als wäre er mit dem Glas verwachsen.
»Ach, und wenn schon«, sagte Henrik.
»Hat meinem Helden letzte Nacht etwa irgendwas die Kraft weggezaubert?«
»Letzte Nacht? War da was?«, fragte Henrik scheinheilig und band, als wäre es das Selbstverständlichste der Welt, das Schnurende um das Mittelbändchen von Alisas Bikinioberteil. Das andere Ende der Schnur wurde wieder an der Flasche festgemacht, und zusammen mit dem Luftballon trug er sie erneut ins Wasser.
»Bin gleich wieder da, mein Schatz.«
Glücklich sah Alisa ihm zu, wie er am Wasser nach einem Stein suchte. Dabei atmete sie tief die jetzt leicht nach Tang riechende Seeluft ein und blinzelte ein paarmal in den Himmel. Als sie sich umdrehte, stand die Sonne in tiefem Orange hinter den Kiefern der Promenade.
Es war fast zu schön. Wenn es Glück gibt, dachte Alisa, dann ist das, was du hier gerade erleben darfst, Glück.

Halte es fest. Sie schaute in ihre Hand und ballte sie langsam zur Faust. Da ist jetzt dein Glück drin, sagte sie sich. Aber was passiert, wenn du die Faust wieder aufmachst? Fliegt es dann davon?
Alisa konnte sich eines Schauers nicht erwehren. Der Wind – blies er wirklich kälter, oder war das nur Einbildung?
»So.« Henrik kam mit einem großen weißen Kiesel zurück.
Alisa spürte die Kraft, die er ausstrahlte, seine Lebensfreude. Trotz des langen Tages am Strand roch er immer noch ein wenig nach Sandelholz. Alisa bekam Lust, ihn auf der Stelle zu vernaschen.
»Man muss sich eben zu helfen wissen«, brummte Henrik vergnügt. »Der Stein, der Weißwein und ich.«
Nach wenigen kräftigen Schlägen auf den Korkenzieher bewegte sich der Korken. Alisa schmiegte sich an Henrik und streichelte ihm die breiten Schulterblätter.
»Ein Mann für alle Lebenslagen«, schnurrte sie und knabberte an seinem Ohrläppchen.
»Hm – für Lagen aller Art!«
»Ich hoffe, auch für Dünenlagen«, hauchte Alisa.
Nach dem letzten Schlag spritzte der Weißwein heraus. Henrik steckte den Finger in den Flaschenhals und hielt die Flasche schräg. Alisa stand mit einem Glas bereit. Mit einem blubbernden Schwall ergoss sich der Wein ins Glas. Und der Korken schwamm unschuldig wie ein Spielzeug in der Flasche.
»Auf uns!«, flüsterte Henrik.
Aug in Aug tranken sie einander zu.
Alisa brach das Baguette in Stücke. Dazu gab es schwarze und grüne Oliven, die sie mit kleinen Holzspießen aufpickten. Zwei Hühnchenschlegel und ein paar Käsehäppchen

rundeten das Mahl ab. Glutrot ging die Sonne in ihrem Rücken unter. Das Meer plätscherte nur noch, der Wind hatte sich gelegt.
Nach einer Stunde hatten sie den Strand für sich allein. Die Flasche war geleert, und der Korken lag gestrandet auf dem gläsernen Flaschenboden. Alisa wickelte sich in einen wadenlangen Pareo. Ihr langes Haar fiel weich über die Schultern. Sie fühlte sich leicht und schön.
Nach einem Stück am Wasser entlang bogen sie in die Dünen ab. Es wurde wärmer, fast stickig. Das Dünengras kitzelte Alisa unter den Füßen. Irgendwann blieb sie stehen, und Henrik drehte sich um. Der Himmel war jetzt samtig dunkelblau. Nicht mehr lange, und die ersten Sterne würden zu sehen sein.
»Hier«, flüsterte Alisa.
Sie standen in einer kleinen Dünensenke, geschützt wie in einer Burg.
Lange standen sie da und küssten sich. Henrik wurde immer erregter. Und auch sie wollte ihn jetzt ganz haben. Alisa ließ sich nach hinten fallen, sich den Pareo von den Hüften zerrend. Henrik küsste sie, verwöhnte sie. Als sie es nicht mehr aushielt, zog sie Henrik über sich und umspannte seine Hüften, die sich wie glattes Ebenholz anfühlten. Es war wie ein Sternschnuppenregen der Lust. Noch nie war es so schön gewesen.
Alisa hätte weinen können vor Glück. Als sie in den Himmel schaute, spannte er sich wie ein mit glitzernden Perlen besetztes Fischernetz über sie.

Die Glocken von St. Petri und St. Jacobi schlugen zwei Uhr. Alisa saß mit einem wackersteinschweren Big-Mac im Bauch vor ihrem PC und ließ das Rechtschreibkonverter-Programm die Briefe vom Vormittag checken. Alte

Rechtschreibung – neue Rechtschreibung. Dr. Spengler, ihr Chef, bestand darauf. Da war er pedantisch. Was ihn nicht hinderte, sich jedes Mal von neuem darüber aufzuregen, dass aus dem »Kompromiß« ein »Kompromiss« geworden war.

»Denn 'ne Miss ist eine Frau. Ein Kompromiß aber bezeichnet stets die Unfähigkeit, sich durchzusetzen.«

Alisa schaute aus dem Fenster. Dr. Spengler war noch nicht von der Mittagspause zurück. Sie konnte es also ruhig angehen lassen. Dieser 4. März mit seinem grauen Himmel war bald geschafft.

Wenn bloß die Füße endlich warm würden. Konnte der Frühling nicht mal ein bisschen schneller kommen? Mit Sonne, Licht und Wärme? Oder gab es die lachenden Frühlinge nur in den Bilderbüchern aus der Kindheit?

»Wahrscheinlich«, sagte sie gedankenverloren und schaute auf den Bildschirm. »Jawoll, ›daß‹ mit ss.«

Cora kam. Ihre Kollegin. In einer Wolke aus Zimt, Vanille und Jasmin. Ihr neuer aphrodisierender Duft. Cora gab ein Viertel ihres Gehalts für Parfum aus.

»Himmel! Pass doch auf!«, rief Alisa, als ihr Schreibtisch erzitterte.

Doch da war es schon passiert. Cora Möller, ihre Assistant-Secretary, war mit solcher Wucht gestolpert, dass der Kaffeebecher umkippte und sich über die Tastatur ergoss. Und als ob das nicht reichte, musste Alisa auch mit ansehen, wie ihre offene Handtasche kopfüber in den Papierkorb stürzte.

»Cora, du magst gut riechen, aber wenn's ums Gucken geht, musst du noch üben.«

»Ach ja! Dann stell du deinen blöden Weinkarton aber auch so hin, dass man ihn sieht! Mensch, immer du und dein Wein!«

»Mein Wein, meine Tastatur. Hier, nix geht mehr!« Alisa drückte die nächstbeste Taste. »Ruf den Service an.«
»Quatsch«, sagte Cora und rieb sich mit Leidensmiene den Oberschenkel. »Ich zahl dir ’ne neue Tastatur. Kostet um die fünfzehn Euro. Du kannst dich ja mit einer von deinen Flaschen revanchieren.«
»Schon gut. Typisch, heute ist eben Mittwoch«, lenkte Alisa ein. »Mittwoch war schon immer mein Unglückstag.«
»Ah, jetzt kapier ich! Deshalb der Wein, wie?«
»Nein. Aber Essen ohne Wein ist für uns eben einfach so fad wie ungesalzene Hühnersuppe.«
»Oh, für uns«, sagte Cora schnippisch, doch es klang auch traurig.
Alisa schaute sie erwartungsvoll an. Noch eine Spitze? Was konnte sie dafür, dass Cora trotz Parfum und – wie sie ihr mal verraten hatte – Dessous der anspruchsvollen Art keinen vernünftigen Mann fand. Deswegen hatte ihr Freund sie bestimmt nicht im zweiten Monat sitzen gelassen. Coras zweite Abtreibung. Dabei wünschte sie sich so sehr Kinder. Es war schon tragisch.
»Tut’s noch weh?«, fragte Alisa, stand auf und ging in die Büroküche, wo sie von der Zewa-Rolle einen knappen Meter Papier abriss.
»Weh?«, rief Cora ihr hinterher. »Das war ein echter Body-Shock.«
Die Tür ging auf. Cora straffte sich.
Der Chef.
Er rauschte herein wie ein Wasserfall und warf weit ausholend Mantel und Schal auf den Besuchersessel.
»Haben Sie aber gute Laune, Herr Dr. Spengler«, sagte Alisa. »Es ist doch erst Mittwoch.«
»Für Sie, Frau Ganzow«, kam die schnodderige Antwort. »Für mich ist Freitag. Ich fliege nachher nach Teneriffa.«

»Neid!«, rief Cora.
»Schön wär's. War nur ein kleiner Scherz. In mein Büro allerdings dürfen Sie mitfliegen, Cora. Und zwar gleich. Ich muss nämlich was loswerden.«
Alisa brachte schnell die Sache mit der Tastatur zur Sprache. Dr. Spengler murrte ärgerlich.
»Ich hab das schon mit Cora geregelt. Keine Angst. Bin in einer halben Stunde zurück.«
»Von mir aus. Wenn's unbedingt jetzt sein muss.«
Dr. Spengler richtete seine Gedanken auf Wichtigeres. Er stelzte in sein Büro, das Jackett am kleinen Finger, die Ärmel hochgekrempelt, die Krawatte gelockert. Er liebte derartige Business-Man-Auftritte und war Alisa nicht zuletzt deswegen unsympathisch. Von der Statur her glich er eher einem kurznackigen Ringer, der auf einem Management-Seminar gelernt hatte, smart aufzutreten. Dazu schillerten seine olivbraunen Augen oft so ironisch und kalt, dass Alisa versucht war zu glauben, in Wirklichkeit nichts als eine Marionette für ihn zu sein.
Cora hatte ihm gegenüber ein dickeres Fell, aber wahrscheinlich auch bloß, weil sie sich geschmeichelt fühlte, dass ihr Chef kaum etwas lieber tat, als ihr zu diktieren. Denn Dr. Spengler verabscheute einsames Sprechen. Er brauchte weibliche Präsenz. Cora war bestens für seine Diktatorgien gerüstet. Ihr Schreibbüro zierten ein halbes Dutzend erste Preise des Deutschen Stenographenvereins. Für sie war es Sport. So ein Stenogramm baue echt Wut ab, behauptete sie gerne. Steno halte sie in der Mitte zwischen Denken und Automatismus. Dabei sei sie in einer Art Trance, dies aber hochkonzentriert. Die einzig wirkliche Meditationsübung, die es für sie im Büro gab.
Alisa war wieder allein. Das Fax surrte. Irgendwelche

Zahlenkolonnen, dazu ein paar Bemerkungen vom Assistenten des Vorstands.

Ach ja, die Handtasche! Sie lag noch immer kopfüber im Papierkorb. Alisa seufzte und begann den Papierkorb durchzuwühlen. Zum Glück war niemand erkältet und auch keine Bananenschale drin. Also, Feuerzeug und Aspirin. Ganz unten klirrte der Hausschlüssel, und da lag auch das Handy. Dazwischen fanden sich Lippenstift und Kosmetikproben wieder. Was war das? Ein Kondom. Alisa schmunzelte. Henrik kam ohne aus. Und sie ohne Pille und Spirale. Sollte sie das Ding also gleich im Abfall lassen?

»Du hebst ja doch immer alles auf«, begann sie ein Selbstgespräch. »Sonst könntest du die Kaugummis und das Uralt-Mundspray ja auch entsorgen.«

Alisa fischte noch die Tempos heraus, den Parker-Kuli, den Brigitte-Kalender und zuletzt den kleinen blauen Brief, den ihr die Postbotin heute Morgen in die Hand gedrückt hatte. Richtig – eine gewisse Wanda Wiegand hatte ihr geschrieben. Alisa erinnerte sich dunkel, diesen Namen schon einmal gehört zu haben. Irgendwer aus der Familie. Adresse und Absender waren jedenfalls mit steilen Buchstaben geschrieben, sehr akkurat. Unzweifelhaft war dies die Schrift einer schon älteren Frau. Aber sie musste doch los, die Tastatur kaufen.

Ach was, zwei Minuten hast du noch.

Alisa riss den Umschlag auf und las die wenigen Sätze, die mit blassblauer Tinte auf blassgelbes Papier geschrieben waren.

> »... ist es an der Zeit, dass wir uns endlich kennen lernen. Ich bin nächste Woche wegen der Picasso-Ausstellung in Hamburg. Wenn es deine Zeit er-

laubt … usw. … denn es gibt da etwas,
das mir am Herzen liegt.
Liebe Grüße, Wanda«

Das klang spannend. Alisa hätte gerne die Ruhe gehabt, diesen wenigen Zeilen nachzusinnen, doch selbst noch durch die gepolsterte Zwischentür dröhnte Spenglers kraftvolle Stimme. Er diktierte mal wieder mit Leidenschaft.
Alisa stopfte den Brief in die Handtasche und eilte zur Garderobe.
Eine Tastatur musste her. Für Windows 98 und mit Programmschnellstart über den Nummernblock.

Henrik war bereits zu Hause. Er saß frisch geduscht in einer Art baumwollenen Kaftan vor seinem Laptop.
»Hm – das ist was Feines«, sagte er. »Guck dir diese Kurven an.«
»Wie bitte?« Alisa stürzte zur Couch. Henrik grinste. Ein neuer Bildschirmschoner: Mädchen nackt und halb nackt, schwarz-weiß. »Geht ja noch«, sagte sie halb böse, halb belustigt. »Sollte ich dich allerdings auf ›thehun.net‹ erwischen, dann, mein Gutster …«
»Woher kennst du …?«
»Cora. Die hatte mal, während Spengler eine Diktat-Pinkelpause einlegte, in seinem Verlaufsmenü spioniert. Nach dem Diktat haben wir uns dann die Freiheit genommen …«
»Und?«
»Cora meinte nur, der Spengler tue ihr Leid. Denn wer auf das stehe, was da gezeigt wird, der könne alles Normale ja unmöglich noch genießen.«
»Aha«, sagte Henrik gedehnt. »So psychologisch denkt

die moderne Frau! Der moderne Mann dagegen ist ein fixer Praktikus. Guck mal in die Küche!«
Alisa stieß einen Jubelschrei aus. Der Tisch war gedeckt, und in seiner Mitte standen in den vier handbemalten spanischen Lieblingsschüsselchen je vier Tüten mit dem Aufdruck eines Feinkostgeschäfts. Und im noch warmen Backofen lagen zwei aufgebackene Baguettes.
»Und ich hab den Wein!«, rief Alisa. »Und einen geheimnisvollen Brief dazu.«
Sie verschwand ins Badezimmer. Ob sich Henrik wohl noch überraschen ließ?
»Augen zu!«, sagte sie.
»Wow!«
Nur in Pumps stand sie da.
»Das gibt's nicht nur im Web«, schnurrte sie. »Auch zu Haus.«
Henrik glitt von der Couch und begann sie vom Knöchel aufwärts abzuküssen. Alisa drehte sich, griff sich ins Haar und spielte den Vamp.
Dann auf einmal ging alles sehr schnell.
Ganz so, wie sie es sich gewünscht hatte.
Feierabend. Es wurde ein lukullisch-erotisches Geschmause. So ist es schön. So könnte es immer sein, dachte Alisa entspannt und biss in den köstlichen Rohmilchkäse.

Von wegen Picasso-Ausstellung! Tante Wanda hatte zwei Tage später ein Telegramm geschickt.
Influenza. Fieber.
Alisa war wirklich enttäuscht gewesen. Aber dies war jetzt vergessen. Denn sie war auf der Autobahn Frankfurt-Stuttgart, und das am Freitagabend. Die rechte Spur gehörte den Lastern, die mittlere nur zur Hälfte den Pkw und

die linke den Dränglern. Spurenhopping brachte so gut wie nichts.

»Mit mir nicht, du Idiot«, murmelte Alisa und sah in den Innenspiegel.

Stur fuhr sie auf der mittleren Fahrbahn, dem Verkehrsfluss angepasst. Das Problem war, dass ihr Hintermann meinte, ihr Abstand sei zu groß. Er ließ sich zurückfallen, fuhr dann fast bis zur Stoßstange auf und entblödete sich nicht, irgendwann sogar die Lichthupe zu betätigen. Alisa ließ sich nicht beirren. In dem Auto schon gar nicht. Sie fuhr nämlich einen schicken roten BMW mit einer herrlichen Stereoanlage. Zwar nur ein Mietwagen, aber er war genau die richtige Karosse für einen Kurztrip in den Schwarzwald, wo sie endlich Tante Wanda treffen würde – Chef sei Dank.

Dr. Spengler wollte sie heute Vormittag unbedingt bei der Verkaufsdirektorenkonferenz dabeihaben. Sozusagen als Statussymbol. Sie solle ruhig was aus sich machen, hatte er ihr am Mittwochabend zum Abschied gesagt– und sie dabei das erste Mal mit den Augen ausgezogen. Alisa fühlte sich gleichermaßen geschmeichelt wie abgestoßen. Sie wurde aus ihrem Chef einfach nicht schlau. Doch sie hatte beschlossen, die Sache von der angenehmen Seite zu sehen. Sie durfte gestern erste Klasse fahren, und die letzte Nacht war ihre erste in einem Sheraton-Hotel. Was sie bei der Konferenz dann zu tun hatte, war allerdings ein Witz. Sie war die Schöne im gelben Kostüm, die teuerste Folienreicherin aller Zeiten. Ihr Chef präsentierte und dozierte per Overhead-Projektor, sie saß am Konferenztisch neben ihm und hatte nichts anderes zu tun, als ihm auf Stichwort die Folien zu reichen. Wobei sie sich natürlich laufend von ihrem Platz erheben sollte. Was die Präsentation offensichtlich sehr erfolgreich machte. Ihr Chef be-

kam großen Applaus, den er huldvoll weiterreichte, mit einer Geste, die besagte: Schaut her, Kollegen, ist sie nicht knackig in ihrem Kostüm? Hat sie nicht Schenkel zum Reinbeißen? Und einen Hintern, einfach zum Anfassen?
Der Drängler hinter ihr scherte aus und überholte von rechts.
»Und das mit 'nem 08/15-Ford! Angeber! Hast es wohl nötig!«
Der Fordfahrer zwängte sich ihr vor die Nase und machte ein paar Warnbremsungen. Dann ließ er das Lenkrad los und klatschte über seinem Kopf in die Hände.
Alisa wurde wütend. Potenzprotzer und dabei mit anderer Leute Leben spielen. Typisch Blödmann.
Das hätte Henrik sehen müssen. Er hätte sich noch viel mehr aufgeregt.
»I'm lonely, but I'm free. Your spirit is with me. And tomorrow I'll love you and you'll kiss me.«
Alisa drehte den Lautstärkeregler hoch und begann zum Song, der gerade lief, einen Phantasietext mitzusingen. Egal, wie kitschig er war, im Moment war sie in Toplaune. Das Leben meinte es gerade gut mit ihr. Mit ein bisschen Glück fand sie diese Nacht noch einen romantischen Schwarzwaldgasthof mit eigener Forellenzucht. Alisa bekam sofort Appetit. Herrlich, es ging auf den Frühling zu.
Karlsruhe, neunzehn Uhr.
Stau.

Zwischen den hohen dunklen Tannen des Schwarzwaldes waberte der Nebel, der im Fernlicht erschrocken auseinander stob. Alisa fühlte sich, als führe sie durch einen Filmset für englische Krimis. Die Dunkelheit hatte etwas Magisches an sich. Minutenlang begegnete ihr kein einziges Auto. Es war ihr geradezu unheimlich, als sie auf einem der Wanderparkplätze eine Pause einlegte. Dieses Knistern um sie herum, die traurigen Farne, der Nebel – Alisa konnte sich einbilden, er greife nach ihr, um sie einzuspinnen.

Ihr BMW kam ihr jetzt wie eine sichere Burg vor – Türen zu, Motor an, das wunderbare Leuchten der Armaturen. Aber sie war mit ihrer Kraft am Ende. Wo zum Kuckuck gibt es hier endlich einen Gasthof?, fragte sie sich. Angeblich sollte der Schwarzwald doch voll davon sein. Was ja nicht ganz falsch war, doch die Gasthöfe, an denen sie vorbeifuhr, waren so trostlos wie dunkel, und die, in denen Licht brannte, waren keine Gasthöfe, sondern Hotels mit dem Flair von Kliniken. Und das für seine Fresstempel berühmte Baiersbronn war eine gesichtslose Ansammlung spießig verputzter Allerweltshäuser.

Gab es im Schwarzwald keine Romantik mehr? Keine typischen Schwarzwaldhäuser mit ihren gewaltigen Dächern, unten weiß gekalkt, oben aus Holz? Mit Mühlrad?

Schließlich tauchte wie aus dem Nichts ein Holzpfeil vor ihr auf – »Gasthof zur Tanne« stand in weiß gemalten Buchstaben drauf. Schnell riss sie das Lenkrad nach links, nahm die Abbiegung im dritten Gang, fuhr weiter durch den Wald, bis er endete und sie Lichter und Umrisse eines kleinen Dorfs sah.

Direkt vor ihr tauchte eine Katze auf. Ein eisiger Schreck erfasste sie

»Hau ab!«, schrie sie und trat mit aller Kraft auf die Bremse. Die Reifen quietschten fürchterlich. Jetzt ist sie tot, war ihr erster Gedanke, als sie mit zitternden Knien ausstieg und unter das Auto guckte. Nichts zu sehen. Alisa atmete tief durch. Im selben Augenblick schlug die Kirchturmuhr.

»Miau« – zwei grüne Augen starrten sie an. Gleich darauf strich die Katze ihr am Bein entlang. Doch als Alisa sie streicheln wollte, machte sie einen Satz und war schon zwischen den Farnen verschwunden. Aber hinter den Farnen und dem Gebüsch glomm Licht. Jetzt nahm Alisa auch Zigaretten- und Bierdunst wahr. Sie setzte sich wieder ins Auto und parkte wenige Meter weiter vor dem Holzzaun eines kleines Gasthofs. Über einen gepflasterten Hof, den eine Scheune und Ställe säumten, ging es über zwei Stufen zu einer angelehnten Glastür. »Vom ADAC empfohlen« stand an der Wand. Die Speisekarte, die daneben hing, war typisch schwäbisch: Fleischkäse, Rahm- und Zwiebelrostbraten, Forelle blau und Forelle Müllerin.
Drinnen säumten Holzbänke die Wände, die Tische waren blank. Gelächter erfüllte die Stube, am Stammtisch wurde gewürfelt. Ein kleiner Junge in Cordhose und Pokémon-Sweatshirt lief auf wackligen Beinchen einem kalbsgroßen Mischlingshund hinterher. Er jauchzte, warf Alisa einen strahlenden Blick zu und zog ruckartig am Schwanz des Hundes. Der blieb die Ruhe selbst und trottete quer durch die Gaststube.
Alisa setzte sich. Ihr gegenüber hing eine Ahnenreihe der Hausbesitzer, allesamt Bartträger – Vollbart, Backenbart, Zwirbelbart, Schnauzbart. Ernst und aufmerksam schienen sie unter ihren struppigen Augenbrauen Alisa zu mustern. Während sie die Speisekarte studierte, hatte sie das Gefühl, als würden die Herren sich über sie unterhalten. Als sie einmal aufblickte, bildete sie sich ein, der mit dem Vollbart würde lächeln. Nach der Bestellung dann meinte sie, der mit dem Zwirbelbart schaue strafend.
»Weil das Frauchen ein Weinchen trinken will, wie?«, sagte sie leise und schloss für ein paar Sekunden die Augen.

Sie war müde, irgendwie auch enttäuscht. Nur Henrik hätte sie aufmuntern können.
Der Wein kam. Ein Riesling, eiskalt im beschlagenen Henkelglas.
»Haben Sie auch ein Zimmer zum Übernachten?«, fragte Alisa.
»Geht klar«, bekam sie mit deutlichem Akzent zu hören. »Ich sag Bescheid.«
Das Mädchen war keine Schönheit, aber schlank. Sie trug abgelatschte Hausschuhe. Ihr Haar war pechschwarz und mit einem rot-weißen Tuch hinter dem Kopf zusammengebunden.
Eine Türkin im Schwarzwald? Alisa war überrascht. Irgendwie war alles anders, als sie es sich eigentlich vorgestellt hatte.
Das Essen aber war vorzüglich. Der schwäbische Salatteller mit Blattsalaten und Gemüse genauso wie der Rahmbraten mit den tatsächlich handgeschabten Spätzle. Alisa sprach der Wirtin ein Kompliment aus, als die an ihren Tisch kam und den Zimmerschlüssel brachte.
»Oh, Sie sind aber auch von woanders«, sagte die Frau sehr hochdeutsch. »Ich darf Sie nur bitten, noch ein kleines Weilchen hier zu sitzen. Ihr Zimmer ist ein wenig kalt. Wir heizen aber ordentlich ein. Gewöhnlich verirren sich nur im Hochsommer ein paar Wanderer zu uns.«
»Und Sie haben sich aus dem Norden hierher verirrt?«
»O ja. Die Liebe eben. Und so weiter. Ich komme aus Cuxhaven.«
Es klang einfach nur resigniert. In die Pause knallten zwei harte Schläge eines Gehstocks.
Der alte Mann, der an dem kleinen Tisch neben dem Stammtisch vor der *Bild*-Zeitung und einem Schoppen Rotwein saß, drehte sich um und rief: »Hanne! Verzehl

deiner Aischa mal, dass bei ihr daheim in einer Disco vierzig Leut verbrannt sind.«

»Weiß sie doch!«, rief Hanne ärgerlich zurück und warf ihrem Mann, der mit geschultertem Geschirrtuch und Kochmütze gerade an den Stammtisch trat, einen anklagenden Blick zu.

»So geht es jeden Tag«, erklärte Hanne, die Wirtin, bitter.

Dann brach es aus ihr heraus. Mit Tränen in den Augen sagte sie, wenn sie einen Wunsch frei hätte, dann diesen: mit ihrem Mann und den Kindern zurück nach Cuxhaven oder einfach nur in den Norden zu ziehen, um dort eine badische Gastronomie aufzumachen.

»Aber der Vater dort drüben, dem gehört halt alles. Und er will nicht verkaufen. Wart halt, bis ich zwei Meter tiefer lieg, sagt er. Dann von mir aus verprass alles bei deinen Fischen.«

Die Frau wischte sich mit dem Zipfel der Schürze die Tränen aus den Augen und sagte, das Zimmer sei jetzt bestimmt warm.

»Grüßen Sie mir den Norden«, trug sie Alisa auf. »Zahlen tun Sie morgen dann bei Aischa.«

Am nächsten Morgen präsentierte sich Alisa der Schwarzwald sonnig und frühlingshaft. Es duftete nach Harz und Erde, und ein leichter Wind ließ die Tannen rauschen und ächzen. Alisa schaute in den Straßenatlas.

Alpirsbach war nicht mehr weit, noch ungefähr vierzig Kilometer. Sie konnte es langsam angehen lassen. Bestimmt hatte sie noch die Zeit, sich das Kloster anzusehen.

Die Seniorenresidenz Klosterruhe in Alpirsbach lag an einem Südhang. Eine Serpentinenstraße, die von kerzengeraden Tannen gesäumt war, führte zu ihr hinauf. Alisa fuhr

durch ein Holztor und stellte den BMW auf dem gekiesten Parkplatz ab. Über ein paar Stufen kam sie in einen Garten, der von zwei mächtigen Kastanien beherrscht war. Alle Bänke, die in der Sonne lagen, waren besetzt. Offensichtlich lebten hier recht rüstige Senioren.
Niemand beachtete Alisa. Der mit Natursteinen gepflasterte Weg führte zum Haupteingang. In die hellen schweren Holztüren waren ein Bauern- und ein Bäueringesicht eingeschnitzt, der rechte Flügel stand einladend offen. In der gemütlichen, vitrinenreichen Eingangshalle lagen die Ausstellungsstücke stickender und klöppelnder Heimatkünstlerinnen. Neben einer mit Bauernmalerei verzierten riesigen Truhe standen zwei samtgrün bezogene Armlehnsessel, zwischen den Vitrinen hochlehnige Stühle mit niedrigen Tischchen. Ansonsten viel Blumenschmuck.
Die Dame am Empfangstresen nickte, als Alisa nach Wanda Wiegand fragte. Sie erhob sich, beugte sich vor und schaute nach links und rechts.
»Ah, ich glaube, Sie werden schon erwartet«, sagte sie lächelnd und deutete in Richtung eines der bodentiefen Fenster.
Alisa erblickte dort eine Dame im Rollstuhl, die aus dem Fenster schaute.
»Frau Wiegand! Ihr Besuch!«, rief die Empfangsdame.
Quietschend drehten sich die Gummireifen des Rollstuhls auf dem Stein. Alisa sah eine bejahrte Dame, deren Gesicht von einer großen honigfarbenen Sonnenbrille verdeckt war. Ihr weißes Haar war mit Kämmen zusammengesteckt, über ihren Knien lag eine rote Wolldecke. Weder die Nase noch die geschminkten schmalen Lippen erinnerten Alisa an irgendjemanden aus ihrer Familie.
»Du bist also Alisa«, sagte die Frau. Ihre Stimme klang streng, aber auch warm. Sie nahm die Sonnenbrille ab und

steckte sie in die Brusttasche ihrer dicken beigefarbenen Wildseidenbluse. Dann klatschte sie in die Hände und lachte laut auf. »Komm, lass dich umarmen! Ich beiße nicht.«
Tante Wandas Lachen hatte für Alisa etwas Befreiendes, und ohne Sonnenbrille sah sie gleich viel freundlicher aus. Ihre Augen blitzten fröhlich, und die anfangs so verkniffenen Lippen lächelten entspannt.
Alisa sank in ihre Arme.
»Oh, ist das schön«, sagte Tante Wanda. »Du hast zupackende Hände. Das mag ich. Das macht mir das Herz gleich leicht.«
Tante Wandas Stimme strahlte verhaltene Wärme aus, und Alisa spürte sofort, dass diese Frau sie mochte.
Das war ein guter Anfang, trotzdem machte sich etwas Verlegenheit in ihr breit.
»Welches Parfum trägst du? Das, hm, das duftet ja wunderbar!«, sagte sie, während sie sich wieder aufrichtete.
Tante Wanda griff nach ihrer Hand. Schmunzelnd erwiderte sie: »Ah, du liebst das Schöne! Das ist wunderbar. Aber nun komm, erzähl mir von dir, Alisa. Dann verrate ich dir auch, wie mein Parfum heißt.«

Alisa spürte einen überraschend kräftigen Händedruck, und schon rollte ihre Tante mit Schwung ins Café, das gerade mit frischen Torten und Gebäck beliefert wurde.
»Na, da ist ja Ihr Besuch, Frau Wiegand. Und dann so ein netter.«
Eine Frau mit bestickter Schürze und spitzenbesetzter weißer Bluse, die für Alisa wie das leibhaftige Klischee einer Gouvernante aussah und auftrat, streckte ihr die Hand hin. »Frau Wiegand, wissen Sie, war nämlich bestimmt aufgeregter als Sie.«

Sie trat hinter den Rollstuhl und schob ihn an einen Tisch. Er war reserviert und auch bereits gedeckt.
»Danke«, sagte Tante Wanda mit äußerster Herablassung. »Weißt du«, fuhr sie dann zu Alisa gewandt fort, »seit ich im Rollstuhl sitze, behandeln die mich, als wäre auch mein Geist gebrechlich. Aber ich komme aus dem Ding schon wieder raus. Die Wanda hat's schließlich nur ein bisschen am Knie und ist längst in der Rekonvaleszenz. Die so genannten freien Gelenkkörper sind wegoperiert und die Gelenksperre damit wohl hoffentlich ein für alle Mal behoben.«
»Ich verstehe«, sagte Alisa. »Du bist bloß ein bisschen gehandikapt. Aber das Personal hier sieht nur den Rollstuhl, und – schwups – ist die alte Dame darin ein mittelschwerer Pflegefall. Und wer im Rollstuhl sitzt, der muss natürlich auch geistig angeschoben werden.«
Die Gouvernante rollte einen Teewagen mit zwei kleinen halben Torten und je einem Kännchen Kaffee und Tee heran.
»So, Frau Wiegand. Sie hatten sich die Champagnercreme gewünscht und den Tee. Was darf ich denn Ihnen Gutes tun?«
Alisa entschied sich ebenfalls für die Champagnercreme-Torte, wählte aber Kaffee.
»Na, da hab ich wohl einen sechsten Sinn bewiesen«, sagte Tante Wanda.
»Durchaus«, erwiderte Alisa.
»Wunderbar. Dann bitte, Frau Kress, seien Sie noch so gütig und bringen Sie mir zur Feier des Tages einen Cognac. Kindchen, du auch?«
»Wenn du einen nimmst …«
»Also zwei.«
Tante Wanda sprach in einem Ton, der keine Widerrede

duldete. Alisa war fasziniert. Diese ihr immer noch so unbekannte alte Dame wusste, was sie wollte. Und sie konnte sich auch durchsetzen. Jene gouvernantenhafte Frau Kress verzog zwar den Mund, enthielt sich aber weiterer Kommentare.

»Du hast ein tolles Parfum, trinkst Cognac – jetzt wirst du mich gleich noch in Erstaunen versetzen und kramst einen Zigarillo hervor«, sagte Alisa. »Ich gestehe, ich habe dich mir anders vorgestellt. Aber so – das ist noch viel, viel besser. Ich weiß jetzt, meine Reise hierher steht unter einem guten Stern.«

»Ja, die Sterne«, sagte Tante Wanda, ohne näher auf Alisas Worte einzugehen.

Sie schaute Alisa versonnen an, goss sich dann ein Tröpfchen Sahne in den Tee und rührte bedächtig um.

Schweigen ist wahrscheinlich besser, als gleich so viel zu reden, rief sich Alisa zur Räson. Verstohlen betrachtete sie Tante Wandas Hände. Sie waren gepflegt, die Nägel lackiert. Alisa fielen all die Ringe ins Auge, die Tante Wanda trug. Goldreifen, schmal, manche breit, mit leichtem Kupferton und hauchdünnen Kratzern. Sie ähnelten, fand Alisa, den feinen Falten der bejahrten Frau, wirkten wie Lebensspuren. Zweifellos handelte es sich um alten Schmuck. Alisa bewunderte die kunstvoll geschliffenen Edelsteine: zierliche Diamantsplitter, ein tropfenförmiger Lapislazuli, ein wunderschöner Aquamarin und als Auge einer goldenen Schlange, die den rechten kleinen Finger schmückte, ein geheimnisvoll schimmernder Rubin.

Tante Wanda setzte die Tasse mit einem Aufseufzer ab. Hat sie meine Blicke gespürt?, fragte sich Alisa. Bin ich zu neugierig? Ach was, das wäre wohl jeder, beruhigte sie sich. Tante Wanda jedenfalls hatte eine charakteristische Angewohnheit. Sie strich sich mit den Fingerkuppen der

Rechten ständig über die beringten Glieder der linken Hand. Hin und her und her und hin, es machte Alisa nervös, je länger sie zusah.
Um irgendwas zu sagen, griff sie nach dem Cognacschwenker. »A votre santé, Tante Wanda!«
»Fast, Kindchen«, bekam Alisa zu ihrer Verblüffung zu hören. »Ganz richtig wäre: ›A votre santé, Frau Wiegand.‹ Das andere klingt nach Kolleginnen-Deutsch – Du, Frau Pumuckel, gehst du zum Chef? Oder: Sie, Katinka? Ach, ich bin immer so besserwisserisch. Nimm es mir bitte nicht übel.«
»Natürlich nicht. Aber für so 'ne ganz Ahnungslose wie mich – da kriegt man ja einen Schreck!«
Tante Wanda lachte und hob ihr Glas.
»Auf uns, Alisa. Ich bin Gott dankbar, dass er uns endlich zusammengeführt hat. Denn es ist ja nun mal so: Blut ist dicker als Wasser. Und darum bist du jetzt hier!«
Alisa schüttelte unbewusst den Kopf.
»Doch, doch«, sagte Tante Wanda. »Ich weiß, du denkst, die Alte mit dem Cognac spricht in Rätseln. Aber verwandt sind wir, da kannst du gar nichts machen. Pass auf: Alwine, die Mutter deines Vaters, hatte eine Schwester, und das bin ich.« Sie schaute Alisa bedeutungsvoll an. Alisa stockte der Atem. »Aber wie die Liebe so fällt und die Familienehre es so will, kann es passieren, dass man, nun ja, geächtet und ...« – sie machte eine kurze, hastige Pause – »...vergessen wird.«
»Wie meinst du das?«, fragte Alisa bestürzt und runzelte die Stirn. »Es gibt ein altes Konfirmationsfoto von Vaters Mutter, das kenne ich. Darauf trägt sie ein langes schwarzes Kleid mit weißem Spitzenkragen und schwarzen Strümpfen. Das Mädchen neben ihr sah ihr kaum ähnlich, und doch bist es also du und nicht ihre Schulfreun-

din, wie man mir immer sagte. Ich verstehe, eine Lüge, aber warum?«
»Ganz einfach, die Liebe zum falschen Mann, Kindchen.« Sie lächelte. »Alwine, deine Großmutter, war das ernsthafte fleißige Lieschen und ich schlicht der Luftikus ohne Moral und sonstigen Anstand … Was soll's, das ist alles vorbei.«
»Ja, aber die Lüge …«, warf Alisa ein. »Warum …?«
»Ich erzähl's dir ein andermal«, unterbrach sie Tante Wanda. »Denn jetzt, da du hier bist, ist anderes wichtiger. Und bei all den alten Geschichten … ich weiß gar nicht, ob der Deckel doch so fest draufsitzt, wie ich mir einbilde.« Sie versuchte zu lächeln. »Du gefällst mir, das bringt mich ein bisschen durcheinander. Nun, das ist vielleicht auch gut so. Auf jeden Fall möchte ich …« – sie räusperte sich – »… noch für die Zukunft planen …«
Aus dir werde ich jetzt wirklich nicht schlau, dachte Alisa mit einem Anflug von Ärger. Du bestellst mich hierher und ergehst dich in mir nicht nachvollziehbaren Andeutungen. Oder bin ich schwer von Begriff?
»Alisa«, sagte Tante Wanda auf einmal bestimmt, »es ist alles ganz einfach. Ich habe nichts als einen Wunsch.«
»Und der wäre?«, fragte Alisa und versuchte so arglos wie möglich zu klingen. Tatsächlich war sie jetzt ungehalten. Sie fühlte sich unwohl. Der Sessel unter ihr brannte, sie konnte nicht mehr sitzen. Zudem war es stickig geworden. Das Café hatte sich gefüllt, etliche der Senioren rauchten. Alisa rutschte an den Tisch heran, stützte demonstrativ die Ellbogen auf und starrte an Tante Wanda vorbei in den Raum. »Bitte, Tante Wanda, red Tacheles«, setzte Alisa noch einmal an. »Sonst platze ich vor Ungeduld.«
Die Großtante schmunzelte.
»Dein Vater jedenfalls ist nicht interessiert«, sagte sie.

»Tante Wanda, bitte!«, rief Alisa ärgerlich. »Nicht interessiert? Woran nicht? Hast du einen Schatz vergraben?«
Die Tante lachte heiser auf.
»Das auch. Wunderbar. Du hast Biss. Den wirst du auch brauchen. Es geht um ein Lebenswerk. Und das ist eine Villa an der Ostsee. Im Pommerschen. Heute eine Pension.«
Alisa stockte der Atem. Sie war kurz davor zu schreien, denn sie verstand immer noch nichts.
»Genauer gesagt in Heringsdorf«, fuhr Tante Wanda beiläufig fort. »Ich hoffe, du hast schon mal von dem Ort gehört? Die drei Kaiserbäder – Bansin, Heringsdorf, Ahlbeck – ist dir das ein Begriff?«
Alisa nickte und begann zu ahnen, was Tante Wanda für einen Wunsch hatte. Die Großtante machte eine Pause und schaute an Alisa vorbei auf die dunklen Tannen des Schwarzwalds. Alisas Gedanken überschlugen sich. Wenn dies wirklich wahr wäre ... Nein, so etwas gab es nur im Kino! Aber dafür war sie jetzt hellwach. Ihre Verärgerung hatte sich in Interesse verwandelt. Wenn es nach ihr ginge, hätte sie noch einen Cognac vertragen können.
»Dein Urgroßvater«, begann Tante Wanda wieder zu erzählen, »war Tuchhändler aus Sachsen. So um 1894 zog er nach Berlin und ließ, weil es damals Mode war, eine Villa in Heringsdorf bauen. Selbst die Kronprinzessin Victoria fuhr mit ihren Söhnen dorthin an die See, später Kaiser Wilhelm, Maxim Gorki, Thomas Mann, die ganze High Society der vergangenen Jahrzehnte, ob kaiserlich, adlig, ob Künstler, Bankiers oder später SED-Größen wie Erich Mielke ...«
Abrupt brach sie ab.
Alisa starrte sie ungläubig an – und kniff sich in den Arm.
»Kneif dich ruhig, mein Kindchen.« Ihre Tante lächelte

schmerzlich und setzte sich dann in ihrem Rollstuhl zurecht. »Mein Wunsch ist, dass du, Alisa, die Villa als Erbe annimmst. So einfach ist das. Da dein Vater, der ja der rechtmäßige Erbe wäre, nicht will und ich keine eigenen Kinder habe, hoffe ich, dass du nicht Nein sagst.«
Sie schwieg und schaute mit verschleiertem Blick in die Ferne.
»Ja, aber ...«
»Seit der Enteignung 1953 bin ich immer wieder rübergefahren in meine Heimat«, sagte die Tante mit unüberhörbarem Schmerz in der Stimme. »Vier Wochen im Jahr waren erlaubt. Jetzt habe ich die Villa wieder. Freilich nur auf dem Papier.«
Sie seufzte schwer und setzte ihre Sonnenbrille wieder auf. Alisa schwankte zwischen Euphorie und Erschütterung.
»Aber warum gehst du nicht zurück?«, fragte sie ganz spontan.
»In eine marode Pension, in der Schulklassen und Rucksack-Touristen ihr Unwesen treiben?«, rief ihre Tante empört aus. »Die Villa hat ihre Seele verloren! Für mich! Verstehst du?«
»Ja, aber ich lebe doch in Hamburg«, sagte Alisa, »habe meinen Beruf, Henrik, meinen Mann ... Weißt du, ich fühle mich wirklich geehrt, dass du ... Ich bin überwältigt. Richtig gerührt. Aber das alles ist so plötzlich, da kann ich doch nicht einfach okay sagen und dann ...«
»Du brauchst ein wenig Zeit, Kindchen. Das ist alles«, entgegnete Tante Wanda wieder gefasst. »Aber so, wie ich dich schon kennen gelernt habe, bist du die Richtige und der Villa deines Urgroßvaters würdig. Versprich mir jetzt nur eins – dass wir im Sommer nach Heringsdorf fahren. Du wirst keine Kosten haben.«

»Ja«, sagte Alisa. Sie fühlte sich völlig überrumpelt und war ganz durcheinander.
»Heringsdorf ...«
»Denk einfach an Heringe.«
»Im Sommer, ja«, stotterte Alisa. »Ich muss das alles mit Henrik klären.«
»Weiß ich doch, Kindchen«, beruhigte sie Tante Wanda. »Ihr liebt euch, macht alles gemeinsam. Dabei bleibt es auch. Aber jetzt lass ich dich allein. Du hast viel zu verdauen.«
Alisa stand sofort auf. Nun hielt es sie wirklich nicht mehr auf ihrem Stuhl. Sie ging um den Tisch herum und umarmte ihre Großtante. Die nahm die Sonnenbrille wieder ab und strahlte. Alisa spürte, wie erleichtert sie war.
»Bleib gesund, Alisa.«
Alisa zögerte einen Moment, dann ging sie davon. Als sie in der Mitte des Raums angelangt war, rief Tante Wanda sie noch mal zurück.
»Beinahe hätte ich es vergessen. Hier, das ist für dich!« Wanda Wiegand drückte Alisa ein Schächtelchen in die Hände. »Damit du dein Versprechen – und mich! – nicht vergisst!«

Alisa trat ins Freie. Im umliegenden Wald rauschte es kräftig. Das Wetter war umgeschlagen. Die Sonne verbarg sich hinter grauweißen hochgetürmten Wolken. Der Frühling schien wieder in weite Ferne gerückt, die Kälte biss Alisa ins Gesicht.
Es kümmerte sie wenig. Tante Wanda hatte ihr den Abschied leicht gemacht. Und so schämte sie sich auch nicht, dass sie fast zum Parkplatz rannte. Sie steckte erst den Zündschlüssel ein, bevor sie sich Tante Wandas Geschenk widmete.

Vielleicht ist es eine seltene Muschel?
Nein – auf dunkelblauem Samt lag, wie eine Schlange zusammengerollt, eine Kette aus honigfarbenem Bernstein mit dunklen Einschlüssen. Dazu passende Ohrclips. Beides strahlte eine geheimnisvolle Wärme aus, als wäre darin die Energie des Sonnenlichts eingeschlossen.
Wahrscheinlich schaut sie aus dem Fenster, dachte Alisa. Trotzdem, jetzt lege ich den Schmuck nicht an, später ... später bestimmt.
Alisa verstaute das Schächtelchen in ihrer Ledertasche und gurtete sich an. Erst einmal Abstand nehmen, sagte sie sich, startete den Motor und fuhr los. Mehrmals atmete sie tief durch. Trotzdem wurde sie die Stimme ihrer Großtante Wanda Wiegand nicht los. Sie kam sich vor wie von einem unsichtbaren Faden festgehalten. Ein, wie sie sich eingestand, gar nicht unangenehmes Gefühl. Ein Gefühl von Verbundenheit, zart, aber auch aufrührend. Erst nach einer guten Stunde fiel ihr ein, dass Tante Wanda ihr den Namen ihres Parfums gar nicht verraten hatte.
»Dann eben beim nächsten Mal«, murmelte Alisa, »in Heringsdorf.«
Je länger sie fuhr, umso befremdender wirkte die Vorstellung, dass sie eine Villa, eine Pension an der Ostsee, erben sollte. Eigentlich war es doch absurd. Sicher, dachte Alisa, es ist rührend und lieb gedacht. Tante Wanda ist voller Heimweh und voller Sentimentalität, verständlich in ihrem Alter, aber was habe ich mit so einer Villa zu tun? Ich darf sie ja nicht verkaufen, soll sie doch ganz offensichtlich im Sinne der Familientradition behalten. Aber erstens bin ich nicht vom Fach, und zweitens kann ich mich unmöglich mit einer Crew von Personal auseinander setzen, das bestimmt davon ausgeht, die Villa gehöre nach wie vor

dem Staat beziehungsweise einer treuhänderischen Immobiliengesellschaft.
Alisa zog einen Schmollmund. Früher hatten wir eine Nullverbindung, und auf einmal werde ich mit unbekannten Familiengeschichten *und* dem Angebot einer Erbverpflichtung konfrontiert. Kommt alles ein wenig plötzlich daher. Schließlich hab ich doch längst mein eigenes Leben.
Nach einer Weile fuhr sie an eine Tankstelle. Sie tankte, kaufte sich ein paar Süßigkeiten und wählte dann Henriks Nummer.
»Schatz, was machst du?«
»Alisa! Endlich! Wo bist du?«
»Noch im Schwarzwald. Tante Wanda, sie ist nett. Aber was sie von mir wollte – das erzähle ich dir alles zu Haus. Es gibt immer noch 'ne Menge, was geheimnisvoll ist. Nur so viel, ich kann eine Villa erben! In Heringsdorf an der Ostsee.«
Henrik lachte laut auf. Er wollte es nicht glauben. Erst als Alisa ihm erzählte, ihre Großtante beabsichtige, im Sommer mit ihr zu der Villa zu fahren, begriff er, dass es wirklich stimmte.
»Darf ich denn dann auch mit?«, fragte er.
»Glaubst du etwa …«
»War ein Witz. Du übernachtest noch, oder?«
»Ach wo, ich fahr durch. Ich will mein Bett.«
»Mein Bett?«
»Hm – das auch.«
Alisa sandte einen Kuss durchs Handy.
»Ich liebe dich! Ciao. Bis in acht Stunden.«
Wie schön, dass ich dich abgekriegt hab, dachte Alisa beschwingt und stopfte sich einen Miniriegel Mars in den Mund. Noch einen Riegel. Dann die Dose Cola. Als Alisa

sie zur Hälfte leer hatte, wurde ihr leicht übel. Viel zu viel Zucker.
Sie fuhr los. Es war jetzt kurz vor vier. Wenn sie sich ranhielt, war sie um Mitternacht zu Hause. Immerhin hatte sie ja einen BMW unter dem Hintern.
Volle Konzentration war nun angesagt.
Alisa schaltete das Radio ein. So fetzig wie möglich. Sie hatte Glück. SWF3, da brachten sie die Charts: »Steh deinen Mann – voll und ganz. Hab deinen Spaß, spiel dein Spiel. Voll und ganz. Steh deinen Mann.«
So ähnlich glaubte Alisa den Songtext zu übersetzen, der gerade lief. Steh deinen Mann. Alisa seufzte auf, denn irgendwie schweiften ihre Gedanken auf einmal in eine sehr eindeutig schwül-sinnliche Richtung ab.

Am Dienstag regierte wieder der Alltag. Cora tat beleidigt, weil sie nicht mit in Frankfurt war, und neidete Alisa die Bernsteinkette und die Ohrringe.
»So eine Tante hätte ich auch gerne. Es ist ungerecht. Du hast einen Mann und eine reiche Tante, ich keinen Mann und nicht mal mehr 'ne Oma.«
»Cora, was soll das?«, rief Alisa ärgerlich. »Hab ich mir das alles ausgesucht, oder wie? Tu doch nicht so, als ob du noch nie ein Stück Schmuck geschenkt bekommen hättest.«
»Schmuck und Schmuck ist eben nicht gleich Schmuck«, entgegnete Cora und zündete sich demonstrativ eine Zigarette an. Was sie nur dann tat, wenn sie beleidigt war. Denn eigentlich war sie Nichtraucherin.
»Alisa?«
Dr. Spengler steckte seinen Kopf aus dem Büro.
»Ja?«
Ihr Chef winkte sie zu sich. Er schaute äußerst zufrieden aus.

»Sie sehen hinreißend aus, Alisa«, sagte er. »Ihr hochgestecktes Haar und die aparten Kleinodien – die äußeren Qualitäten entsprechen den inneren.«
»Danke«, sagte Alisa trocken.
Trotz des Kompliments fühlte sie sich irgendwie nicht mehr wohl in ihrer Haut. Ihr Chef wirkte zu enthusiastisch. Wie unter Strom. Scinc Augcn wanderten unstet durch den Raum, blieben dann aber immer eine Spur zu lange an ihr hängen, als wollte er sich ausmalen, wie sie mit Kette und Ohrringen – aber nur damit – aussähe.
»Bernstein, wissen Sie«, begann er zu salbadern, »das ist Mystik. Drama, Zeit. Und Kraft. Bernstein gibt Energie. Abgelegt sieht er meist altbacken aus. Doch wenn eine Frau sich mit ihm schmückt, dann beginnt er zu leben. Und zu ihnen passt er, auch wenn der Vergleich jetzt hinkt, wie der gläserne Schuh auf Aschenbrödels Fuß.«
»Jetzt fehlen mir die Worte, Dr. Spengler«, sagte Alisa und lächelte bemüht. »Wenn meine Tante Sie hören würde, sie wäre begeistert. Denn von ihr habe ich die Sachen.«
»Alisa, ich wollte Ihnen ja auch nur etwas umständlich sagen, dass Ihr Bernsteinschmuck gut zu Ihrer Karriere passen würde.«
Alisa stockte das Blut. Freude und Zwiespalt wogten durcheinander. Als ob sie einen Klaps in die Magengrube bekommen hatte, rang sie nach Luft.
»Karriere? In unserem Haus?«, fragte sie zaghaft zurück.
»Sie gäben eine toughe Managementassistentin ab«, antwortete Dr. Spengler und schaute sie mit zu Schlitzen verengten Augen an. »Meine Managementassistentin natürlich.«
»Nur weil ich in Frankfurt ein bisschen die Fee für Sie gespielt hab?«
»Unterschätzen Sie nie die Form, Alisa. Doch da Sie ja of-

fenbar sehr viel Gewicht auf die Inhalte legen – Sie dürfen eine Auswertung meiner Präsentation anfertigen. Dafür schreibe ich Ihnen auch noch extra eine Empfehlung, wenn Sie wollen.«

Alisa klammerte sich mit beiden Händen an die Sitzkante ihres Stuhls. Sie schaute, als würde unter dem Anzug ihres Chefs ein Plakat kleben, auf dem stand, ob sie dieses Gespräch wirklich ernst nehmen könne. Ihr wurde heiß, sie lief rot an. Trotz des Angebots war sie irgendwie empört. In ihren Ohren klang es allein danach, dass dieser Dr. Spengler sich an ihrer Fassade aufbauen wollte.

Hatte er sich in sie verschossen?

»Warum das alles? Ganz einfach. Wir werden gekauft. Jede Abteilung wird Federn lassen müssen. Und deshalb schicken Sie mir jetzt bitte Cora herein. Sie … aber das erzähle ich ihr wohl besser zuerst.«

Alisa ging wie betäubt aus dem Büro. Gerade war ihr heiß, jetzt war sie wachsweiß. Als sie zu Cora ins Schreibzimmer ging, schillerten Tränen in ihren Augen. Cora bemerkte sie nicht.

»Du wirst gewünscht«, hauchte Alisa hinter ihrem Rücken.

Cora fuhr herum.

»Was ist passiert?«

Alisa schüttelte den Kopf.

Als sie vor ihrem PC saß, klingelte ihr Handy.

»Schatz, meine Mutter hat es geschafft, unsere Telefonnummern zu verwechseln. Mein Handy, dein Handy. Jedenfalls hat sie uns zum Geburtstag eingeladen. Am Samstag. Holst du was für sie? Ich schaffe es nicht.«

»Ich versuche es«, sagte Alisa.

»Perfekt!«, rief Henrik. »Dafür koche ich heute Abend auch was Gutes!«

Alisa schloss die Augen. Nein, nicht das jetzt auch noch. Immerhin war sie, die Hamburgerin, für Henriks Mutter die absolute Antischwiegertochter. Kein Muttertier, nicht häuslich, sondern ein im Westen verdorbener karriere- und geldversessener Konsummensch. Ihr Verhältnis war so innig wie Öl auf Eis.
Alisa fasste an ihre Kette. So, ihr Bernsteinkugeln, jetzt kann ich Kraft gebrauchen. Und zwar nicht zu knapp.

Obwohl sie am Abend früh zu Bett gegangen war, saß Alisa Henrik am nächsten Morgen erschöpft und gereizt gegenüber.
»Bitte stell das Radio ab«, sagte sie.
»Zu Diensten«, erwiderte Henrik. »Und nur so ganz nebenbei, du hast deine allerliebste Schwiegermutter schon angerufen?«
Alisa nickte. »Warum habt ihr Männer eigentlich immer dann Humor, wenn es uns Frauen schlecht geht?«, maulte sie. »›Allerliebste Schwiegermutter‹! Ich hab's gleich gestern nach deinem Anruf hinter mich gebracht. Weißt du, was sie mir gesagt hat?«
»Ich kann es mir denken. ›Kindchen, ich freu mich so auf dich und die Kinder. Dass du wieder schwanger bist – ist das nicht himmlisch? Aber mein Henrik ist ja auch so ein guter Junge. Eigentlich hätte er eine Prinzessin verdient. Dass er nun dich abbekommen hat, na ja, die Hauptsache, du bist ihm eine gute Frau und liebe Mutti.‹«
»Hör auf!«
»Schatz, meine Mutter kann man nicht ernst nehmen. Nur das versuche ich dir vorzumachen.«
»Aber wenn sie nun hört, dass ich zur Managementassistentin aufsteigen soll, dann flippt sie doch aus. ›Oh‹, wird sie aufjaulen, ›hätte dich Henrik doch nie kennen gelernt!

Jetzt lässt du ihn noch im Stich und fängst lieber was mit deinem Chef an.‹«
»Ach, du übertreibst«, entgegnete Henrik nun ärgerlich.
»Oh, sag nie was gegen *seine* Mutter«, kam es betont pikiert von Alisa.
»He, was ist eigentlich los?«, rief Henrik.
»Jetzt kommt gleich die Frage nach dem PMS oder Ähnlichem, wie?«
»Ich glaube, ich mach mich lieber aus dem Staub«, meinte Henrik belustigt. »Heute möchte ich nicht dein Chef sein. Ihm kannst du aber ausrichten, dass ich seinen Vorschlag klasse finde. Ich an deiner Stelle würde Ja sagen. ›Nutze jede Chance, die das Leben dir bietet.‹ Merkwürdigerweise ein Rat meiner Mutter.«
Er kam um den Tisch und küsste Alisa auf den Hals.
»Tschuldigung«, murmelte sie.
Am liebsten hätte sie ihn umarmt, aber sie konnte sich einfach nicht dazu aufraffen. Eine Zentnerlast drückte sie auf den Stuhl.
»Hast du mich noch lieb?«, fragte sie wehklagend.
»Umtauschen würde ich dich noch nicht …«
»Du Schuft.«
Henrik beugte sich zu ihr hinunter, ging sogar vor ihr in die Hocke. Liebevoll schaute er sie an, musterte sie und lächelte. Alisa kam es vor, als stünde die Zeit still. Zum Abschied berührten sich ihre Lippen für nur eine knappe Sekunde. Aber dieser Kuss drückte mehr Liebe aus als alle Lust und Leidenschaft dieser Welt.
»Vergiss nicht, dass ich heute ab vierzehn Uhr die Schulung in Holzen habe. Ist so ein Nest bei Lüneburg. Also nicht im Büro anrufen.«
»Ich liebe dich.«
Eine Minute später hörte sie Henriks Auto. Dann war es

still. Alisa ließ das Frühstücksgeschirr stehen, stellte nur Butter, Marmelade und Milchkanne in den Kühlschrank und ging sogleich an die Arbeit. In Body, Bademantel und Wollsocken hockte sie sich, die Beine auf dem Bürostuhl im Schneidersitz, an den gemeinsamen Schreibtisch und machte sich an das ihr aufgetragene Protokoll.
Ins Büro brauchte sie heute erst am Nachmittag zu fahren. Dr. Spengler wollte es so. Wegen Cora. Es sollte die Spannung zwischen ihnen nehmen.
Trotz aller Konzentration wanderten ihre Gedanken immer mal wieder zu Henrik. Sein Gesicht, die Vorstellung, wie er Auto fuhr, war ihr seltsam präsent. Wir sind einfach immer miteinander verbunden, dachte sie. Auch wenn du heute Nachmittag durch ein Dorf fährst und ich in meinem Büro oder bei Spengler hocke.
Alisa begann zu schreiben. Bald wurde sie hungrig. Sie brühte sich eine Tütensuppe auf und arbeitete weiter.
»Henrik?«
Es schien ihr, als hätte er gerufen.
Die Zeit schritt voran.
Gegen drei läutete das Telefon. Alisas Herz zuckte freudig zusammen. Endlich! Das konnte nur Henrik sein. Sie wollte ihm gleich sagen, wie gut sie vorankam, und sich für heute Morgen noch einmal entschuldigen. Einfach nur seine Stimme hören. Belangloses reden. Eine Minute lang.
Doch es war nicht Henrik.
Zum Glück aber auch nicht seine Mutter.
»Frau Ganzow?«
»Ja?«
Von irgendwoher kannte sie die Stimme. Alisa wusste sofort, dass sie auf seltsame Art mit ihren Ängsten zu tun hatte. Die Stimme klang fremd, aber dann eben auch wie-

der nicht. Sie war sanft und ließ einen trotzdem in Panik geraten. Am liebsten wäre sie vor ihr geflohen.
Entsetzen machte sich in ihr breit.
Ihr Hals zog sich zu.
»Ich habe leider die traurige Pflicht, Ihnen eine schlechte Nachricht zu melden: Ihr Mann hatte …«
»Nein!«, schrie Alisa.
»Kommen Sie bitte ins Landeskrankenhaus Lüneburg.«
»Was ist passiert?«
»Ich kann leider keine weitere Auskunft geben.«
»Warten Sie! Ich rufe meinen Vater an!«
Alisa legte einfach auf. Mit zitternden Fingern wählte sie die Rufnummer ihres Vaters Rüdiger Cromm. Er lebte in Hamburg. Ihre Mutter in Berlin. Aber das war eine andere Geschichte. Alisa atmete auf, als ihr Vater abhob. Nie hatte sie ihn so gebraucht wie jetzt. All die Kämpfe und Streitigkeiten der vergangenen Jahre waren mit einem Mal bedeutungslos.
»Gib mir eine Viertelstunde, Alisa. Ich fahre sofort los.«
Ein heftiger Schreck hatte ihn ergriffen, denn auch wenn Henrik nur drei-, viermal mit ihm gesprochen hatte, er mochte ihn. Er weiß, was er will, sagte er einmal zu Alisa. Und das ist das Beste, was dir widerfahren konnte.
Alisa handelte wie ein Automat. Hätte jemand sie hinterher gefragt, was sie nach den beiden Telefonaten gemacht hatte, sie hätte es nicht sagen können. Aber sie speicherte ihren Text, duschte, zog sich an und packte Handtücher, Henriks Zahnbürste, Lieblingspyjama und Eau de Toilette zusammen. Sie weinte nicht, als ihr Vater vor der Tür stand, fiel ihm nur um den Hals. Sie schloss die Haustür ab und stieg ins Auto. Der einzige Satz, den sie sagte, war: »Der Verkehr hätte schlimmer sein können.« Sonst sprach sie während der Fahrt kein Wort. Einmal begann sie kurz

zu weinen, hatte sich aber gleich wieder in der Gewalt. Als sie vor sich das Landeskrankenhaus sah, schlug ihr das Herz bis zum Hals. Sie hatte Mühe, aus dem Auto zu steigen. Ihr Vater musste sie stützen.
Eine Psychologin nahm sie beide in Empfang und bei der Hand.
In dieser Sekunde wusste Alisa, was geschehen war.
Sie ging wie durch einen Tunnel, spürte gar nicht, dass es sie überhaupt gab. Doch sie wunderte sich, Henriks Mutter auf einem Stuhl im Flur der Intensivstation sitzen zu sehen.
Sie saß da wie tot.
Medikamente.
Als sich ihre schweren Augenlider hoben, traf Alisa ein Blick, der wie eine Anklage war. Der unendliche Schmerz einer Mutter, die ihr Kind verloren hatte – und ihrer Schwiegertochter dafür die Schuld gab. Alisa umarmte sie. Steif, kalt und hart fühlte sie sich an, so dass Alisa die Tränen stockten.
Beklommen löste sie sich von ihr und suchte von sich aus die Hand ihres Vaters und der Psychologin.
Henrik lag bar jeglicher Apparaturen und Schläuche unter einem Laken auf einem Krankenhausbett. Um Kopf und Kinn hatte er einen Verband. Als Alisa ihn sah, blitzte für einen winzigen Moment die Hoffnung auf, Henrik schliefe. Sie bildete sich ein, einen leichten Anflug von Schrecken in seinem Gesicht zu sehen. Und dennoch schien es ihr, als wüsste er, dass sie bei ihm war. Sie streichelte sein Gesicht, seine Hände, legte ihren Kopf auf seinen Bauch. Bildete sich ein, ihn atmen zu spüren. Die Sehnsucht, auf der Stelle einzuschlafen, war unendlich groß. Doch das steife Laken blieb kalt und kratzte.
Du wirst immer für mich weiterleben.

Ich liebe dich.
Nach langer Zeit, erst als sich zwei kräftige Hände auf ihre Schultern legten und sie sanft daran ermahnten zu gehen, brach Alisa zusammen.

Ostern stand vor der Tür. Auf der Fensterbank blühten Hyazinthen und Narzissen. Von ihrem Sofa aus konnte Alisa auf eine Bodenvase sehen, in der ein dicker Kätzchenstrauß steckte. Er war mit Holzhäschen, bemalten Ostereiern und Seidenblumen geschmückt. Sonja Cromm, ihre Mutter, war sofort zu ihr gekommen, nachdem ihr Mann sie benachrichtigt hatte. Die Katastrophe hatte alle drei wieder einander nahe gebracht. Alisas Eltern teilten die Zeit mit ihrer Tochter, schirmten sie ab, umsorgten und verwöhnten sie. Alisa war ihnen unendlich dankbar, dass sie sich wie in den Tagen ihrer Kindheit geborgen fühlen konnte. Aber zu wissen, dass Henrik nie mehr durch die Tür kommen würde, stieß sie immer wieder in schwärzeste Abgründe. Ihre Eltern litten unter der eigenen Ohnmacht, Alisa nicht mehr helfen zu können. Doch schon allein, dass sie Alisa trauern ließen und einfach bei ihr waren, war heilsam.
»Ihr seid da. Eure Liebe, eure Nähe – mehr brauche ich nicht.«
Auch keine großen Gespräche. Nur Zeit – Zeit, bis sie allein mit dem Schmerz umgehen und leben konnte.
Das Einzige, was sie wirklich irgendwann klären musste, war, ob sie die Chance, die ihr Chef ihr angeboten hatte, nutzen wollte. Ihr Vater lehnte es in einem Telefonat mit Dr. Spengler ab, seine Tochter zu einer Entscheidung zu drängen. Er hielt ihn hin, informierte ihn aber ohne ihr Wissen über ihren Zustand. Rüdiger Cromm dachte an die Zukunft. Arbeit tröstet, war seine Maxime. Doch noch

war er der Puffer zwischen der Außenwelt und seiner Tochter.
Schließlich begann Alisas Chef zu drängeln. Er wolle wenigstens wissen, ob sie bis Pfingsten eine Entscheidung fällen könne. Bis dahin sei sie beurlaubt, er besorge sich eine Ersatzkraft via Zeitarbeitsunternehmen. Er schrieb ihr einen Brief, in dem er um Verständnis für seine Situation bat, und versicherte nochmals, dass er sie wegen ihres Talents nur allzu gerne als seine Assistentin beschäftigen würde.
Alisa raffte sich zu einer Antwort auf, aber nur, weil sie Henrik genügen wollte. Nutze jede Chance, die das Leben dir bietet, hatte er ihr gesagt.
Sie gebe ihm noch vor Pfingsten definitiv Bescheid, schrieb sie. Sie verspreche es.
Sie hatte sich etwas Luft verschafft.
Ihr Vater war stolz auf sie.
»Alisa, ich weiß, dass du es schaffst«, sagte er mit fester Stimme.
Alisa schaute ihn an. Ihre Augen füllten sich mit Tränen.
»Papa, warum ist das alles passiert? Was ist der Sinn?«, stieß sie hervor.
»Das weiß ich auch nicht. Das weiß niemand«, antwortete Rüdiger Cromm. »Aber vielleicht meint Gott, dass du die Kraft hast, diese Last zu tragen. Warum und wofür, das wissen wir wohl erst am Ende unseres Lebens.«

Ostern war vorüber. An den Birken zeigten sich die ersten kleinen Blätter. Forsythien blühten, der Holunder war grün. Die Sonne begann manchmal zu stechen, wenn sie plötzlich hinter einer dicken grauen Regenwolke hervorblitzte. Alisa spazierte an der Alster entlang und schaute den Enten und Schwänen zu. Der Wind war frisch, doch

sie fühlte sich matt und unendlich müde. Dabei war sie gerade erst aufgestanden.
»Mama, lass uns nicht essen gehen«, sagte sie zu ihrer Mutter. »Ich schaff das doch noch nicht. Trotzdem, der Spaziergang tut gut.«
»Wunderbar«, erwiderte ihre Mutter. »Ich esse auch lieber zu Hause. Ich habe noch einen Gemüseeintopf eingefroren, du kannst aber auch Fisch mit Reis haben, oder ich mach Nudeln mit Hack.«
Alisa fröstelte.
Ihr Magen zog sich zusammen.
Sie schüttelte den Kopf.
»Ach, Mama, wie kann man bloß so müde sein?«
Ihre Mutter sah sie aufmerksam an.
»Du bist seit Tagen so müde, hast aber keine Erkältung. Wenn du keinen Appetit hast, dann leg dich zu Haus noch mal hin. Isst dann eben einfach später.«
Eine ganze Weile gingen sie schweigend nebeneinander her.
»Alisa«, begann ihre Mutter zögerlich, »Kind, es geht mich ja nichts an, aber, aber … du hast mal vor Jahren gesagt, du verträgst die Pille nicht.«
»Ja. Henrik hat …«
Alisa brach ab. Sie schaute auf ihre Hand und bewegte langsam die Finger. Drei, vier, fünf, sechs …
Ihre Mutter schluckte, brachte aber ein Lächeln zu Stande.
Alisa bekam einen Weinkrampf. Die Leute guckten. Der Wind frischte auf. Es begann zu regnen. Von irgendwoher kam das Geratsche eines Erpels. Die Weidenzweige schaukelten, es rauschte wie in einem Wald.
»Das ist doch etwas Schönes«, hauchte ihre Mutter. »Etwas Schönes.«

Ihre Augen waren nass, aber sie strahlten.
Rüdiger und sie würden Großeltern werden.
Spengler bekam eine Absage.
Nachts schlief Alisa besser, tiefer und erholsamer. Ein Schlaf, der ihre Seele heilte und ihren Körper kräftigte.
Sie glaubte ihr Kind zu spüren.
Und sie spürte Henriks Nähe.
Warm und voller Liebe.
Und langsam, langsam wurde es besser. Von Tag zu Tag.

II

Gut zwei Jahre später stand in Alisas Flur ein neuer Koffer. An der Garderobe hing ein neuer Mantel, vor dem Haus wartete ein roter BMW.
»Der Letzte, den ich fuhr, war gut zu mir. Der hier wird es bestimmt auch wieder sein«, scherzte Alisa und griff sich den Autoschlüssel.
Sie hatte sich das 3er Modell vor einem Vierteljahr gebraucht gekauft, jetzt durfte das Auto sich auf der Fahrt an die Ostsee bewähren. Das Ziel hieß Heringsdorf.
Endlich war es so weit, dass Alisa ihr Versprechen einlösen konnte. Die Idee kam von ihr. Sie hatte ihre Großtante spontan angerufen, das wunderschöne Maiwetter hatte den letzten Anschub gegeben.
»Und nun sagt Mami erst mal Tschüs!«
Alisa nahm Julius auf den Arm und küsste ihn auf die Nasenspitze. Julius strahlte, was Vicky zu spüren schien, denn sie plärrte sofort los. Die Zwillinge konnten unterschiedlicher nicht sein – Julius, der

liebe, unkomplizierte Charmeur, überaus neugierig und ausgeglichen, und Victoria, die einzig aus Willenskraft zu bestehen schien. Sie war sensibel, reizbar und anstrengend. Ihr Lieblingswort war »allein«. Das sprach sie das erste Mal aus, als sie in der Babybadewanne saß und nach dem Waschlappen griff. Alles allein machen war ihre Devise, während Julius sich in geselliger Runde am wohlsten fühlte und sich gern verwöhnen ließ.

Die Überraschung, statt eines Embryos gleich zwei auf dem Ultraschallbildschirm zu entdecken, kam damals geradezu einem Schock gleich. So viel Verantwortung auf einmal! Noch immer staunte Alisa über ihre Zwillinge. Sie ging in die Hocke, um beide in die Arme zu nehmen, und küsste sie.

»Kindchen, wo bleibst du denn?«, rief Tante Wanda von unten hoch. »Wir kommen noch in einen Stau!«

»Lass dich bloß nicht hetzen«, ermahnte sie ihre Mutter.

»Ja, und stell die Ohren einfach auf Durchzug«, setzte ihr Vater hinzu. »Wanda kann nämlich für zwei sabbeln.«

»Schon gut, schon gut.«

Alisa gönnte ihren Kindern und Eltern einen letzten Blick und stürmte dann die Treppe hinunter. Tante Wanda war so ungeduldig, dass sie bereits mit ihren beringten Fingern auf die Kofferraumhaube klopfte. Sie war ganz in Flieder gekleidet und trug einen elfenbeinfarbenen Hut. Es sah völlig anachronistisch aus. Zwei rauchende halbwüchsige Schülerinnen, die auf der anderen Straßenseite mit bemalten Jeans und Plateau-Turnschuhen daherschlurften, blieben stehen und guckten zu.

Alisa schaute kurz zu ihnen hinüber und erging sich in einer Geste, die besagte: Was kann ich dafür? So ist sie nun mal.

Sie schloss die Tür auf und schwang sich hinter das Lenk-

rad. Tante Wanda ließ sich Zeit. Sie hielt mit einer Hand ihren Hut fest, setzte sich auf den Beifahrersitz und hob dann wie die Queen beide Beine parallel vom Trottoir in den Fußraum.
»So, Tante Wanda«, sagte Alisa gedehnt. »Jetzt, da ich im Begriff bin, dir mein Versprechen zu erfüllen, musst du dasselbe tun. Wie heißt dein Parfum?«
Sie fuhr los. Der Tritt aufs Gas wirkte belebend. Nein, sie hatte keine Angst vor dem Autofahren. Sie war tatsächlich so stark. Wie ihr Vater es gesagt hatte.
Im Übrigen war Henrik immer in ihrer Nähe.
Sie wusste es einfach.
»Das Parfum? *Vol de Nuit* von Guerlain«, antwortete Tante Wanda heiser. »Es wurde in den dreißiger Jahren kreiert. Zum Andenken an Antoine de Saint-Exupéry.«
Sie sah Alisa forschend an.
»*Der kleine Prinz!* Ah, das passt zu dir, wirklich! Mit einem Prinzen durch das Dunkel der Nacht … und dann noch wie Saint-Exupéry verschollen … so wie du die ganzen Jahrzehnte.«
»Na, ich bin ja wenigstens wieder aufgetaucht! Aber im Ernst, ohne Parfum ist der Mensch doch gar nicht angezogen.«

Je weiter sie gen Osten kamen, desto weniger konnte Wanda Wiegand ihre beinahe kindliche Vorfreude verbergen. Und so begann sie zu erzählen, dass Usedom Deutschlands nordöstlichste und nach Rügen zweitgrößte Insel sei und von ihren vierhundertfünfundvierzig Quadratkilometern ein kleiner Teil heute zu Polen gehöre. Dort, im damaligen Swinemünde, habe Theodor Fontane übrigens fünf Jahre seiner Kindheit verbracht.
»Ach, Fontane! Wann habe ich das letzte Mal Fontane ge-

lesen?«, rief Alisa. »Ich glaub, das war wirklich noch in der Schule.«
»Ein Fehler, Kindchen«, sagte Tante Wanda. »Ich finde, die *Frau Jenny Treibel* kann man immer wieder lesen.«
»So?«, fragte Alisa bewusst provozierend. »Frau Kommerzienrätin im Brokatkleid mit Spitzenbesatz und dem Sinn nach Höherem? Das ist doch alles passé, Tante Wanda, die Zeit und ihre kritischen Realisten wie Fontane.«
»Von wegen passé. Der einzige Unterschied ist doch der: Wenn die Frauen früher hochkommen wollten, zogen sie sich etwas Schönes an, heute ziehen sie sich aus, oder nicht? Aber lassen wir das. Bansin, Heringsdorf und Ahlbeck wurden jedenfalls im 19. Jahrhundert als Seeheilbäder gegründet ...«
»Auch ein Gedankensprung, Tante Wanda.«
»Nun hör doch mal zu!«
»Jaa.«
»Die drei Bäder nannten sich auch die drei Schwestern. Eine schnuckelige Bäderbahn verbindet sie ebenso wie die zehn Kilometer lange berühmte Strandpromenade.«
»Schnuckelig?«
»Du bist albern. Früher erholten sich in den Seebädern die Leute, die ihre eigentliche Ferienreise in die Schweiz oder ihre Kur in Karlsbad hinter sich hatten – Kommerzienräte, Professoren, Generäle, Exzellenzen und geistige Größen aller Art. An einige von ihnen kann ich mich sogar noch erinnern.«
Alisa meinte, dass ihre Tante geseufzt hatte.
»Was ist denn das Schönste an Heringsdorf?«, fragte sie. »Die breiten Sandstrände? Oder etwa der Fisch?«
»Was!«, rief die Großtante empört. »Fisch! Von wegen. Es sind die zauberhaften Seebrücken. Die tollen Luxushotels aus der Kaiserzeit. Was haben wir damals gefeiert! Das

schöne Hotel Kaiserhof Atlantik. Diese Säle! Die Musiker spielten im Frack. Und welch herrliche Kleider wir getragen haben! Kleider, mit denen man repräsentieren konnte. Was tausendmal erotischer war, als wenn sich heute die Gogotänzerinnen mit gespreizten Beinen um eine Eisenstange winden. Wir hatten damals doch alle noch unseren Hausschneider. Und die, die es sich leisten konnten, haben sogar im Krieg Champagner getrunken.«

Nach langen Kilometern durch Nadelwälder fuhr Alisa jetzt durch graue Dörfer und Kleinstädte mit hässlichen Hochhäusern. Sie kamen vorbei an trotzig-grauen DDR-Bauten, roten Backsteinbauernhöfen aus der Vorkriegszeit, Überresten von LPG-Schuppen, und mittendrin moderne Supermärkte, Tankstellen, Fertighäuser, aber auch liebevoll restaurierte Ein- und Mehrfamilienhäuser. Zwischen Plattenbauten standen tote alte Villen mit geisterhaftem Aussehen. Hin und wieder ragten Schornsteine von verrotteten Fabrikgebäuden in den Himmel. Felder mit Frühkartoffeln, Lupinen und Raps wechselten ab mit fetten Wiesen, Brachland, Misch- und Fichtenwäldern. Schier unendlich zog sich das Land unter lang gestreckten Alleen dahin.

»›Ginge die Welt unter, hier in Mecklenburg würde man es zuletzt merken‹, hatte mal Bismarck gesagt«, warf Wanda ein. »Aber schön ist es doch!«, setzte sie überzeugt hinzu.

Alisa sagte nichts. Wenn ich's doch genießen könnte, dachte sie. Sie zwang sich, sich nicht vom Schmerz der Erinnerung übermannen zu lassen. Gerade fuhr sie durch eine Kastanienallee. Schon wieder ein Kreuz. Das kostete Kraft.

Das, was Alisa zuerst wahrnahm, waren die nach oben gerichteten Pfeilspitzen eines Gartenzauns. Über und über verrostet, legte er trotzdem Zeugnis kunstvollster

Schmiedearbeit ab. Als hätte der Schmied nicht Eisen, sondern Ton geformt, fanden sich wunderschöne Ornamente: gewundene Vierkantstäbe, mit Ranken, Blattwerk, Weintrauben – ja, man glaubte es kaum –, einzelnen Bienen, die neckisch versteckt in der eisernen Kunst-Natur hockten. Jeden Moment schienen sie die Flügel ausbreiten und mit Gebrumm davonfliegen zu wollen.
Alisas Blick blieb an den Pfeilspitzen hängen, die wie todbringende Lanzen auf sie wirkten. Irgendein Kobold hatte eine Cola-Dose quer auf eine Spitze gedrückt. Die herausgelaufenen Tropfen hatten den rostigen Untergrund mit einer schleimig-glänzenden Spur überzogen.
Alisa schauderte es. Aus einem unerfindlichen Grund musste sie an den Sohn von Romy Schneider denken. Er war als kleiner Junge auf einen ähnlichen Zaun gestürzt und von ebensolchen Spitzen aufgespießt worden.
Sie legte die Hände schützend um ihren Bauch und dachte an Julius und Vicky.
»Was ist? Komm, lass uns was essen. Dir muss ja flau sein.«
»Gleich«, antwortete Alisa. »Ich hatte einfach nur einen grauenhaften Gedanken wegen des Zauns.«
»Ja, die Pfeile sind grässlich. Aber damals, im Wilhelminismus, da waren Speerspitzen sozusagen à la mode.«
Alisas Blicke wanderten weiter. Die beiden Seiten des Tors wurden von zwei hässlichen bemoosten Betonpfeilern beherrscht. An ihnen hingen ohne eine Schicht Farbe die schiefen Torflügel, die vielleicht zu einer Datsche gepasst hätten, aber nicht zu einer Villa. Bei genauerem Hinsehen erkannte Alisa bunte Kreidekritzeleien – natürlich mit obszönen Sprüchen drauf.
Tante Wanda wischte sich mit einem Taschentuch die Augen.

»Kindchen, ich weiß, was du denkst, nämlich, dass das hier grässlich ist und kein Erbe, sondern eine Herausforderung. Nun, der Lack ist ab. Wie bei einer alten Dame.«
»Nein, Tante Wanda. So nun auch wieder nicht.«
»Wenigstens bist du ehrlich«, entgegnete die Großtante. »Aber wenn du jetzt auch genauso ehrlich deine Phantasie bemühen würdest, dann bestünde die Chance, dass du deiner Villa sogar etwas abgewinnen könntest.«
»Meiner Villa?«
»Deiner Villa.«
Tante Wanda klang fest. Alisa hörte es mit Unbehagen, konnte aber trotzdem einen Anflug von Stolz nicht unterdrücken.
Hinter dicken Kiefernstämmen, struppigem Holunder, alten verknöcherten Rhododendron-Sträuchern, Mülltonnen und dem Durcheinander von Kinderfahrrädern präsentierte sich die Villa Bernstein – ein dreistöckiges Gebäude aus der Gründerzeit, von außen ein bisschen Schweizer Landhausstil, gemischt mit einer Portion Klassizismus.
Die Balken des Ständerfachwerks waren in hässlichem Braun gestrichen, der gelbe Putz an einigen Stellen so weit ruiniert, dass der Backstein zum Vorschein kam. Die Vorderansicht wurde von zwei sechseckigen Türmen mit Rundbogenfenstern flankiert.
Der Blick von oben auf die Ostsee muss großartig sein, dachte Alisa. Auf weichen Polstern lehnen, ein Buch lesen, Mokka trinken, Sherry.
Deine Villa.
Sie schaute weiter. Ein filigranes Rankenschnitzwerk verkleidete den Giebel. Dahinter nisteten Tauben. Ihr Dreck klebte am Putz.
Faszinierend war die Laubengalerie im dritten Stock, die

sich über die ganze Breite der Villa zwischen den Türmen dahinzog. Auf ihr zu lustwandeln, zu toben, zu feiern – das Meer vor Augen, abends warm und geschützt …

Henrik.

Ich brauche dich, rief Alisa ihm zu.

Wie gut, dass wenigstens die Sonne scheint. Alisa sagte es sich wohl ein Dutzend Mal, während sie »ihre« Villa betrachtete. Leider entsprach sie geradezu dem Klischee einer so genannten Ost-Immobilie. Sicher, mit einem ordentlichen Batzen Geld ließe sich was Schönes daraus machen, aber so? Alisa überschlug, wie viel Geld von Henriks Lebensversicherungen noch übrig war – circa hundertfünfundzwanzigtausend Euro. Eine Renovierung dieses »Objekts« verschlang aber bestimmt mehr als das Vierfache.

»Was zerbrichst du dir deshalb den Kopf!«, sagte sie mürrisch zu sich selbst. »Als ob …«

Die breite Eingangstür wurde aufgerissen. Die gusseisernen Türklopfer krachten gegen einen aus der Wand ragenden Eisenhaken. Der Lärm einer Kinderhorde breitete sich wie eine Sturmwelle über den Vorgarten aus. Sie schienen alle gleichzeitig durch das Portal zu wollen. Unter wüstem Gegröle rannten sie zu ihren Fahrrädern und flitzten mit ihnen durch den Vorgarten, kurvten um Kiefern und Mülltonnen.

»Komm mit«, sagte Wanda. »Nur noch ein Blick nach hinten, dann bist du fürs Erste erlöst.«

Alisa seufzte. Sie hakte sich bei ihrer Tante ein und schritt mit ihr über den Plattenweg, der um das Haus führte. Doch was sie hinter der Villa zu sehen bekam, war kaum weniger trostlos. An der Hauswand lehnten leere Getränkekästen und eine Pyramide von Aluminiumfässern. Unter drahtgittergeschützten Holzbeeten wuchsen Salat und

Gemüse. Neben dem Komposthaufen türmten sich ausrangierte Möbel, in einem offenen Schuppen stand ein abgewrackter Trecker. Die achteckige Gartenlaube, welche Alisa schließlich auch noch zu sehen bekam und die wegen des abgesackten Grunds eine schiefe Optik bot, wirkte wie das Fazit der Immobilie: Alles Schöne ist hier marode, alles braucht viel Geld.
»Wie groß ist das Grundstück eigentlich?«, fragte Alisa, nur um etwas von sich zu geben.
»Ein drei viertel Hektar, also um die siebeneinhalbtausend Quadratmeter.«
Alisa nickte.
»Die Natur gefällt mir«, sagte sie vage. »Merkwürdigerweise finde ich es hier hinten mit gewissen Abstrichen sogar gemütlich.«
»Das liegt am Kieferduft«, entgegnete Tante Wanda. »Ja, der ist jetzt sogar noch intensiver als früher.«
Tante Wanda musterte Alisa verstohlen von der Seite. Die bemerkte es und hob schelmisch den Finger.
»Freu dich nicht zu früh!«
»Immerhin hast du schon etwas entdeckt, das dir gefällt.«
Ein Stück hinter dem Tor trafen sie auf einen Mann in grauem Kittel. Er fuchtelte mit den Armen und stritt mit einer Frau, die Alisas Empfinden nach nur die Lehrerin der Kinderhorde sein konnte.
»Achtung, das ist Herr Lemcke«, tuschelte Wanda, »mein Hausmeister. Ein echtes Original. Für meinen Geschmack allerdings noch zu sehr DDR-treu.«
In der Nähe hörten sie ein Keckern, es raschelte. Dann das Geräusch eines Autos, das abrupt bremste. Gleich darauf rief eine Männerstimme: »Scheiße!« Alisa und Tante Wanda drehten sich um.
Der Wagen stand bereits halb in der Auffahrt. Vor seiner

Stoßstange verblutete ein Eichhörnchen. Der junge Mann fluchte noch einmal und sah auf.
»Bärbel!«, rief er ungeduldig. »Bärbel! Sag bitte Herrn Lemcke, dass ich 'ne Schaufel brauche.«
Kinder kamen neugierig angerannt.
»Och, ein Eichhörnchen!«
»Wie süß!«, riefen ein paar Mädchen. »Herr Sammer, warum haben Sie das totgefahren?«
»Mensch! Doch nicht mit Absicht. Das kam so schnell angeflitzt. Ich hab's kaum gesehen. Tut mir doch auch Leid.«
»Und was machen Sie jetzt?«
»Das Beste ist wohl, wenn ihr es begrabt. Platz genug gibt es hier ja«, sagte Alisa. »Dazu wäre aber ein Spaten geeigneter.«
»Da haben Sie auch wieder Recht«, sagte der junge Mann. »Mal sehen, ob unser Meister Lemcke auch einen Spaten hat. Mit 'ner Schaufel in der Hand hab ich ihn hier nämlich schon mal gesehen.«
Rasch wandte sich Alisa zu einigen Kindern um und flüsterte ihnen zu, sie sollten doch schon mal einen Platz für das Eichhörnchen suchen gehen. Und sich vielleicht überlegen, wie sie das Tiergrab schmücken wollten. Die Kinder stoben aufgeregt und begeistert von dannen.
Lemcke kam im Eilschritt mit dem Spaten. Sein Kittel saß eng wie eine Uniform, doch die Taschen an beiden Seiten waren prall gefüllt. Durch den ausgewaschenen Stoff zeichneten sich ein Knäuel Schnur, Streichhölzer, Schraubenzieher, Schlüsselbund, Lappen und Ölfläschchen ab. Tatsächlich, dachte Alisa, mit seinem bleichen Gesicht, dem biestigen Mund und den buschigen grauen Haaren sieht er aus wie die Missmut in Person. Ihm folgte langsameren Schrittes die Lehrerin.

Der Hausmeister aber ging erst einmal auf Alisas Großtante zu.
»Da kommen Sie uns mal besuchen, und schon passiert was, Frau Wiegand. Wie ist so was nur möglich.«
»Herr Lemcke«, sagte Wanda kühl, »ich habe das Vergnügen, Ihnen meine Nichte Alisa vorzustellen. Sie ist ab sofort die neue Nummer eins im Hause Bernstein. Was nicht heißen soll, dass Sie Ihre Unleidlichkeit in Zukunft an ihr auslassen.«
»Oho!«, machte der Lehrer und nahm Lemcke den Spaten aus der Hand.
»Meine Tante beliebt zu scherzen …«, erklärte Alisa schwach.
»Das sag mal nicht!«, rief die Tante.
»Wir haben die Russen überlebt, die Treuhand und die blühenden Landschaften«, meinte der Hausmeister. »Da kommt's auf einen neuen Besen mehr oder weniger auch nicht mehr an.«
»Das sagen Sie nur, Herr Lemcke, weil Sie sich gar nicht mehr vorstellen können, wie heute die neuen Besen kehren«, erwiderte die Lehrerin und schaute demonstrativ auf Alisas roten BMW, den diese vor dem Tor der Villa geparkt hatte. »Wir jedenfalls heißen hier jeden willkommen, der es gut mit uns meint.«
Das klang äußerst sarkastisch. Bärbel war eine hagere, herbe Erscheinung mit flachem Busen und langem aschfahlem Haar. Alisa schätzte sie um die dreißig.
»Genau! Also erst einmal willkommen in Heringsdorf«, sagte der Mann freundlich und streckte Alisa die Hand hin. »Sammer, wie der Dresdner Fußballer. Holger Sammer. Wir sind aus Stralsund und das erste Mal mit unseren Viertklässlern hier.«
»Eben. Das erste und damit wohl auch bestimmt das letzte

Mal, oder?«, zischte Bärbel abschätzig und warf wieder einen Blick zum BMW hinüber. »Schulklassen wird die Villa Bernstein nun wohl kaum mehr erdulden müssen.«
»Bärbel, du bist unfair«, sagte Holger. »Du redest, als stünden alle, die 'nen BMW fahren und aus dem Westen kommen, für bourgeoisen Sanierungskapitalismus.«
»Leider sind die meisten aber so«, pflichtete der Hausmeister der Lehrerin bei. »Hier gibt's doch bald bloß noch Schickimickis. Zum Glück ist die Villa Bernstein noch so was wie 'ne Bastion für all diejenigen, die das Geld nicht so dicke haben. Und es wäre anständig, wenn das auch so bliebe.«
Alisa fühlte sich völlig überrumpelt, und zwar von ihrer Tante genauso wie von Hausmeister Lemcke und Lehrerin Bärbel. Ohne irgendetwas Besonderes gesagt zu haben, stempelten sie hier zwei Menschen zum hässlichen Wessi. Und das anscheinend nur, weil sie einen roten BMW fuhr. Wie sollte sie sich jetzt bloß verhalten? Etwa gegen die Vorurteile anreden? Einen Disput beginnen, dass nicht alle Wessis in den neuen Ländern automatisch Kapitalisten seien? Oder doch besser schweigen?
Wie dem auch sei, Tante Wanda war an allem schuld.
Alisa hatte gute Lust, sich einfach ins Auto zu schwingen und wegzufahren. Und zwar ohne ihre Tante. Denn diese Szenerie hier war ganz einfach nur absurd und obendrein für alle peinlich. Und doch – hatte sie das nötig, hier klein beizugeben, die Getroffene, Gedemütigte zu spielen? Nach diesen Jahren, die hinter ihr lagen?
Nein, das auch nicht. Tu was, rief eine Stimme in ihr. Sag was. Alisa nahm, um die Situation zu retten, erst einmal Lehrer Sammer den Spaten aus den Händen und reichte ihn dem nächstbesten Jungen. Dann sagte sie: »Sollte ich hier jemals die Nummer eins werden – Kinder sind mir im-

mer willkommen. Erstens, weil ich selbst welche habe, und zweitens, weil ich Schickimickis genauso ablehne wie Sie!«

»Wir haben einen Platz!«, kamen die Kinder atemlos rufend zurück. »Da hinten!«

»Guck an. Aber wo ist bei euch hinten?«, fragte der Hausmeister misstrauisch.

»Da, wo die Bruchbude ist!«, antwortete ein Junge.

»Bruchbude? Das ist die Gartenlaube!«, entgegnete Lemcke zornig.

»Es war die Gartenlaube, Alisa«, ließ sich Tante Wanda vernehmen. »Übrigens Jahrgang 1911. Komisch, wie? Was man so alles behält? Du kannst ein hübsches Spielplätzchen für Kinder draus machen.«

»Was meint denn die Nummer eins dazu?«, fragte Bärbel.

»Die Nummer eins drückt Ihnen gleich nachher einen Eimer Farbe in die Hand«, antwortete Alisa wütend. »Sie können sich damit ein Jahr Wohnrecht erstreichen!«

»So, nun machen wir aber Schluss, sonst ham wir hier gleich Damenboxen«, sagte Hausmeister Lemcke, und zu dem Jungen mit dem Spaten gewandt: »Du buddelst mir ein ganz tiefes Loch, sonst wühlen die Hunde das Eichhörnchen nämlich wieder aus.«

Der Junge nickte begeistert. Seine Mitschüler bildeten einen Kreis um ihn, als er das Spatenblatt unter das Eichhörnchen schob. Wie in einer Prozession marschierten dann alle los.

»So«, meinte Holger Sammer, »damit sind die jetzt erst mal eine Weile beschäftigt.«

»Ja, und wir können endlich was essen gehen«, sagte Alisa, die sich nach der letzten Spitze der Lehrerin nur noch wünschte, endlich den Bannkreis der Villa verlassen zu können.

»Das haben wir uns auch verdient«, stimmte ihr die Tante gut gelaunt zu. An den Hausmeister gewandt, fuhr sie lächelnd fort: »Aber um siebzehn Uhr kommen wir wieder. Ja, Herr Lemcke? Es passt Ihnen doch, oder? Für eine Führung?«
»Von mir aus«, antwortete er zähneknirschend und mit einem Gesicht, das nur Neins zu kennen schien. »Aber bilden Sie sich, meine Damen, bloß nicht ein, dass die Tapeten in der Villa deswegen charmanter sind, nur weil Sie jetzt zu zweit sind.«
»Die alten bestimmt nicht, Herr Lemcke. Aber vielleicht werden sie ja bald mit neuen übertapeziert!«
Alisa sagte die Sätze nur, um Lemcke und Bärbel zu ärgern. Ihre Tante aber klatschte in die Hände und ließ einen jubelnden Laut hören. Alisa schwante, dass sie soeben einen schweren Fehler begangen hatte.
Meine Villa – deine Villa.
Ihre Tante war ein Schlitzohr. Alisa begriff mit einem Mal, dass ihr so genanntes Erbe sie bereits klammheimlich umstrickt hatte. Aber traute das Schicksal ihr wirklich so viel Mut und Beharrlichkeit zu, es mit einem Hausmeister wie Lemcke und einer solchen Villa aufzunehmen?

»Na, wie sieht's aus?«, meldete sich abends Alisas Vater per Handy.
Alisa saß erschöpft und überreizt auf der Bettkante. Ihre Füße brannten, und an der linken Ferse klebte ein frisches Pflaster. Sie hätte heulen, genauso gut aber auch lachen können. Diese verrückte Großtante – fast achtzig und noch Träume im Kopf! Diese wahnsinnige Villa – alt, groß, schön, doch marode wie das Ballkleid der letzten Kaiserin. Alisa schüttelte immer wieder den Kopf und führte Selbstgespräche. Und jetzt noch ihr Vater! Eigent-

lich hatte sie keine Kraft mehr, doch kaum dass sie seine Stimme hörte, brach es aus ihr heraus.
»Nichts sieht aus!«, japste sie. »Da passt nur ein Satz: Alles raus, alles neu. Sanitär, Elektrik, Heizung – raus. Decken, Böden, Wände – alles total renovieren. Das Dach muss mindestens neu gedeckt werden. Und der hässliche Putz draußen, ich sag dir, mir wird schlecht, wenn ich nur dran denke.«
»Oh! Na ja, ist eben alt und noch voller DDR.«
»Jaja, die scheußlichen Kugelleuchten in der Eingangshalle! Hängen an ellenlangen widerlich gelben Plastikkabeln. Die Fliesen sind schwarz-weiß und abgetreten. Und die Tapeten in den Zimmern – giftgrün-orangefarbene Schlangenlinien auf Graubraun. Das ist echte Augenfolter.«
»Gibt's denn nicht auch was Hübsches?«
»O ja! Auf jeden Fall«, sagte Alisa, und Begeisterung schwang in ihrer Stimme mit. Sie holte tief Luft und schaffte es endlich, sich ins Bett zu schwingen und auszustrecken. Der Bezug erfrischte ihre Beine, und das Kissen kühlte auf angenehm weiche Art den Nacken. »Das Ganze ist mehr als die Summe seiner Teile …«
»Wie?«
»Na ja, der Gesamteindruck eben, der nimmt für sich ein. Und wenn du Einzelheiten meinst, die breite Holztreppe zum Beispiel, die vom Entree, was übrigens getäfelt ist, in weit ausladendem Schwung auf eine Galerie und weiter zu den Stockwerken führt – dunkles Mahagoni samt altdeutschem Schnitzwerk. Sieht schon edel aus. Und natürlich die Aussicht von den Turmzimmern. Auch die Formen der Fenster.«
»Aber ansonsten eben ein bisschen feucht, etwas Schimmel in den Ecken, ein paar Mäuse unter den Dielen, links

ein Schwalben-, rechts ein Hornissennest«, witzelte Alisas Vater. »Mit anderen Worten, Tante Wandas Villa ist eine Ruine, die nur noch aus Gewohnheit steht.«
»So ungefähr«, murmelte Alisa.
Doch irgendwie passte ihr nicht, was ihr Vater sagte. Wenn sie schon was Gutes erwähnte, hätte er da nicht wenigstens auch ein kleines bisschen was Positives dazu von sich geben können?
»Nur so ungefähr? Hast dich also schon über den Tisch ziehen lassen? Mensch, weißt du noch, wo du zu Hause bist?«
»Danke für deine Anteilnahme«, blaffte Alisa ins Handy.
»Hab ich irgendwas gesagt?«
»Nein, gar nichts«, entgegnete ihr Vater voll tiefster Ironie. »Ich will dich doch nur warnen. Wanda scheint nämlich auf ihre alten Tage noch einmal voll in Fahrt zu kommen. Lass dich nicht verrückt machen. Im Übrigen weiß sie sehr genau, wie man wen für seine Interessen einspannt.«
»Warum erzählst du mir das jetzt?«, sagte Alisa gequält. »Ich steh hier vor allem allein, und du kommst mit Nullachtfünfzehn-Ratschlägen.«
»Alisa, jetzt hör mir doch mal zu!«, begehrte ihr Vater auf. »Du klingst, als ob du in Wahrheit bereits sämtliche Verträge im Geist unterschrieben hättest. Aber wir können dir mit den Kindern, wenn du wieder arbeiten möchtest, nur hier helfen.«
Alisa hörte im Hintergrund ihre Mutter schimpfen. Die Kinder seien gerade eingeschlafen. Ihr Vater brülle, als würde er glauben, sie sei taub.
Alisa lächelte einen kurzen Moment, hielt aber doch das Handy ein Stück vom Ohr weg. Sie hatte keine Lust mehr. Ihr Vater war viel zu umständlich und voreingenommen,

um helfen zu können. Stattdessen raunzte er ins Telefon, die Großtante habe ihren ersten Mann beim Sex in der Sauna in den Herzinfarkt getrieben.
»So eine ist sie.«
»Aha. Die Frau mal wieder als Sexmonster. Papa, lass es gut sein. Ich überstürze nichts.«
Alisa schloss die Augen und versuchte an nichts zu denken. Was ihr misslang. Draußen war es herrlich, die Vögel zwitscherten. Es ist eine Sünde, bei dem Wetter im Haus zu bleiben, dachte sie. Der Wind, die Sonne, das Meer – wann hast du das schon?
Sie setzte sich wieder auf und fuhr sich durchs Haar. Dann trat sie ans Fenster, öffnete es und lauschte der Brandung. Der Wind wehte frisch von Osten. Es roch nach Tang und Salz.
Da klopfte es.
»Alisa?«
»Ja.«
Die Tante steckte den Kopf ins Zimmer.
»Hast du noch Lust auf ein Stückchen Seebrücke und ein Glas Wein?«
Alisa seufzte. Sie hätte schon Lust. Aber allein. Nicht mit Tante Wanda.
»Bist du böse, wenn ich Nein sage?«
»Ach, i wo. Ruh dich aus. Bis morgen dann. Gute Nacht.«
Alisa fühlte sich von einer Sekunde auf die andere todmüde. Sie fiel zurück aufs Bett. Bald begannen sich ihre Gedanken zu verwirren wie Flugsand im Wind. Die Villa stand auf einmal direkt am Wasser, und Vicky und Julius plantschten auf der Galerie in einem bunten Plastikbecken. Tante Wanda schimpfte. Hausmeister Lemcke kam mit einem riesigen Feudel. Sie erschrak, weil ja noch die Heizung repariert werden müsste, und versuchte vergeb-

lich, die Nummer ihrer Bank auf das Handy-Display zu kriegen.
Da kam Bärbel angerannt und rief, ihr BMW versperre die Einfahrt. Außerdem fange das Eichhörnchen an widerlich zu stinken. Zu guter Letzt sah Alisa noch Cora nackt auf dem Schoß von Dr. Spengler sitzen. Sie drehte Alisa das Gesicht zu und lachte triumphierend. Um ihren Hals blitzten taubeneigroße Bernsteinkugeln.

Einen ganzen Tag lang, bat Alisa sich aus, wollte sie nichts mehr von der Villa hören. Um ganz sicher zu sein, verabschiedete sie sich von ihrer Tante und fuhr allein quer durch Usedom. Abstand hieß jetzt ihre Devise. Keine Villa, kein Heringsdorf, auch keine anderen mondänen Bäderstädte. Weder Meister Lemcke noch Tante Wanda. Ruhe.
Alisa fuhr in Richtung Binnenküste.
In ihrem Schutz lagen die alten Fischerdörfer. Die wollte sie besuchen. Früher webten, wie Tante Wanda während der Hinfahrt erzählt hatte, die Fischer im Winter Teppiche nach eigenen Mustern, die so genannten Fischerteppiche, die es vielleicht noch heute irgendwo zu kaufen gab. Andere hätten, um sich die Zeit zu vertreiben, begonnen Buddelschiffe zu basteln. Bis weit über Usedom hinaus seien die Fischer für ihr kunstvolles Handwerk berühmt.
»In Notzeiten waren die so zuverdienten Groschen der rettende Anker«, hörte Alisa ihre Tante im Geiste dozieren. »Sie garantierten den Kindern Brot und Milch, den Müttern Tuch zum Nähen, den Männern Schuhzeug und Werg.«
Und für die Eltern und Julius und Vicky wären solch ein Teppich und ein Buddelschiff bestimmt prima Reisegeschenke.

Alisa fuhr mit offenem Schiebedach, über sich einen tiefblauen Himmel, der von keinem Wölkchen getrübt wurde. Das erste Mal, seit sie die Insel betreten hatte, fühlte sie sich leicht und frei. Rechts und links der Straße lagen ausgewiesene Naturschutzgebiete. Die verschiedenen Grüntöne von Bäumen und Sträuchern bewirkten einen Zauber, der Alisa so anrührte, dass sie ihr Tempo immer weiter drosselte. Wie im Traum fuhr sie durch Birkenalleen, Sonnen- und Schattenflecken und erfreute sich am Gelb von Ginster und Butterblumen. Als ihr schließlich eines der blau-weißen Steig-aus-und-wandere-Schilder ins Auge fiel, überkam sie eine unbändige Lust zu laufen.
Noch fünfhundert Meter bis zum Parkplatz.
Kaum dass sie die ersten Schritte machte, spürte sie, wie sehr Körper und Geist sich nach Bewegung sehnten.
Sie lief stundenlang. Vorbei an windschiefen Birken mit daumendicker Borke, an Wiesen mit violett blühenden Phacelia-Pflanzen, in denen Bienen und Hummeln summten. Hinter einem gelben Rapsfeld lag ein See, in dem ein einsames Schwanenpärchen seine Kreise zog. Auf einem verwitterten Wildapfelbaum ruhten majestätische Reiher, und im sumpfigen Schilfgürtel entdeckte Alisa einen staksenden Schwarzstorch. Der Himmel war von einem solch tiefen Blau, dass sie mehrmals glaubte, auf einer fremden Welt zu sein.
Alisa versuchte an nichts zu denken. Sie überließ sich dem Rhythmus ihrer Schritte, der Leichtigkeit ihres Atems.
Die Geräusche der Zivilisation waren verklungen. Es war atemberaubend, nur noch Wind und Blätterrauschen zu hören, das Rascheln von Vögeln und Mäusen, das Gesumm von Insekten.
Ihr Blick blieb am morschen Stumpf einer Kiefer hängen.

Ameisen hatten ihn sich zu Eigen gemacht und einen feinsandigen Haufen an ihn gebaut. Alisa ging in die Hocke und sah für eine Weile dem Treiben der emsigen Tierchen zu.

Hatten Julius und Vicky eigentlich schon einmal einen Ameisenhaufen gesehen? Alisa schaute nachdenklich vor sich hin. Aber die Frage blieb. Wo sollten Vicky und Julius eigentlich ihre Kindheit verbringen, wo Natur erleben? Etwa am brackigen Alsterlauf? Im vermassten Stadtpark mit seinen Junkies und im Sommer nicht endenden Grillorgien? In den zwar schön anzusehenden, aber sterilen Bunt-Gartenanlagen in Planten und Blomen? Gut, da gab es einen riesigen Spielplatz – aber war das eine Art, stundenlang dort auf den Bänken herumzusitzen und aufzupassen? An der Außenalster wieder waren Hunde und Fahrräder in der Überzahl – und nicht zu vergessen, irgendwie durch die Stadt mussten sie immer. Stadt und Stau, Lärm und Gestank. Und wenn die Kinder größer wurden, begann der Stress mit all den verführerischen Segnungen der Fun-Gesellschaft.

»Fragst du dich das, weil Henrik tot ist? Du allein bist?«

Alisa sprach halb laut in den Wind und ließ ihre Blicke in die Landschaft wandern. Niemand war zu sehen.

»Was meinst du?«

Müde ging sie noch ein paar Schritt und lehnte sich dann an eine Kiefer. Irgendwo klopfte ein Specht. Sie schloss die Augen und konzentrierte sich lächelnd ganz auf sein Bild. Plötzlich war sie da, die Traurigkeit. Es war hier so schön, zu schön – aber sie war allein. Mit Henrik ... Alisa sank ins Gras. Sie umklammerte ihre Knie und begann lautlos zu weinen. Die Erinnerungen kamen und gingen wie ein Reigen alter Fotografien. Alisa hörte Henriks Lachen, sah ihn beim Rasieren, am Steuer, erinnerte sich an

seine Hände und seinen Gang. Es dauerte, bis sie ihre Ruhe wiederfand. Irgendwann glaubte sie zu fühlen, dass ihre Fragen auf geheimnisvolle Weise mit der Natur um sie herum verschmolzen. Sie waren noch da, hatten aber alle Last verloren. Als ob eine Kraft sich ihrer angenommen hätte. Jetzt musste sie warten. Doch Alisa war sich sicher, bald eine Antwort zu finden. Eine Antwort, die nicht sie allein getroffen hatte. Davon war sie fest überzeugt. Schließlich brachte die Natur ihr den inneren Frieden zurück.
Dankbar seufzte Alisa auf und ließ sich ins Gras fallen.

Als sie die Augen aufschlug, waren Wolken aufgezogen. Die Luft war kühler, und sie verspürte einen gesunden Appetit.
Alisa sagte sich, dass sie ihr eigentliches Ziel, die geschützte Binnenküste, zwar nicht erreicht, dafür aber etwas viel Wertvolleres gefunden hatte – Kraft und innere Festigkeit.
Sie zog sich den Pulli über, den sie um die Hüften geschlungen hatte, und folgte dem Rundweg. Eine Hand voll Möwen kreischte plötzlich über ihr. Es roch intensiv nach Gras, aber auch etwas nach Gülle. Alleine war sie jetzt nicht mehr. Vier Mountainbikes kamen ihr entgegen, eine Familie mit zwei Kindern. Der sandige Weg machte alle Mühe. Jeder stemmte sich mit gesenktem Kopf in die Pedale, der Vater vorneweg, dazwischen die Kinder, hinten die Mutter.
Aber alle grüßten.
Alisa kam an knorrigen Weiden und blühenden Weißdornhecken vorbei. Der Wind frischte auf, die Sonne verschwand. Jetzt roch es nach Regen. Irgendwo rief ein Kuckuck. Wieder wurde sie nachdenklich.

Und den? Würden Julius und Vicky in Hamburg jemals einen Kuckuck hören? Sie kannten ihn nur aus dem Bilderbuch. »Ku-ckuck, Ku-ckuck« stand dort auf Papier. In Buchstaben und Noten! Aber wie er wirklich klang – hier würden sie ihn hören können und vielleicht auch sehen!
Als Alisa nach zwei Stunden wieder bei ihrem BMW war, war sie durchgeschwitzt, aber zufrieden. Unter dem linken Scheibenwischer klemmte ein kariertes Ringbuchblatt.
»Und du schmachtest und dachtest, du wärst allein!«
Sie erschrak ein wenig. Sie hatte sich hier so wunderbar allein und unbeobachtet gefühlt.

»Wie geht's? Was sagen Sie nun zu Ihrer Villa?
Ein Traum? Oder ein Fluch? Auf jeden Fall,
Sie wissen, wenn Sie Hilfe brauchen, rufen Sie an!
Schöne Grüße H. Sammer.
PS: Eichhörnchen, Sie wissen schon!
PPS: So einen BMW wie Ihren gibt's hier
eben nur einmal!«

Das durfte doch nicht wahr sein!
Sammer, wie der Fußballer.
»Eins zu null«, murmelte Alisa.
Am selben Abend noch kaufte sie sich einen Schlafsack.

Am Morgen darauf stand sie, während die Stralsunder Schüler noch frühstückten, an der Rezeption.
Das Mädchen, vom Typ her eine brünette, altkluge Studentin mit Minirock, Sex-Appeal und bewusst verunstaltender Hornbrille, saß über einem Metro-Prospekt: Gemüse und Schweinefleisch.

»Bitte?«
»Ich möchte ein Zimmer«, sagte Alisa unschuldig. »Natürlich das schönste. Zahlen tu ich selbstverständlich nicht.«
Das Mädchen war langsam. Sie schaute Alisa erst mal ungläubig an, dann schüttelte sie den Kopf. Ihr Rock war sehr kurz. Nein, er war eigentlich nur noch ein Gürtel.
»Wir sind leider ausgebucht. Und wenn nicht – umsonst gibt's hier nix.«
»Nicht ein Zimmerchen?«
»Schon, aber keins für verwöhnte Hotelgäste.«
»Wissen Sie, wer ich bin?«
»Sie haben sich mir noch nicht vorgestellt.«
Es klang freundlich. Alisa hörte sogar Unsicherheit in der Stimme.
»Um es kurz zu machen: Ich bin Alisa Ganzow, die Großnichte von Wanda Wiegand. Ich bin hier, um dieses Objekt von Villa auf mögliche Renovierungen zu taxieren.«
»Das heißt, Sie gucken sich alles an, entscheiden danach, ob saniert wird, und schließen dann den Laden.«
Die so altklug wirkende Studentin entpuppte sich auf einmal als schnelle Denkerin. Sie rollte auf ihrem schäbigen Bürostuhl ein Stück nach hinten und schlug die Beine übereinander. Wie sie es dabei schaffte, ihr Höschen nicht sehen zu lassen, war Alisa ein Rätsel. Auf jeden Fall war ihr diese Person dem ersten Eindruck nach sympathischer als Bärbel.
»Behalt ich den Job?«
Jetzt war es Alisa, die sich überrumpelt fühlte.
»Sie stellen vielleicht Fragen«, brachte sie heraus. »Ich wollte doch nur ein Zimmer.«
»Tschuldigung. War dumm von mir. Ich bin übrigens die Tina. Tina Lemnitz. Von der SOIVER. Der Stralsund-Ostsee-Immobilien-Vermittlung. Ich schmeiß hier gewis-

sermaßen die Verwaltung der Villa beziehungsweise das, was es zu verwalten gibt.«

»Lustiger Name«, sagte Alisa.

»Ja, aber dafür wenigstens mit oi«, entgegnete Tina vieldeutig.

Der Ton der Antwort ließ Alisa aufhorchen. Er war stolz und scheinheilig zugleich, klang aber auch ein bisschen verschlagen. Warum, war Alisa nicht klar. Wieso sagte Tina: »… dafür wenigstens mit oi«? Alisas Instinkt riet ihr, nicht nachzufragen. Aber sie wusste auch, dass sie vorsichtig sein musste. So apart und burschikos diese Tina sich gab, irgendetwas an ihr war nicht koscher.

»Aha, die SOIVER«, meinte Alisa nachdenklich. »Meine Tante hat sie mir gegenüber noch gar nicht erwähnt.«

»Die Frau Wiegand will einfach nichts mit dem Geschäftskram zu tun haben«, erklärte Tina wieder ganz arglos. »Dabei ist alles eigentlich total einfach.«

»Das sagen Sie!«, rief Alisa mit berechnendem Enthusiasmus.

Spontan fasste sie den Entschluss, ein klein wenig die Ahnungslose zu spielen. Lass dir ein bisschen helfen, sagte sie sich. Tatsächlich schien Tina Dinge zu wissen, die sehr nützlich waren.

Der Trick funktionierte.

Tina lehnte sich zurück, als ob sie jetzt gleich einen Vortrag halten würde. Nicht ohne vorher zu versuchen, ihren Rock einen Millimeter nach unten zu zupfen. Was natürlich sinnlos war. Immerhin, Tina hatte das, was Männer ein heißes Fahrgestell nennen würden, befand Alisa. Für einen Moment überlegte sie ernsthaft, ob es ginge, eine solche Person in einem sanierten Hotel als Empfangsdame zu beschäftigen. Die Männer würden es prima finden. Die Frauen natürlich nicht. Alisa dachte an Dr. Spengler und gab sich einem kurzen Gedankenspiel hin: Einmal angenommen, ihr Exchef veranstaltete in der Villa Bernstein eine kleine Tagung, er würde, vorausgesetzt, der eigentliche Service stimmte, sicher noch einmal hier tagen, wenn Tina sich in diesem Outfit danach erkundigte, ob sie noch irgendetwas für ihn und seine Kollegen organisieren dürfe.

»Also, die SOIVER hat die Villa dem FDGB nach der Wende gewissermaßen abgenommen«, begann Tina zu erzählen. »Wir, die SOIVER, wollten dasselbe wie jetzt Sie. Doch dann funkte uns Ihre Tante dazwischen. Nach der Rückübertragung der Immobilie verlor die SOIVER natürlich alles Interesse am Objekt. Wir haben mit Ihrer Tante einen jederzeit auflösbaren Vertrag. Das heißt, wir fungieren als Geschäftsführer, sie als Eigentümerin. Vom erwirtschafteten Gewinn bekommt sie fünfzig Prozent. Im Prinzip für uns viel zu wenig, gäbe es nicht die ganzen Steuermöglichkeiten.«

»Was heißt«, unterbrach Alisa sie, »die SOIVER arbeitet ohne einen Pfennig Investitionen die Restsubstanz der Villa ab.«

»Ja, so ziemlich. Bis das Bauaufsichtsamt befindet: lebensgefährlich.«

»Ah, nun verstehe ich!«, sagte Alisa. »Die Zimmer, die Sie mir nur noch anbieten können, sind allesamt lebensgefährlich.«

Beide lachten sie jetzt. Das Telefon klingelte. Tina rollte an den Schreibtisch. Das Frühstück war auch beendet, Kinder stürmten durchs Entree.

Und da sah sie auch schon Holger Sammer. Einen Atemzug später ebenfalls Bärbel, die sich ihr langes aschfahles Haar nach Putzfrauenart zusammengesteckt hatte.

Holger Sammer kam freudestrahlend auf sie zu. Alisa

grüßte ihn mit einem Kopfnicken. Dann passierte etwas völlig Unerwartetes. Alisa wurde Zeugin, wie Tina und Bärbel sich Blicke zuwarfen, die voller Hass waren.
»Nehmen Sie sich vor der in Acht!«, rief Bärbel.
Tina konterte sofort.
»Du falsches Genossenstück, du. Zieh bloß Leine.«
Holger Sammer verdrehte die Augen.
»Das waren mal Nachbarskinder. Nett, wie?«
Alisa schulterte ihre Badetasche mit dem Schlafsack und sagte, es sei noch zu früh, um sich zu streiten. Sie winkte allen zu und marschierte schnurstracks zur Tür. Die Hand auf der Klinke, drehte sie sich aber noch einmal um und rief Tina zu: »Frau Lemnitz, ich schlaf die nächste Nacht hier. Bestimmt. Ganz bestimmt!«

Es war immer noch früh. Der Strand war noch feucht vom Regen der letzten Nacht, aber die Maisonne versprach auch an diesem Tag, den Wettkampf gegen die Wolken zu gewinnen.
Alisa bekam Lust zu baden, selbst wenn das Wasser noch ziemlich kalt war.
Wenn ich das überlebe und keine Lungenentzündung kriege, schaffe ich alles andere auch, sagte sie sich und biss die Zähne zusammen. Sie kam sich auf einmal wie ein Kamikazeflieger vor. Entweder alles oder nichts. Mit Tina oder ohne sie. Was an ihr falsch war, würde sie noch rausfinden. Immerhin machte sie einen patenten Eindruck.
»Behalt ich den Job?«, klang ihr Tinas Frage im Ohr.
Es war klar, sollte die Villa saniert werden, war das Personal erst mal überflüssig. Alisa schob alles weitere Nachdenken über diese heikle Angelegenheit auf. Das Ostseewasser war noch eisig kalt, dreizehn Grad. Sie zähl-

te eins, zwei, drei, tauchte bis zum Kinn sechsmal unter – und wunderte sich, dass sie danach noch lebte. Die Kälte schien sie im ersten Moment zu zerbrechen, ihr den Atem zu nehmen. Doch als sie dann zu schwimmen begann, war es einfach nur noch köstlich. Als sie sich abtrocknete, glühte ihre Haut und war rot wie Krebsschale. So erfrischt und gestählt hatte sie sich noch nie gefühlt.
Wäre das nicht auch etwas für Vicky und Julius? Welche Kinder auf der Welt hatten eine solch fantastische Badewanne vor der Tür?
Ich muss einfach ein Gefühl für dieses Haus bekommen, sagte sie sich. Ich muss. Unbedingt. Abends zog sie dann mit ihrem Schlafsack in die Villa ein.
Als sie wieder in der Villa aufkreuzte, tat Tina, als wäre sie eine alte Bekannte. Sie führte Alisa auf deren Wunsch unters Dach in eins der ehemaligen Dienstbotenquartiere. Es war das letzte Zimmer auf der Etage, direkt neben dem linken Außenturm. Tina bezog sogar höchstpersönlich das Bett und brachte als »Willkommensgruß des Hauses« eine Flasche Rotwein samt zwei Gläsern mit.
»Tu ich, um mich bei Ihnen einzuschmeicheln«, meinte sie salopp. »Und, ich rate mal, Sie haben das Herz auf dem richtigen Fleck. Das spür ich.«
»Dann stoßen Sie mit mir an. Es ist immerhin meine erste Nacht.«
Tina würgte den Rotwein hinunter.
»Ehrlich, ich trinke lieber ein gutes deutsches Helles«, sagte sie.
Alisa begann zu ahnen, von welcher Sorte Mensch Tina sein könnte, doch sie ließ sich nichts anmerken. Vielleicht spielte Tina ja auch bloß. Vielleicht war es falsch und feige, aber sollte sie jetzt beginnen, eine Diskussion über vermeintliche deutsche Werte zu führen?

»Was ist schon gutes deutsches Bier«, sagte sie, und es klang, als begriffe sie gar nichts. »Die Hauptsache ist doch, dass man hinterher keine Kopfschmerzen bekommt.«
Tina nickte und wünschte eine gute Nacht.
Alisa kroch in ihren Schlafsack. Der war wenigstens neu und nicht nur sauber wie die Bettwäsche, die die unleugbar durchmufften Bettfedern umhüllte.
Irgendwann nachts schreckte sie hoch. Irgendetwas hatte geklirrt. Sie lauschte angestrengt in die Dunkelheit. Kurz bevor sie wieder einschlief, hörte sie einen wollüstigen Schrei.
»Die Bärbel«, murmelte sie. »Der Holger …«

Die nächsten beiden Tage inspizierte sie das verwilderte Grundstück aus allen Perspektiven und bis ins kleinste Eck, vom maroden Schuppen über das hinfällige Gartenhaus bis zum Wald. Hausmeister Lemcke drückte ihr zwei Schlüssel in die Hand und ließ sie dann allein. Tina durchforstete wieder irgendwelche Metro-Prospekte, die Kinder lärmten, und Holger und Bärbel alterten von Stunde zu Stunde. Alisa stellte sich dem Koch vor, einem gewissen Dietrich Schnabler, und den beiden Küchenhilfen. Schnabler begrüßte sie mit blutigen Händen und war sich im Übrigen zu fein, sein Schlachtermesser aus der Hand zu legen.
»Ick bin West-Berliner, außerdem bi, und alle ham se vor mir Angst.«
Er war glatzköpfig, tätowiert und von seiner Muskelmasse her offensichtlich Bodybuilder. Sein Händedruck jedoch war von fieser Laschheit. Er war noch etwas kleiner als Alisa und trug Turnschuhe der Marke Ultraschäbig.
Seine Küchenhilfen waren zwei verbrauchte Frauen, die

hysterisch auflachten, als Dietrich Schnabler zum Abschied die Arme in die Höhe streckte und tänzelte wie im Ballermann nach einem Eimer Sangria.
Er nahm Alisa überhaupt nicht ernst.
Wie auch die beiden Zimmermädchen, zwei Rostocker ABM-Kräfte, die in der Villa wohnten. Die eine roch nach Chlorlauge, die andere nach Knoblauch. Beide kauten Kaugummi, waren blond und trugen trotz Figurproblemen viel zu enge Jeans. Als Alisa sie fragte, ob der Schnabler eigentlich anständig koche, guckten sie sich an und zuckten bloß mit den Schultern.
»Satt kriegt er immer«, war die lakonische Antwort.
Alisa wurde es wieder zu viel.
Raus aus Heringsdorf.
Sie fuhr an den Gothen- und Usedomer See und schaute sich die Stadt Usedom mit ihrer ehrwürdigen Marienkirche und dem weiß verblendeten Anklamer Torturm aus dem 15. Jahrhundert an.
»Die Ästhetik der mecklenburgischen Backsteingotik korrespondiert dem sachlich-ernsten Ausdruck der mecklenburg-vorpommerschen Landschaft. Sich auf das eine einzulassen zieht bald die Bewunderung des anderen nach sich. Es sich einzuverleiben mag schwieriger sein als anderswo, aber die schließlich erworbene Vertrautheit belohnt den aufgeschlossenen Reisenden mit einem Identifikationspotenzial, das ihn für den Rest seines Lebens begleiten wird. Anders ausgedrückt: Wer sich einmal Kultur und Landschaft erobert hat, kommt immer wieder.«
Der Text des Reiseführers war ungenießbar.
Alisa gab Gas und machte einen Abstecher nach Swinemünde. Aber kaum angekommen, lockte der Wegweiser nach Ahlbeck. Alisa disponierte um. Autofahren war hier schließlich auch etwas Schönes. Also brauste sie nach

Ahlbeck und genoss dort die Eleganz der Seebrücke, die zweihundertachtzig Meter weit ins Meer hineinführt. Mit ihrem leuchtend roten Dach und den vier grünen Türmchen am Ende war sie das Wahrzeichen der Ostseeküste schlechthin.

»Toll«, befand Alisa und schob die Sonnenbrille ins Haar. Männer schauten sie an. In ihrem hellbeigefarbenen Etuikleid und den roten Pumps sah sie verführerisch aus. Und sie fühlte sich auch so.

Wäre Henrik jetzt da, sie hätte ihn auf der Stelle im Auto vernaschen können.

Und Heringsdorf?

Alisa ließ sich vom Rummel auf der prachtvollen Seebrücke mit ihren fünfhundertacht Meter Länge mitreißen. Sie war 1995 wieder neu erbaut worden und gilt als das längste Bauwerk ihrer Art in Europa. In den diversen Lokalitäten in ihrem Brückenkopf – Galerie, Kino, Café, Bar, Restaurant, Muschelmuseum – tummelten sich entspannt Touristen. Mit ihnen schlenderte Alisa durch die perfekt durchgestylten Räumlichkeiten. Und überzeugt befand sie, dass die Seebrücke zusammen mit dem herrlichen Ostsee- und Küstenpanorama eine Attraktion war, der wohl niemand widerstehen konnte.

Aber das Wichtigste ließ sich nun nicht mehr länger aufschieben.

Ja oder nein.

Dein Leben hängt dran und das deiner Kinder. Mehr nicht. Aber eben auch nicht weniger.

Etliche Zeit vertrödelte sie auf der Strandpromenade, hockte sich in dicke Pullover eingemummelt abends an den Strand und legte barfüßig etliche Kilometer im seichten Ostseewasser zurück. Abends badete sie, fast schon trotzig.

Was ihre Tante wohl von ihr dachte?
Sie hatten einander jetzt drei Tage lang nicht gesehen.
Am nächsten Morgen klopfte sie in der Villa an ihre Tür.
»Alisa, Kindchen, ich möchte dir Herrn Dr. Holzner-Czerny vorstellen. Er ist Notar.«
Als die Großtante Alisa anschaute, nickte diese nur.
»Machst du aber ein Gesicht«, sagte Tante Wanda. »Erben ist doch was Schönes.«

Vicky und Julius saßen auf der Couch neben ihrer Mutter, beide je ein halbes Milky-Way im Mund und voll damit beschäftigt, ein Paulchen-Panther-Video anzugucken. Alisa schaute noch immer mehr verzagt als stolz auf die beiden Blätter, die ohne Unterschrift waren und deren blassgraue Computer-Lettern sie seit einer Woche als Eigentümerin eines so genannten »Flurstücks« und einer »Liegenschaft«, sprich Villa, auswiesen. Beigefügt waren ein Lageplan und die Rechnung des Grundbuchamts. Außerdem lugten auf dem Couchtisch aus einem aufgerissenen Umschlag Brief und Bankformular des Notars, in dem sie »zur Liquidierung o. a. Dienstleistungen« aufgefordert wurde.
»Solche Überweisungsvordrucke, die kriegst du jetzt pfundweise«, meinte ihr Vater.
»Noch bin ich ja nur Eigentümerin«, entgegnete Alisa, »keine Schuldnerin.«
»Jaja, aber bald. Und zwar verdammt bald.«
»Rüdiger, sei doch nicht so ablehnend«, meinte Alisas Mutter. »Sie will nachher los, wieder nach Heringsdorf, und du machst jetzt Theater. Ich habe mal irgendwo einen, wie ich finde, klugen Spruch gelesen. Der heißt: Man kann nicht klüger sein als das Schicksal. So wie es jetzt ist, ist es gut. Der Rest liegt in Gottes Hand.«
Alisas Vater verzog den Mund, sagte aber nichts. Alisa war

gerührt. Sie quälte sich aus dem Sofa und umarmte ihre Mutter, die auf einmal aufschluchzte.
»Ach, Alisa, ich hab doch auch Angst. Was da auf dich zukommt …«
»Auf sie? Auf uns!«, brummte Rüdiger Cromm dazwischen.
»Ach was. Wer wagt, gewinnt«, sagte Alisa tapfer.
Sie raffte die Papiere zusammen und schaltete Henriks alten Laptop ein, der im Sekretär des Wohnzimmers seinen Platz gefunden hatte. Ja, seufzte sie innerlich auf, dies sind die ersten Rechnungen für deine Villa, die Villa Bernstein. Sie füllte die Masken aus, wählte sich bei ihrem Provider ein und lauschte auf das Schnarren des Diskettenlaufwerks, in das sie ihre Code-Diskette mit den Bank-Schlüsseln geschoben hatte.
Auftragsliste erfolgreich beendet. Soll die Online-Verbindung nun getrennt werden?
Alisa klickte OK an, und damit waren die Überweisungen Geschichte.
Ihr Vater legte ihr die Hand auf die Schulter.
»Du und Vicky und Julius sind alles, was wir haben«, sagte er. »Das darfst du nie vergessen. Auch wenn ich mal herumpoltere.«
»Ich weiß, Papa.«
Alisa drehte sich um und sah ihrem Vater in die Augen. Sie blickten warm, glänzten aber auch ein klein wenig. Nach einem kurzen Moment wurden sie dunkler. Rüdiger Cromms Gesicht straffte sich. Ein kaum wahrnehmbares Lächeln umspielte jetzt seine Lippen.
Rüdiger Cromm war stolz auf seine Tochter.

Tante Wanda schien das Spiel mit vollendeten Tatsachen zu lieben. Nach dem Notar Dr. Maurus Holzner-

Czerny präsentierte sie Alisa in Heringsdorf einen Architekten. Dipl.-Ing. Alexander Schimmbach trug blassgelbrosa Krawatte, weißes Hemd und blauen Anzug, leistete sich aber einen Lockenkopf wie weiland 68 der oberste Kommunarde der Republik, Rainer Langhans.

Er lachte auf, als Alisa ihn anstarrte, nickte und sagte: »Genau.«

Dann öffnete er die Beifahrertür seines silberfarbenen Jaguars.

Alisa roch Pfeifentabak. Auf dem Rücksitz lagen diverse Architekturmagazine, der Playboy und Grimms Märchen.

»Wer in Meckpomm sein Geld verdient, braucht einfach Poesie«, sagte er irgendwie asthmatisch und nieste. Ungeniert griff er in seiner Jacketttasche nach einem Puster und inhalierte. »Es ist alles so voll Mühe«, meinte er gedankenverloren und bat Alisa und ihre Tante, Platz zu nehmen.

Alisa trug ein lindgrünes Kostüm mit kurzem Rock, ihre Tante dagegen wirkte mit ihrem großen Federhut wie eine Berliner Dame aus alten Schwarzweißfilmen. Alisa hatte zu Schimmbach keine Meinung, aber dass er irgendwelche Defizite hatte, bewiesen ihr seine unruhigen Blicke, denn die wirkten so fleischlich, als würde er sie von Kopf bis Fuß mit feuchtheißen Händen abtasten.

Im Übrigen fuhr er ihr zu schnell.

Nach einer guten Viertelstunde landeinwärts erreichten sie einen See, der von hohen Kiefern, Birken und Buchen eingeschlossen war. Die Hälfte des Ufers säumte ein dichter Schilfgürtel. Schimmbach preschte in einen schattigen Waldweg. Hinter ihnen wirbelte der Staub auf, vor ihnen zeichnete sich ein Waldgasthof ab. Auf der seewärts gerichteten Terrasse war ein Tisch reserviert – Alisa glaubte zu träumen. Auf der Wasseroberfläche glitzerte es wie von Millionen Diamanten. Regenbogenfarbene Libellen segelten durch die Lichterstrahlen. Eine Bachstelze wippte aufreizend mit ihrem grauen Schwänzchen. Selbstbewusst trippelte sie auf dem schmalen Holzsteg umher, der ein paar Meter in das Wasser ragte. Neben ihr dümpelte ein Fischerboot im leichten Wellenschlag. Kescher und Angel ruhten noch tropfnass auf seinen Planken. Mit einem Wort, See und Umgebung waren von einer verwunschenen Schönheit, die freilich ganz und gar nicht zu dem passen wollte, was hier besprochen werden sollte – das bauliche Sanierungskonzept für die Villa Bernstein.

Kaum dass ihnen die Speisekarten gereicht wurden, fragte Schimmbach unverblümt, ob man denn miteinander ins Geschäft komme.

»Wenn ja, lade ich Sie nämlich ein. Wenn nein …« Schimmbach machte eine lange Pause und schaute Alisa hinter seiner Rundbrille mit weit aufgerissenen Augen an.

»… dann erheben Sie sich, gehen zum Auto und lassen uns hier sitzen«, fand Alisa als Erste die Sprache wieder.

»Sie wurden mir von Dr. Holzner-Czerny empfohlen!«, rief die Tante empört aus.

»Eben. Und darum: drei Martini!«

Die Spannung löste sich. Schimmbach bezeichnete sich selbst als Witzbold, entschuldigte sich aber nicht. Nein, er sei auch nicht wunderlich oder sonstwie merkwürdig angehaucht, er könne aber einfach nicht mehr anders leben. Ab und zu müsse er aus der Reihe tanzen.

»Riechen Sie die Maiglöckchen?«, fragte er. »›Es bricht das Eis des Winters und der Herzen‹ – Heinrich Heine. Ein Symbol der Liebe, darum Verwendung als Brautstrauß. Gibt's hier auch noch im Juni.«

»Zart, aber giftig«, sagte Alisa trocken.
Schimmbachs Lächeln erstarb. Er hatte einen Blick auf Alisas Beine riskiert und sah mit einem Mal todunglücklich aus.
»Heute ist nicht mein Tag«, meinte er. »Aber um es kurz zu machen, erst zum Geschäft, dann zum Genuss.«
Er zog ein Papier aus der Tasche, auf dem Punkt für Punkt aufgelistet stand, wie das, so las Alisa, »Projekt Ganzow – Villa Bernstein« in Angriff genommen werden müsste.
Den Anfang mache das Gutachten des Architekten, führte er aus. Es beinhalte die bauseits durchzuführenden Renovierungsleistungen und die dafür anfallenden ungefähren Kosten. Alisa könne sich in der Zwischenzeit um die Finanzierung kümmern. Sie verlaufe in der Regel folgendermaßen: Sie suche eine günstige Hypothekenbank, der sie alle bislang bekannten Daten nenne. Der Kreditgeber werde natürlich zögern und erst einmal das Architektengutachten abwarten. Wenn er es dann in der Hand habe, schicke er nach eingehender Prüfung selbst einen Gutachter vor Ort.
»Vorbehaltlich natürlich Ihrer schriftlichen Zusage, den gewünschten Kredit auch tatsächlich bei der entsprechenden Bank zu bestellen. Sagen Sie Ja, fallen die Gebühren gering aus, sagen Sie Nein, zahlen Sie ungefähr ein zweites Architektenhonorar.«
Schimmbach nickte nachdrücklich und legte den Zeigefinger auf seine Nasenspitze.
»So weit, so gut. Beide Gutachten fließen dann in die Bewertung ein«, fuhr er fort. »Der Kreditgeber unterbreitet Ihnen schließlich ein Angebot, präsentiert aber gleichzeitig die Rechnung für das eigene Gutachten. Das zahlen Sie sofort. Dann bekommen Sie auch bald das Okay von der Bank für den gewünschten Kredit. Die Bank sichert sich

natürlich durch eine Grundschuld ab. Das regeln Sie dann wieder über Herrn Dr. Holzner-Czerny, den Notar. Ist die Grundschuld bestellt, gibt die Bank das Geld frei. Aber weil sie Angst hat, dass Sie damit auf die Caymans verschwinden, zahlt sie es nur auf ein vorher einzurichtendes Anderkonto. Dies ist ein Treuhandkonto, über das die Zahlungen an die Handwerker laufen. Es wird von einem Notar unterhalten. Geld gibt's nach Baufortschritt, wenn Bauherrin und Architekt die einzelnen Maßnahmen abgesegnet haben.«

Die Martinis wurden serviert. Schimmbach hob sein Glas, Alisa und Tante Wanda blieb nichts anderes übrig, als es ihm nachzutun.

»Sie sind jetzt natürlich, um es salopp zu formulieren, geplättet«, sagte Schimmbach. »Deshalb habe ich das alles auch schriftlich fixiert.«

»Aber am Anfang steht der Architekt«, sagte Alisa mit einem süßsäuerlichen Lächeln.

Sie hatte Schimmbach im Großen und Ganzen verstanden. Alles klang vertrauenswürdig und vernünftig. Nur eben – wie gut war Schimmbach als Architekt? Wie teuer? Wie kostenbewusst? Wie ehrlich, was die Sanierungskosten betraf?

»Genau diese Fragen, die Sie gerade im Kopf wälzen, hat jeder Bauherr«, sagte Schimmbach gewinnend. »Und deshalb sollte ein Architekt Referenzen haben. Bitte.« Er reichte ihr einen Folder. »Ich bin nicht der Günstigste, aber der Beste. Und darum ist jetzt auch Schluss mit Lustig. Jetzt wird's ernst, denn nun kommt der Kampf mit Meckpomms Speisekarten und seiner Küche.«

»Siehst du, Kindchen«, ließ sich Tante Wanda vernehmen, »ich wusste, dass Herr Dr. Holzner-Czerny uns einen guten Architekten empfiehlt. Nur eins noch, wer haftet,

wenn sich im Nachhinein die Arbeit eines Handwerkers als Pfusch herausstellt?«
Schimmbach und Alisa schauten Tante Wanda überrascht an. Sie saß zwar da, als verstünde sie gerade mal, dass Bauen und Renovieren irgendetwas mit Baustelle und Schmutz zu tun hatten, aber das war offensichtlich falsch. Alisa war ihrer Tante richtig dankbar für diese Frage. Sie griff nach ihrer Hand und drückte sie. Für eine Sekunde sahen sich die Frauen an und fühlten sich einander so verbunden wie noch nie. Denn was Pfusch am Bau anging, hatte Alisa nichts als dunkle Horrorreportagen im Gedächtnis.
»Die Frage ist ganz einfach beantwortet«, sagte Schimmbach, ohne den Blick von der Speisekarte zu nehmen. »Die Bauherrin haftet. Alles andere steht nur auf dem Papier. Denn Pfusch wird über Gutachten diskutiert. Sie nehmen einen Gutachter, der Handwerker nimmt einen Gegengutachter. Beide nehmen sie sich einen Anwalt und prozessieren bis ans Ende ihrer Nerven.«
Schimmbach schaute auf und machte wieder eine bedeutungsschwere Pause.
Dann fuhr er fort: »Wenn Ihr Parkett zum Beispiel so krumm gelegt wird, dass Sie zehn Prozent Steigung haben und Ihr Stöckelabsatz durch die Fugen ins Leere sticht, kann Ihnen der Gutachter vom Handwerker das Gegenteil beweisen. Die machen aus krumm gerade. Und Schuld haben immer Sie als Bauherr. Und sei dies in mentaler, psychischer oder sonst welcher Hinsicht. Man wird Ihnen schiefe Optik, Verfolgungswahn, Heimtücke und Hinterlist andichten, sprich, Sie hätten den Schaden nachträglich selbst verursacht. Es gibt keine Gerechtigkeit. Und schon gar keinen Erfolg. Sie gehen zugrunde. Ihre Kids glauben, bei den schlechtesten Eltern der Welt gelan-

det zu sein. Es gibt nur noch Gezänck, Gebrüll, Türengeknalle und Ausreißereien zu Nachbarn, denen Sie sonst nicht Ihren Hund anvertrauen würden.«
»Und darum … «
»… darum ist der richtige Architekt die Mutter aller Schlachten«, beendete Schimmbach Alisas Satz.
Er schaute sie triumphierend, aber keineswegs selbstgefällig an. Alisa stöhnte leise auf und schloss für einen Moment die Augen. Die Welt des Dinglichen und Geschäftlichen war über sie hereingebrochen. Und dies hier, am zauberhaftesten See, den sie in ihrem Leben kennen gelernt hatte. Ihr wurde klar, sie würde für alles einstehen müssen. Im eigenen Interesse und im Interesse ihrer Kinder. Ein Lebensabschnitt voller Arbeit und gewaltigen Risikos begann. Sie konnte viel gewinnen, doch bald noch mehr verlieren. Aber gab es jetzt eigentlich noch ein Zurück? Nein. Und sie hätte es auch nicht gewollt.
Ihre Beine hatten es Schimmbach offenbar angetan.
Alisa sah ihn strafend an, als sie wieder die Augen aufschlug. Was war so besonders an einer Frau im kurzen Rock? Gab es davon nicht zigtausende?
Im gleichen Moment schalt Alisa sich für ihre Prüderie einen Esel. Wie konnte Schimmbach denn wissen, dass sie …
Noch nie hatte sie das Wort ausgesprochen. Witwe. Sie hasste es.
»Da Sie meine Gäste sind, darf ich Ihnen Maifisch empfehlen«, sagte Schimmbach plötzlich merkwürdig teilnahmslos. »Er wird hier auch Hornfisch oder Maiaal genannt.«
»Ach Gottchen, ja, der Maiaal!«, rief Tante Wanda. »Haben wir früher auch immer gegessen. Nur, bei uns gab's ihn bloß im Mai. Kommt, soviel ich weiß, aus dem Atlantik zum Laichen in die Ostsee. Als Kind konnte ich ihn gar

nicht leiden. Meine Mutter musste mir immer ein Stück Buttercremetorte für einen Happen Fisch versprechen.«

»So hat jeder seine Erinnerungen«, erwiderte Schimmbach. »Als meine Frau noch lebte, hat sie oft gebacken. Allerdings nie Buttercremetorte. Dafür viel mit Obst.«

»Dann sind Sie Witwer?«, sagte Tante Wanda fast freudig überrascht. »Das trifft sich ja. Meine Nichte ist nämlich Witwe.«

Alisa spürte, wie sie rot anlief. Deshalb also dieses seltsame Schmachten des Architekten, seine Blicke. Auch Schimmbach war die Bemerkung peinlich. Er räusperte sich und schaute auf den See.

Tante Wanda dämmerte es, dass sie zu weit gegangen war. Zum Glück kam die Bedienung und nahm die Bestellung auf. Als der Wein gebracht wurde, hob Alisa ihr Glas.

»Auf den Architekten«, sagte sie.

Schimmbach blitzte sie an.

Und verhedderte sich sofort wieder an ihren Beinen.

»Meinen Achtzigsten – den feiern wir in der Villa!«, rief die Tante begeistert aus.

»Ja«, sagte Schimmbach. »Könnte hinkommen. Ich glaub, wir drei sind ein gutes Team.«

Er blickte Alisa durch sein Weinglas an. Die wurde jetzt erst richtig rot.

Wie verrückt ist dein Leben eigentlich, dachte sie. Du wolltest doch bloß einen guten Architekten. Dass der sich nun gleich in dich verknallt – was sollte das denn nun schon wieder?

Ende September gab die Bank ihr Okay. Die Finanzierung war gesichert. Alisa machte sich nach Stralsund auf. Sie hatte mit der SOIVER auszuhandeln, wie lange diese noch ihre Geschäftsführerpflichten wahrnehmen wollte.

»Na, da drängt sich das Quartalsende ja geradezu auf«, sagte Herr Kraftfeld, der Chef, ein recht gemütlich wirkender Mann, der mit seinem roten Gesicht aussah wie ein schwäbischer Wirt.
»Viertes Quartal, ja?«, fragte Alisa zurück.
»Jau«, antwortete Herr Kraftfeld. »Dann sind wir den Klotz los. Ganz ehrlich, wir hier bei der SOIVER haben uns schon als karitative Organisation gefühlt.«
»Sie werden dann die Kündigungen aussprechen, nicht wahr?«
»Das ist unsere Aufgabe. Aber wollen Sie das Personal nicht behalten?«
Alisa biss sich auf die Lippe. Sie war auf die Frage vorbereitet, und trotzdem kam sie sich wie ein Ungeheuer vor. Doch sie musste sich entscheiden. Es ging nicht anders. Wenn es ihr Schicksal war, die Villa Bernstein zu neuem Leben zu erwecken, musste sie jetzt hart sein, denn mit den vorhandenen Kräften konnte sie sich keine Zusammenarbeit vorstellen.
»Ich möchte bis auf Ihre Tina auf alle anderen der bisherigen Mitarbeiter verzichten«, sagte sie umständlich, aber fest.
»Was, ausgerechnet die Nazisse wollen Sie behalten?« Herr Kraftfeld schaute sie verblüfft an. Er drückte das Kinn nach unten, und seine Lippen wurden wulstig.
»Ich bin Ihnen dankbar, dass Sie so ohne Umschweife sprechen«, begann Alisa. »Aber es trifft mich jetzt doch, dass ich mich nicht in Tina getäuscht habe. Ich wollte sie wieder einstellen, weil sie ihre Arbeit bislang ohne Beanstandung tut. Im Gegensatz zu allen anderen. Ich hatte einfach die Hoffnung …«
»… wir auch, Frau Ganzow«, unterbrach sie Herr Kraftfeld bekümmert. »Aber sie hat leider nicht nur einmal, son-

dern zweimal bei uns entsprechendes Propagandamaterial kopiert. Sie bekam eine Abmahnung. Ich habe ihr gesagt, beim nächsten geringsten Bisschen fliegt sie raus.«
»Wie lang ist das her?«
»Ein gutes halbes Jahr.«
»Seitdem gab es keine Probleme, oder?«
»Nicht dass ich wüsste. Möglicherweise ist sie in einer Abklärungsphase. Seit gut einem Vierteljahr wurde sie hier nicht mehr mit Glatzen gesehen. Ihr Exfreund aber war ein Exemplar wie aus RTL-Explosiv. Und stand offenbar auf extreme Minis. Einmal habe ich beide in der Stadt gesehen, da führte er sie quasi über den Hintern. Und seine Fingerspitzen waren, um es mal so zu sagen, so nervös, dass sie immer wieder dahin wegwanderten, wo es verdammt unanständig ist.«
»Die Minis mag sie heute noch«, entgegnete Alisa. »Aber ich wenigstens bleibe standhaft. Tina darf wiederkommen, wenn sie mir bis zur Eröffnung der Villa nicht negativ auffällt.«
»In Ordnung. Die Briefe gehen gleich diese Woche raus.«
»Warten Sie«, sagte Alisa, »ich möchte zuerst noch mit den Leuten sprechen. Es reicht, wenn Sie die Kündigungen nächste Woche verschicken. Mündlich mach ich das in den nächsten Tagen, okay?«
»Sehr anständig von Ihnen, Frau Ganzow«, meinte Kraftfeld überrascht.
Nach diesem Gespräch fühlte sich Alisa ungeheuer erleichtert. Sie verzog sich auf eine ruhige Bank im Nikolai-Kirchhof und tat das, wonach sie sich jetzt ganz besonders sehnte – sie rief zu Hause an.
»Mamiiii?«
Julius war dran. Alisa durchströmte ein Glücksgefühl, als sie seine Stimme hörte. Julius klang so süß und aufmerk-

sam und schon so vernünftig. Alisa konnte nicht verhindern, dass ihr die Tränen in die Augen schossen.
»Na, mein Schatz? Wie geht's euch?«
»Kind«, sagte ihre Mutter in die Sprechmuschel, »beide vermissen dich so sehr. Komm bloß schnell nach Haus.«
Im Hintergrund begann Vicky zu rufen: »Mami! Mami soll komm'n!«
»Ich beeile mich doch schon so!«, rief Alisa zurück. »Aber es braucht nun mal seine Zeit. Dabei ging bis jetzt alles superglatt über die Bühne. Schimmbach hockt schon über den zu beauftragenden Firmen. Er will unbedingt mit mir segeln.«
»Wer is Schümmbatsch?«, fragte Julius.
»Och, ein Wuschelkopf mit kleiner Brille, der für Mami die Villa neu macht«, sagte Alisa. »So, ihr zwei Schnuckelhasen, Mami kommt bald. Und Mami hat euch gaanz, gaanz doll lieb! Wo ist denn Vicky?«
»Bringst du was mit?«
Alisa lachte laut auf. Vicky war mal zart, mal berechnend. Alisa hörte ihr vertrautes Schmatzen, denn Vicky musste immer irgendetwas kauen. Alisa sah ihren mummelnden Kindermund und glaubte Schokolade, Bananen und Äpfel zu riechen.
»Überraschung«, flötete sie und hätte in derselben Sekunde alles dafür hergegeben, mit ihren Kindern auf der Couch zu sitzen, eins links, eins rechts, und ihnen aus Teddy Freddys Abenteuern vorzulesen.
»So, nun gib sie mir mal«, vernahm Alisa die Stimme ihres Vaters.
Alisa hörte sofort, dass etwas nicht stimmte.
»Also«, begann ihr Vater, »es nützt ja doch nichts. Ursprünglich wollten wir es dir erst sagen, wenn du wieder hier bist.«

»Was denn?«, fragte Alisa ungeduldig.
»Deine Schwiegermutter, also Henriks Mutter, hat angerufen.«
»WAAS?!«
Schlagartig war es mit Alisas Ruhe vorbei.
»Sie hat«, Rüdiger Cromm holte tief Luft, »na ja, sie hat wohl ein paar Nachforschungen angestellt, bei Henriks ehemaligem Arbeitgeber angerufen und sich sogar zu deinem Exchef durchtelefoniert.«
»O Gott!«
Alisa wollte nichts hören, nichts sagen. Sie schwieg sekundenlang. Ihr Vater hörte nur, wie sie tief ein- und ausatmete.
»Um es kurz zu machen, sie hat einen Schock gekriegt, als sie erfuhr, dass ihr von Henrik doch wenigstens zwei Enkelkinder geblieben sind. Sie findet es – vornehm ausgedrückt – äußerst kaltherzig von dir, dass du … na ja, es wäre wohl doch besser gewesen, wenn du klar Schiff gemacht …«
»Ich hab doch keinen Funken Kraft gehabt!«, schrie Alisa verzweifelt ins Handy und drückte es, als wollte sie es zerquetschen. »Da sie mich doch hasst und mir die Schuld am Tod gibt! Hatte ich nicht genug mit allem anderen zu tun? Andere Frauen haben Fehlgeburten!«
Während des Telefonats kamen aus der Kirche Kinder heraus. Alisa erkannte einige Gesichter. Das war doch die Klasse von … richtig, Holger Sammer. Mit ihm zu plauschen hatte sie jetzt keine Nerven mehr. Und wenn es auch unhöflich aussah, Alisa beschloss zu flüchten.
»Ich ruf später noch mal an«, sagte sie und erhob sich.
Eine kalte Brise wehte ihr entgegen. Es war Herbst, das Wetter, das wochenlang gut gewesen war, schlug jetzt endgültig um. Holger Sammer erkannte sie sofort. Er winkte,

signalisierte, dass er gleich zu ihr kommen wollte. Zwei Kinder waren um ihn herum und bombardierten ihn mit Fragen. Es war schäbig, aber Alisa winkte bloß fahrig zurück und eilte mit in die Luft gerecktem Handy davon.

III

Schimmbach betonte, er habe alles im Griff. Schritt für Schritt, versprach er Alisa, würden erfahrene Handwerker die alte Dame in eine appetitliche Schönheit verwandeln.

»Auch wenn es nicht wie beim Bau der Pyramiden zugehen wird, man hat halb gewonnen, wenn die Logistik stimmt. Materialbeschaffung und handwerkelnde Menschleins müssen zusammengeführt werden wie Braut und Bräutigam.«

Er lachte über seinen Vergleich. Und Alisa hörte, wie in seinem selbstsicheren Ton auch das Zweideutige mitschwang.

Aber sie lachte ebenfalls.

Am 1. Oktober sollten die Gerüstbauer anrücken.

»Erst einpacken, dann entkernen«, sagte Schimmbach.

Bis dahin waren es nur noch wenige Tage, stellte Alisa bestürzt fest. Und das Haus musste auch noch entrümpelt werden. Und hatte sie selbst nicht noch eine wichtige Aufgabe in ihrer neuen Rolle als Unternehmerin und Chefin zu erfüllen? Sie fröstelte bei dem Gedanken, dass sie jetzt das unaufschiebbar Unangenehme hinter sich zu bringen hatte – die Hotelangestellten mussten noch über ihre Kündigung informiert werden.

Spontan rief Alisa sie alle nach der Mittagspause zusammen.

»Liebe Mitarbeiter der Villa Bernstein«, begann sie und dachte unwillkürlich an Dr. Spengler, ihren ehemaligen Chef. Wie viel einfacher war es doch, selbst zu kündigen, als Kündigungen auszusprechen. »Wie Sie alle wissen, habe ich das Erbe meiner Großtante angetreten, um diese Villa wieder als Hotel zu betreiben. Die Stralsund-Ostsee-Immobilien-Vermittlung, also die SOIVER, bei der Sie unter Vertrag stehen, gibt dadurch ihren Status als Geschäftsführer auf.«

Meine Güte, klingt das businessmäßig, dachte Alisa, schaute in die Runde und räusperte sich.

»Ich denke«, fuhr sie langsam fort und bemühte sich, jedem der Reihe nach fest in die Augen zu sehen, »Sie alle haben Ihre Sache hier unter den Bedingungen der letzten Jahre gut gemacht.«

Ohne zu erkennen, wer es war, hörte sie ein unzufriedenes Brummen, dem ein betont künstliches Räuspern folgte:

»Eben. Jut jemacht. Und nu …«, die Stimme des unrasierten Küchenchefs Dietrich Schnabler hob sich, »… fangen wa gaaanz neu an!«

»Schön wär's«, murmelte Tina und ließ ihren Blick kurz über die Decke schweifen. Dann zog sie eine Schnute und eine Augenbraue hoch. Alisa fing einen resignierten, aber auch verächtlichen Blick auf. Trotzdem redete sie weiter.

»Das Hotel Villa Bernstein, das nun sozusagen aus dem Staub der Vergangenheit neu entstehen wird …«

»Oho!«, ließ sich Lemcke bissig vernehmen.

»… soll seinen ursprünglichen Charme zurückerhalten. Ich möchte alles in meinen Kräften Mögliche tun, die Villa Bernstein als architektonisches Juwel aus der Gründerzeit zu retten, um damit den Ansprüchen der Menschen von heute zu genügen.«

Alisa machte eine kurze Pause, um nicht noch pathetischer zu klingen.

»Gleichzeitig sollen Komfort und Behaglichkeit nicht zu kurz kommen. Ob Gästezimmer, Empfangshalle, Salon, Wintergarten – die Gäste sollen sich in allen Räumen wohl fühlen. Was bedeutet, dass auch Gaumengenüsse zu ihrem Recht kommen. Ich habe bereits über vieles nachgedacht, doch die Einzelheiten möchte ich Ihnen ersparen, da diese Sie, wie ich glaube, im Moment nicht allzu sehr interessieren werden.«

So, nun kommt's, fuhr es Alisa durch den Kopf. Sie atmete aus, um ohne Anspannung weiterreden zu können. Dabei nahm sie sich vor, ihre Stimme in den nächsten Sätzen so fest wie möglich klingen zu lassen.

»Bei alldem kann mir aber nur erfahrenes und entsprechend geschultes Personal helfen«, sagte sie knapp. »Darum möchte ich Sie bitten, für sich zu überlegen, welchen nächsten Schritt Sie persönlich gehen müssen, um weiterzukommen. Im Einvernehmen mit der SOIVER muss ich Sie bitten, einer Auflösung unseres Arbeitsverhältnisses zuzustimmen.«

Die Luft stand still. Trotz des frischen Septembertags war es stickig. Alisa schaute in die Runde.

»Dies betrifft alle«, setzte sie sachlich, aber so entschieden wie möglich hinzu. »Alle bis auf Frau Lemnitz. Wären

Sie einverstanden, Tina, den Empfang weiter zu managen?«
Während Küchen- und Stubenmädchen gleichgültig an ihr vorbeischauten, konnte Tina ihr Glück kaum fassen. Ihre Augen schillerten für einen kurzen Moment, dann riss sie sich zusammen.
»Na klar, danke«, sagte sie mit hochrotem Kopf und walkte vor Aufregung einen Ärmel ihres roten Mohairpullis durch.
Hausmeister Lemcke dagegen warf die Faust in die Luft, mit der Absicht, sich dadurch besseres Gehör zu verschaffen. Doch seine Kehle war zugeschnürt, und statt irgendwelcher Anklagen hörte jeder nur ein reichlich tierisches Gurgeln. Zu tief saßen Wut und Entrüstung.
Schlachter Schnabler hatte mehr Erfolg.
»Det glob ick nich!«, schimpfte er los. »Ick hab sie doch alle immer satt gekriecht! Und keener hat sich mal beschwert! Nie nich!«
»Nun krieg dich man wieder ein, Mann«, entgegnete Tina resolut, die sich Alisa dankbar erweisen wollte. »Kannst noch nicht mal richtig Deutsch!«
»Koch ick mit Wörtern?«, giftete Schnabler zurück.
»Na, wie ich gehört habe, gerne Buchstabensuppe!«, warf Alisa ironisch dazwischen, und ohne dass sie es wollte, fuhr sie in immer sarkastischerem Ton fort: »Nun mal ehrlich, Herr Schnabler. Die Beschwerden würden kommen, glauben Sie mir. Viele Kinder mögen wahrscheinlich mit Pommes weiß-rot, Bockwurst, Fischstäbchen und Tütensuppen satt zu kriegen sein, aber wer ein halbwegs gediegener Maître de cuisine ist, kombiniert handwerkliches Können mit dem Bewusstsein für Gesundheit *und* Geschmack!«
»Angebergewäsch!«, brüllte Schnabler.

Er warf Alisa Blicke zu, als wollte er sie filetieren – was er am Küchenbrett nicht gekonnt hätte.
»Wenn Sie möchten, Herr Schnabler«, lenkte Alisa ein, obwohl sie innerlich jetzt aufs Äußerste angespannt war, »können wir nachher in Ruhe …«
»Da scheiß ick druf, schöne Frau!«, begann Schnabler jetzt erst recht zu toben. »Auf all die Kacke hier! Is doch eh alles verlogen. Ob hüben oder drüben!«
»Du!! Du Schuft, du!«
Lemcke fühlte sich offensichtlich so stark angegriffen, dass seine Wut endlich zur Sprache fand. Alisa wusste, dass er und Schnabler sich noch nie hatten leiden können. Trotzdem lag in Lemckes Ton eine Aggressivität, die Alisa entsetzte. Und was anschließend passierte, ließ ihr das Blut in den Adern gefrieren.
Denn bevor jemand einschreiten konnte, hatte Lemcke in seine ausgebeulten Taschen gegriffen und einen Schraubenzieher gezückt. Zwar zitterte seine Hand, aber er hielt den Schraubenzieher wie ein Messer und ging damit auf Schnabler los. So verrückt Alisa den Gedanken fand, sie war froh, dass Lemcke nicht sie zum Opfer auserkoren hatte, auch wenn er sie wohl am liebsten erwürgt hätte. Mann gegen Mann, fuhr ihr durch den Kopf.
Lemcke schrie: »Du Betrüger, du! Hast uns alle reingeritten, mit deinem Fraß! Wenn ich nur deine Drecksfinger seh. Aber den Schwanz in alles stecken, was wo offen is!«
Schnabler trat nur ein klein bisschen zur Seite, schlug aber sofort zu. Und dies mit unerbittlicher Kraft. Seine Faust landete in Lemckes Bauch. Der klappte mit dem Schraubenzieher in der Hand zusammen. Nur haarscharf verfehlte er dabei den Fuß eines der Stubenmädchen.
Alles ging so schnell, dass Tina und Alisa erst bei Lemcke waren, als der stöhnend auf dem Boden lag.

»Hauen Sie bloß ab!«, rief Alisa in Richtung Schnabler. »Sonst hol ich die Polizei!«
»Is ja schon draußen«, sagte eins der Küchenmädchen. Sie fingerte eine Zigarette hervor und zündete sie an. »Lassen Sie man gut sein, Frau Ganzow. Der tickt eben manchmal anders.«
Alisa hörte nur halb zu. Sie und Tina knieten neben Lemcke und tupften ihm mit einem Tempo die schweißkalte Stirn ab.
»Dieses Schwein«, röchelte Lemcke. »Und wie er's mit allen getrieben hat. Sogar ...«
»Nu biste erst mal still«, unterbrach Tina ihn, doch Lemcke wollte es loswerden.
»... sogar mit 'nem halb garen Brathuhn. Hab ich doch gesehen. Und das gab's dann serviert. Natürlich 'ner Lehrerin. Weil sie ihm vorher gesagt hat, selbst ihre Viertklässler würden besser kochen.«
Alisa konnte nichts dagegen tun, dass ihr übel wurde. Woran aber mehr der Schock über Schnablers K.-o.-Schlag schuld war als Lemckes Geschichte.
»Können Sie mal mit anpacken, Chefin?«, ließ sich Tina vernehmen, schaute zu Alisa hoch und zeigte dann auf Lemckes Bein.
Sie ergriff die Initiative, als wollte sie ihrer Chefin beweisen, wie gut die daran getan hatte, sie als Mitarbeiterin zu halten. Alisa musste wider ihren Willen lächeln. So gefiel ihr Tina. Wenn dies bloß immer so bleiben würde ...
Sie ging in die Hocke und packte Lemckes rechtes Bein, Tina das linke. Die Stubenmädchen bequemten sich, den k.o. geschlagenen Hausmeister unter den Achseln zu fassen. Gemeinsam schleiften sie ihn in den ehemaligen Salon, der von einer durchgesessenen, grässlich bunten modernen Sitzlandschaft verunziert war. Lemcke pro-

testierte, aber es nützte nichts. Sein Körper hing zwischen den Frauen wie ein halb voller Kartoffelsack, dem man einen Blaumann übergestreift hatte.
»Nu is genuch«, stöhnte er vor der Couch und schaffte es, sich mit Hilfe der Stubenmädchen in die Vertikale zu begeben, um dann in die Couch zu sacken. Alisa bemerkte dabei, dass sein rechtes Bein ein bisschen magerer und kürzer war als das andere. Für einen Moment trafen sich ihr und Lemckes Blick. Das ist mein Geheimnis, schien der Blick zu sagen, und Lemcke kniff die Lippen so fest zusammen, dass sie weiß wurden.
»Soll ich Ihnen einen Arzt rufen?«, fragte sie mitfühlend.
Lemckes Blick rutschte weg. Seine Wut war verflogen und hatte tiefer Resignation Platz gemacht. Alisa fühlte sich unwillkürlich an einen verunglückten Vogel erinnert. An ein Adlerjunges, das, weil es das schwächere ist, von seiner Mutter aus dem Nest geworfen wird, damit das stärkere Geschwisterkind überleben kann.
Sie spürte eine flüchtige Anwandlung von Mitleid. Aber Mitleid passte nicht hierher. Zumindest nicht jetzt. Lemcke rollte sich ein wenig zur Seite. Mit lautem Geräusch fielen eine Zange, ein Hammer, ein paar Nägel sowie ein Meterband aus seiner Kitteltasche.
»Warum?«, fragte er und meinte etwas anderes.
»Warum was?«, stellte sich Alisa dumm, um Zeit zu gewinnen, und sammelte die Siebensachen ein.
»Sie wissen schon«, ächzte er. »Hab Frau, Sohn und zwei Enkel. Und keen Haus wie Sie.«
Er biss sich auf die Lippe, und Alisa sah trotzig an ihm vorbei. Warum um Himmels willen musste dieser Mensch sie ausgerechnet jetzt in die Enge treiben? Hatte sie nicht viel größere Sorgen? Er hatte wenigstens einen Sohn zum Geldverdienen. Aber sie! Ohne Mann, ohne Beistand! Mit

Schulden in siebenstelliger Höhe und zwei kleinen Kindern! Was wusste dieser Lemcke schon! Nichts wusste er. Nichts. Als ob eine Frau mit rotem BMW und einer maroden Villa keine Sorgen hätte. Lächerlich!

In Alisa stieg eine Wut hoch, die ihr unbekannt war. Dieser Lemcke, dieses Wrack. Ein verbiesterter Mensch war er, voller Vorurteile, die sich aus politischer Nostalgie speisten.

Ich geb Ihnen gerne was von meinen schlaflosen Nächten und Existenzsorgen ab, Meister Lemcke.

Alisa hätte es ihm am liebsten in sein Altmännergesicht geschrien, aber sie schwieg.

Die Zeit hing bleischwer im Raum. Ratlosigkeit, Enttäuschung, Wut und Mitleid – Alisa war so voller Emotionen, dass sie glaubte an ihnen zu ersticken.

Plötzlich zerstörte ein Dröhnen und Rumpeln die Stille. Zuerst drängte sich ein gewaltiger blauer Zehntonner mit Firmenaufschrift in den Vorgarten, dem ein kleinerer Lkw mit großem Abfallcontainer folgte. Den Abschluss bildete ein grauschwarzer Lkw einer Entrümpelungs- und Abbruchfirma.

Alisas Handy klingelte.

»Schimmbach hier! Küss die Hand, gnädige Frau! Sie sind wohlauf?«

»Das fragen Sie einfach so?«, erwiderte Alisa genervt und warf Lemcke einen solch bösen Blick zu, dass der sich beeilte, sich wieder gerade hinzusetzen. »Die Gerüstbauer? Heute?«

»Liebe Frau Ganzow, was glauben Sie, wie ich dafür gerudert hab! Wir haben Ende September, das Wetter meint's trocken. Jeder Tag zählt! Aber nur keine Panik …«

»… jaja, alles wird gut. Oder wollten Sie was anderes sagen?«

»Auch. Nämlich, wenn's bei Ihnen brennt, just call me! Servus.«
»Frau Ganzow!« Tina kam ins Zimmer gerannt. »Das wurde gerade für Sie abgegeben.«
Tina zog einen Blumenstrauß hinter ihrem Rücken hervor. Unter der durchsichtigen Folie leuchteten Dahlien, Freesien, Rosen, Schleierkraut und weiße Gardenien, zauberhaft arrangiert.
Auf dem Kärtchen stand:

> »Meinen Glückwunsch! Alles Gute für den Bauanfang. Wenn Ihnen der Staub jetzt zu viel wird – wie wär's mit einem Fischerhäuschen zum Überwintern?
> Liebe Grüße,
> Ihr Alexander Schimmbach«

»Ich besorg auch gleich 'ne Vase«, sagte Tina belustigt grinsend. »Das is ja ein Schleimer! Will wohl mit Ihnen was anstellen, wie?«
»Mein Gott, Tina!«, erboste sich Alisa, obwohl sie ihr insgeheim Recht geben musste. »Schleimer gibt's in jedem Programm. Das wissen Sie doch bestimmt auch, oder? Es kommt bloß darauf an, ob man sich benutzen lässt«, setzte sie vieldeutig hinzu.
»Vielleicht bringt's Ihnen Vorteile?«, fragte Tina, deren widerborstiger Kampfgeist geweckt war, süffisant.
Sie vermied natürlich, Alisa dabei anzuschauen, indem sie sich hinter dem Blumenstrauß versteckte.
»Existentielle Vorteile von mir aus«, entgegnete Alisa bewusst gelassen. »Aber wenn es um Teile wie auch immer vor-stehender Art geht, die brauch ich im Gegensatz zu manch anderen nicht.«

Alisa strafte Tina mit einem kühlen Blick auf deren knappen Minirock ab. Tina bekam einen roten Kopf. Trotzdem holte sie mit betontem Hüftschwung eine Vase, stopfte die Blumen hinein, als wären sie Wäschestücke, und knallte dann alles auf einen Beistelltisch im Salon.
»Da ham Sie sich aber ein Schlangenei ins Nest gelegt«, ließ sich Lemcke vernehmen. »Seien Sie vorsichtig, 'ne Nazisse im Strauß verpestet andere Blumen allemal.«
»Sie ist jung«, entgegnete Alisa. »Ich geb ihr eben eine Chance.«
»Jung – das war ich auch mal.«
»Kaum zu glauben«, entfuhr es Alisa gereizt. »Haben Sie eigentlich was mit Ihrem Bein?«
»Das mein ich doch«, sagte Lemcke ruhig. »Man ist jung, und schon geht das Leben in die falsche Bahn. Dann ist's schnell zappenduster. Aber jung ist jung. Deshalb schmeißt man uns Alte ja auch einfach raus.«
Was verheimlicht er mir?, fragte sich Alisa. Lemcke läuft anscheinend nicht nur mit ungleichen Beinen durch die Welt, sondern auch mit einem schwarzen Schatten auf der Seele.
»Wollen Sie einen Schnaps?«, fragte Alisa versöhnlich. »Ich trink einen mit.«
»Dann Wodka«, sagte Lemcke.
So streng sie konnte, rief Alisa Tina zu, zwei Wodka zu bringen.
Und Tina kam sofort. Sie war klug genug, das Verhältnis zu ihrer alten und neuen Chefin nicht willkürlich zu strapazieren. Die Gläschen waren randvoll. Alisa schauderte es, als sie sah, wie Tina die Tropfen, die ihr über die Finger gelaufen waren, einfach ableckte, nachdem sie Lemcke mit ziemlicher Verachtung das Glas gereicht hatte.

»Herr Lemcke, wir sprechen ein andermal weiter, ja? Draußen warten die Gerüstbauer.«
»Nu, da gibt's doch nischt mehr zu reden. Rausgeschmissen bleibt rausgeschmissen.«
Alisa machte bewusst ein nachdenkliches Gesicht, während sie Lemcke anschaute.
»Von Tina weiß ich mehr als von Ihnen. Wir ...«
Lemcke winkte abwehrend mit dem Arm.
»Lassen Sie man. Weil, ist ja doch bloß Gesabbel.«
Mit einem Problem mehr marschierte Alisa zur Eingangstür. Die Unruhe von draußen wehte in die Halle wie eine feine Staubwolke.
»Da isse ja, die Bauherrin!«, dröhnte einer der Bauarbeiter. »Dafür hab ich 'nen Blick. Im Urin hab ich das.« Breitbeinig stakste er mit seiner rauen Cordschlaghose auf Alisa zu und reichte ihr die Hand. »Ich bin der Geßler. Wie bei Schillers Tell. Aber nicht bös, sondern ein ganz Lieber. Ihr Architekt hat uns die Hölle heiß gemacht, sag ich Ihnen. Mit dem ham Sie Glück.«
»Ich kann's gebrauchen«, entgegnete Alisa und wunderte sich, wie ein Mensch ein derartig breites und rotes Gesicht haben konnte. Dann fiel ihr etwas ein. »Und Tina!«, rief sie laut. »Sorgen Sie dafür: Der Schnabler kommt mir nicht mehr durch diese Tür!«
»Jetzt schon Ärger?«, fragte Geßler neugierig.
»Nicht mit Ihnen«, antwortete Alisa.
»Eben. Denn mit uns gibt's nur Freude«, sagte Gerüstbaumeister Geßler und zündete sich eine Zigarette an.
Vom Gespräch mit Lemcke noch ein wenig durcheinander, hatte Alisa einige Mühe, den ausführlichen Schilderungen des Gerüstbaumeisters zu folgen. Der erzählte ihr bei einem Rundgang ums Haus, dass die Villa mit Planen umspannt werde, als wäre Verpackungskünstler Christo

am Werk. Alisa nickte mechanisch und schaute Hausmeister Lemcke zu, der sich geräuschvoll im Geräteschuppen betätigte. Grummelnd warf er Körbe, verrostete Schippen, Eimer, Maschendrahtstücke, Säcke mit Löchern und ausgefranste Seile auf einen Haufen. Dann ging er daran, holzwurmzerfressene Stühle und Holzrahmen auf einem Hackklotz zu zertrümmern.

Am nächsten Tag fühlte Alisa das erste Mal so etwas wie Aufbruchstimmung. Die Gerüstbauer rissen sie zwar aus dem Schlaf, aber ihrer Arbeit mit geschlossenen Augen zu lauschen hatte einen ganz besonderen Reiz. Fast wie Musik erschienen ihr die Geräusche, wenn die langen Metallstangen aneinander schlugen – mal hohl und scheppernd, dann wieder kreischend und klingelnd. Routiniert verschraubten die Männer Gerüststangen, Verbundstücke, Klemmen, Bretter und Sicherheitsnetze. Meter um Meter wuchs das Gerüst in die Höhe. Wenn die Arbeiter Pausen einlegten, strapazierten sie Alisas Nerven beinahe mehr, als wenn sie die langen Stangen mit ohrenbetäubendem Krach vom Lkw abluden.
»Deine Villa«, flüsterte Alisa. »Lieber Gott, mach, dass alles gut wird.«
Und du, Henrik, leg ein gutes Wort für mich ein, setzte sie in Gedanken hinzu.

Im Büro hockte Tina vor der Regalwand auf dem Boden, um sich herum Stapel mit Papieren, die sie für die Ablage sortierte.
»Chefin?«, sagte sie, ohne aufzusehen, während sie irgendwelche Papiere durchlochte. »Darf ich mal was fragen?«
»Klar«, antwortete Alisa.

»Fein. Weil, nicht dass Sie es in den falschen Hals kriegen: Wie soll das denn nun weitergehen – ich meine, mit Gehalt und so? Am dreißigsten ist doch Schluss, oder?«
»Ja.«
»Das heißt, ich soll Stütze holen, oder?«
Tina schaute Alisa offen ins Gesicht, der als Erstes auffiel, dass Tina heute keinen Mini trug, sondern Jeans.
»Ich brauche jeden Pfennig, Tina«, sagte Alisa und verkniff sich den Seufzer. »Bis zur Wiedereröffnung würde ich Ihnen aber das zahlen, was Sie vom Arbeitsamt überwiesen bekämen. Mehr ist absolut nicht drin. Und ein klein bisschen arbeiten müssten Sie dafür auch noch.«
Tina staunte.
»Wie? Was denn für Arbeit?«
»Erst einmal nur ein paar Briefe, die ich Ihnen diktiere, später dann könnten Sie Angebote bei Innenarchitekten, Küchenausrüstern, Möbelherstellern et cetera einholen. Dann mit mir Stellenanzeigen für Personal entwerfen und Bewerbungsmappen sichten.«
»Klingt spannend, aber nach Arbeit«, sinnierte Tina. »Sie schlagen mir also ernsthaft vor, ich soll unsern Sozialstaat entlasten. Wenn ich darauf eingehe, will ich aber auch 'ne Urkunde vom Minister persönlich.«
Sie grinste, dann seufzte sie so laut auf, als wäre sie in der ausweglosesten Lage von der Welt. Sie schaute an die Decke, verzog das Gesicht, dann wieder drückte sie das Kinn auf die Brust und machte einen Schmollmund.
»Und wenn ich nun schlecht bin?«, fragte sie lauernd.
»Dann üben Sie so lange, bis Sie gut sind«, sagte Alisa mehr im Scherz als ernst.
»Okay, Chefin!« Tina rappelte sich vom Boden hoch und trat auf Alisa zu. »In die Hand will ich das jetzt haben von Ihnen, sozusagen als Ossi-Tusse, die der Wessi-Frau Ver-

trauen schenkt. Ich helfe Ihnen jetzt für ’nen Kümmerling, dafür mach ich in der neuen Villa Bernstein, als sozusagen bunte Eminenz, Karriere für das doppelte Geld.«
Tina streckte Alisa die Hand hin. Alisa ergriff sie und kam sich dabei vor, als spiele sie irgendetwas von Winnetou nach.
»Ich geb’s Ihnen sogar schriftlich, Tina«, sagte sie.
»Supa, Chefin. Find ich irre. Das ist echt geil, dass Sie mir das zutrauen.«
Tina strahlte von einem Ohr zum anderen.
»Tu ich, Tina«, sagte Alisa ernst. »Doch eins hätte ich gern: Dass Sie einen kleinen Kursus besuchen, der Sie ein bisschen fit macht für den Umgang mit Gästen. Also etwas Benimm und Sprechschulung. Rhetorik. Damit Sie lernen, Damen und Herren mit Luis-Vuitton-Gepäck zu hofieren.«
»Ich soll Hofknicks und Handkuss lernen? Igittigittigitt! So ’n richtig bourgeoises Gehabe? Wie soll das gehen? Ich bin doch ich!«, rief Tina entrüstet aus.
Doch sie besann sich sofort eines Besseren, als sie Alisas ärgerliches Gesicht sah.
»Tschuldigung.«
»Tina, glauben Sie mir, egal, was Sie machen, alles hat sein Handwerk«, beschwor sie Alisa. »Auch die Kunst, sich zu benehmen und so zu sprechen, dass Sie keinen Gast vor den Kopf stoßen. Schließlich haben wir vor, einmal von diesen Gästen zu leben. Sie werden eine hohe Verantwortung tragen. Wenn Sie – das ist hübsch ausgedrückt, Tina – als bunte Eminenz versagen, dann kann das alles ruinieren. Und Sie sind schuld, dass Ihre Kollegen den Job verlieren.«
Tina schaute entsetzt, den Mund offen. Schließlich nickte sie. Nicht einmal, sondern mehrmals. Alisa kam es vor, als

kremple ihre Predigt Tina in diesen Sekunden um. Minirock-Nazisse wird Geschäftsfrau, dachte sie bei sich, auch wenn sie derartige plakative Erklärungen verabscheute. Aber solche Klarstellungen waren einfach zu wichtig. Und Tina hatte begriffen, was auf dem Spiel stand. Noch nagte sie auf der Unterlippe, aber Alisa war fest überzeugt, dass Tina lernfähig war und vor allem lernbereit.

»Okay, Chefin. So hab ich darüber noch nicht nachgedacht. Doch Sie können sich auf mich verlassen. Aber Sie zahlen.«

»Was?«

»Na, den Kursus.«

»Klar – geht auf Kosten des Hauses«, sagte Alisa gedehnt. »Tina, Sie bleiben schon die, die Sie waren. Aber was ich gut finde, ist, dass Sie das Wesentliche nicht aus dem Auge verlieren.« Scherzend setzte sie hinzu. »Doch wenn Sie's vermasseln, dann zahlen Sie!«

»Na klar, die Gesetze des Kapitalismus. Hab verstanden!«, entgegnete Tina voller Ironie.

Und stürzte sich in die Arbeit.

Ein Ordner nach dem anderen wurde durchforstet, und bis zum Abend war die Ablage fertig. Die Dokumente der Vergangenheit wurden Geschichte. Ordner bekamen neue Rücken, Papiere wanderten in Klarsichthüllen. Am Schluss glänzten bunte Ordner mit bunten Rücken in einem schäbigen Holzregal. Tina war so zufrieden wie schon lange nicht mehr. Nur einmal, nach einem kurzen Anruf, verdüsterte sich ihr Gesicht.

»Nein!«, hörte Alisa sie gequält sagen. »Es ist vorbei. Vorbei. Vorbei.«

Der Hörer krachte auf die Gabel wie ein Fallbeil.

Abends um sieben war das Büromaterial verpackt und die Villa schon halb ausgeräumt. Lemcke tippte grüßend an

die Mütze, als er aufs Fahrrad stieg und nach Hause fuhr. Um neun Uhr dann, nachdem es endgültig dunkel geworden war, hörte das Scheppern auf. Das Gerüst stand, die Planen hingen.
Ruhe kehrte ein.
Alisa war allein.

Das Sirren am Ohr war laut genug, dass Alisa aufwachte. Sie öffnete die Augen einen Spalt und wedelte mit der Hand durch die Luft. Die Mücke musste durch das geklappte Fenster geflogen sein, zum Glück nur eine, wie Alisa erleichtert feststellte. Ein sanftes Rauschen erfüllte den kargen Raum. Ob es vom Meer oder von den Kiefern kam, blieb unklar. Alisa stand auf und trat ans Fenster, um es zu schließen. Das Mondlicht schimmerte milchig durch die Nacht. Irgendwie war die Stimmung seltsam, etwas unheimlich. Sicher lag es an dem Traum, den sie gehabt hatte. Alisa hatte einige Bilder noch deutlich vor Augen. Zum Beispiel Hausmeister Lemcke in zerrissener Soldatenuniform, wie der Kriegsheimkehrer aus Wolfgang Borcherts Theaterstück *Draußen vor der Tür.* Humpelnd, klagend, hinter sich eine Spur, die aussah, als wäre sie mit Blut gemalt. Ich will nicht, hatte sie ihn schreien hören, und sie selbst war dabei durch schwarzen Schlamm gestolpert. Herabhängende Äste schlugen nach ihr. Dann sah sie plötzlich verkohlte Bäume, Einöde, nackte, frierende Kinder, die zum Himmel griffen und nach schrumpligen Äpfeln haschten. Sie wusste in dem Moment, sie sah ein Bild, hörte jedoch babylonisches Sprachengewirr um sich. Und plötzlich waren ihr Vater und ihre Mutter da, die mit ihr in der Luft schwebten und nach Vicky und Julius suchten.
Aber das war nicht alles gewesen. Alisa setzte sich auf

die Bettkante und versuchte sich zu erinnern. Nichts. Sie hatte den Rest vergessen.
Etwas kitzelte und pikste in ihre nackte Schulter. Alisa schlug zu, traf jedoch nicht. Jetzt war es mit der Ruhe endgültig vorbei. Die Mücke umkreiste sie und stach dort zu, wo Alisa es am wenigsten erwartet hatte – unter dem Fußknöchel. Sofort begann es wild zu jucken.
Richtig, die Tür, das Haus. Davon hatte sie noch geträumt. Mürrisch betupfte sie den Stich mit Spucke. Die Mücke sirrte im Zickzack durchs Zimmer. Nach ein paar Versuchen, sie im Flug zu erwischen, gab Alisa erschöpft auf. Irgendwo in der Nähe setzte sich die Mücke nieder. Alisa machte Licht.
Da war die Tür. Die Tür im Inneren eines leeren Hauses, an deren Griff sie zog, während draußen eine böse Macht lauerte, näher und näher kam und schließlich an der anderen Seite des Türgriffs zu ziehen begann.
Die Mücke startete einen neuen Angriff. Alisa spürte sie an der Stirn. Wieder schlug sie daneben. Während sie lauschte, vermeinte sie draußen ein Scheppern gehört zu haben. Was ist eigentlich, wenn jemand über das Gerüst einzubrechen versuchte? Jemand, der wusste, dass sie, die neue Hausherrin, hier allein schlief?
Alisa brach der Schweiß aus.
Sie wagte nicht zu atmen und lauschte mit einer Anspannung, die ihren Nacken zum Zittern brachte.
Da! Wieder dieses dumpfe Geräusch, als fiele etwas Schweres auf Holz. O Gott!, schrie es in ihr. Ein Einbrecher. Jetzt. Und du bist allein. Allein!
Das Handy. Das Handy, verdammt. Wo ist es? Alisa geriet in Panik.
Derweil startete die Mücke wieder einen Angriff. Plötzlich drang ein grausiges Kreischen und Keifen aus tie-

rischer Kehle an Alisas Ohr. Pfoten ratterten über die Holzplanken. Erneut wurde gekreischt. Fauchen, tierische Schreie, überstürztes Gerenne.
Stille.
Es waren nur Katzen. Alisa stöhnte vor Erleichterung auf und rollte ihr T-Shirt zusammen. Die Mücke war eine zu Vernichtende. Ansonsten wäre an Schlaf nicht mehr zu denken gewesen.
Der erste Versuch ging daneben. Alisas Wut wuchs. Sie begann systematisch die Wände abzusuchen. Stille. Da, der längliche Schatten an der Wand. Alisa schlug zu. Nichts. Nur Schmutz. Quadratzentimeter für Quadratzentimeter flogen ihre Augen über das Tapetenmuster. Aber das Viech saß auf der Gardinenstange. Alisa bildete sich ein, es höhnisch lachen zu hören, als sie es wieder verfehlte. Schließlich hatte sie einen ihrer beigefarbenen Pumps in der Hand. Den mit dem halbhohen Absatz. Nicht nur der Stich juckte, in ihren Körper schienen sich Ameisen verbissen zu haben. Es fehlte nicht fiel, und Alisa hätte sich an der Wand gescheuert wie ein Stück Wild. Endlich fand sie die Mücke wieder. Sie hatte sich in der Mitte eines braun-beigefarbenen Rautenmusters niedergelassen. Was sie verriet, war ihr Schatten.
Alisa hielt die Luft an und packte den Schuh so vorsichtig wie möglich an der Vorderseite. Eine geschlagene Minute stand sie zur Statue erstarrt auf den Zehenspitzen. Ihr wurde fast schwindlig, so flach atmete sie.
Die Mücke saß wie festgeklebt.
Alisa begann den Count-down.
Sie näherte sich so seicht und langsam, als wäre sie eine Tai-Chi-Meisterin.
Tauende Ewigkeit.
Die Mücke rührte sich nicht.

Alisa schlug zu. Und traf. Denn es blieb still.
Doch ihrer Hand war die übliche Rückwärtsbewegung verwehrt. Erstaunt nahm Alisa wahr, dass der Absatz des Schuhs in der Wand steckte.
Da gab es nichts zu bezweifeln – in der Wand, an der noch bis vor wenigen Stunden ein alter wurmstichiger Servierschrank gestanden hatte, war ein Loch.
Eine ganze Weile starrte Alisa fassungslos auf ihren Absatz. Tatsächlich hatte sie die harmlose Mücke durch die Wand der alten Dachmansarde geschlagen. Mit einem Mal war sie sich sicher, dass dies hier nicht mehr mit rechten Dingen zugehen konnte. So wenig stabil wurden vor hundert Jahren Wände gewiss nicht gebaut, auch nicht unter dem Dach.
Sie ließ den Schuh stecken und ging nach draußen auf den Flur. Rechterhand grenzte das oberste Turmzimmer des linken Außenturms an. Linkerhand lagen auf derselben Etage die anderen sieben Zimmer, ehemals die der Dienstboten. Mit klopfendem Herzen trat sie in das Turmzimmer.
Von ihm aus hatte man einen weiten Blick über die Ostsee. Ruhig lag sie da und schlief. Übers Wasser zogen sich silbrige Mondscheinschlieren. Vom Garten reckten sich Kastanien und Eichen hinauf, gelbbraun verfärbt. Das niedrige schwarze Eibengesträuch sah von hier oben wie ein bizarres Tier aus, das im Begriff war, die Hauswand hochzuklettern.
Zum Glück stand im Garten noch einer der beiden Laster. Er wirkte wie ein freundliches Spielzeug in einer auf einmal gruselig gewordenen Welt. Der Rest lag in Dunkelheit. Alisa drehte sich mehrfach um, so als würde sie etwas suchen, von dem sie wusste, dass es sich ihren Blicken entzog. Schließlich klopfte sie die Wand zu ihrem

daneben liegenden Zimmer ab. Ein dunkler, fester Ton erklang. Sie ging zurück, klopfte die Rautentapete ab, in der noch ihr Schuh hing – der Ton klang hell und hohl. Sie klopfte die Wand von oben nach unten, links nach rechts und zurück ab – immer der gleiche hohle Klang. Der Mond stand jetzt über dem Wasser, das silbrig zwischen dem Herbstlaub der Kastanien und Eichen schimmerte. Alisa kroch ein Schauder über den Rücken. Auf einmal war ihr unheimlich. Und wieder drehte sie sich mehrfach um.

Das Böse. Lauerte hier das Böse?

Es war kalt. Und es zog. Warum war es so still? Warum hatte das Rauschen aufgehört?

Unsinn!, ermahnte sie sich. Du bist in einer maroden Villa, keinem Gespensterschloss. Aber alle Vernunft half nichts, das Gruselgefühl blieb. Noch einmal schlug sie fest auf die Tapetenwand. Da schepperte doch etwas?

Oder war sie jetzt verrückt geworden?

Alisa brach kalter Schweiß aus. Es ist weit nach Mitternacht, und du findest hier eine Zwischenwand, von der dir niemand etwas gesagt hat. Und dann klingt es, als ob etwas dahinter wäre.

Aber was?

Alisa schossen nicht nur Bilder von Edgar-Wallace-Krimis durch den Kopf, sondern das Inventar etlicher Gruselfilme: Totenschädel mit Haar, Gerippe in zerlöcherter Leinwand, Spinnweben und Würmer, Viechzeug, Gallerte, eine Mumie, verrostete Dolche. Sie glaubte ein Raunen krieche aus der Wand, hörte es stöhnen. Sie kriegte Pulvergeruch und Moder in die Nase, irgendwo knisterte es.

Alisa bekam einen Angstschub, der ihr die Kehle zuschnürte. Sie sackte in die Knie und kroch rückwärts zu ihrem Bett. Immerfort starrte sie auf die Wand und rechnete damit, dass jede Sekunde etwas unglaublich Böses aus ihr herausstürzen würde. Denn so etwas gab es doch, oder? Ein toter Rivale, erschossen im Duell, weil er der Liebhaber eines adligen Fräuleins war, und jetzt kam sein Geist nicht mehr zur Ruhe. Oder das Dienstmädchen, das ihr uneheliches Kind hier in einen Lederkoffer gesteckt hatte, um ihr heimliches Liebesverhältnis mit dem lüsternen Hausherrn zu verbergen.

Alisa sträubten sich die Haare vor Grauen. Sie war in ihrer Panik verfangen, ihrer Phantasie wehrlos ausgeliefert. Sie zitterte und schwitzte, und plötzlich kam ihr ein aberwitziger Gedanke: Ich habe etwas vergessen. Ich habe mich noch nicht für den Blumenstrauß bedankt. Wieso konnte ihr jetzt, in diesem Moment, so etwas einfallen? Ihr Gehirn begann zu arbeiten.

Der Blumenstrauß!

Schimmbach, ihr Architekt!

Sie hatte sich weder für den Strauß bedankt noch ihm sonst ein gutes Wort gegönnt. Er war ihr Architekt, er würde ihr helfen. Wohnte er nicht ganz in der Nähe? Und auch wenn nicht, er musste kommen. Mit irgendjemandem musste sie jetzt sprechen. Irgendjemand musste sie aus diesem Albtraum retten, hier wegholen!

Alisa fand ihre Handtasche und ihr Handy.

»Grmm. Jahaa?«

Ein Hustenanfall folgte.

»Herr Schimmbach? Hier Ganzow, von der Villa.«

»Villa? Ach ja. Frau Ganzow.« Die Stimme gewann schnell an Festigkeit. »Es ist noch … Egal, ist was passiert?«

»Herr Schimmbach, ich hab Angst. Ich glaub, ich hab ’nen Schock«, hörte sich Alisa flüstern.

Schweigen, dann ein Rascheln in der Leitung.

»Ich komm schon! Machen Sie nichts ohne mich. Unten ist auf, ja?«
»Ja! Nein!«, rief Alisa und kämpfte gegen das flaue Gefühl an, das sich plötzlich in ihrem Bauch breit machen wollte. »Danke!«, sagte sie dann noch pflichtschuldig. Sie stellte sich vor, wie Schimmbach in seine Slipper schlüpfte, dann in die Hosenbeine fuhr und darin stecken blieb. Aber ... Alisa schmiss das Handy in die Ecke und rannte zur Toilette. Während sie ihr Nachthemd gegen den Mund presste, kam sie zwar etwas von ihren schrecklichen Angstgefühlen los, aber das half auch nichts mehr. Ihr Magen rebellierte. Als sie im Badezimmer war, dem einzigen auf der Dachetage, hatte sie sich bereits vollgespuckt. Füße, Bauch, Kinn, Hals, Hände – einfach grauenhaft. Es stank erbärmlich. Aber sie konnte endlich wieder klar denken.
O Gott, und gleich kam dieser Schimmbach!
Alisa riss sich das Nachthemd vom Leib, hockte sich in die alte Badewanne, ließ das Wasser, kalt wie es war, aus dem Hahn laufen, seifte sich hektisch ein und schrubbte sich mitleidlos ab. Noch während sie sich abbrauste, hörte sie Schimmbach rufen, der anscheinend doch mehr verärgert war, als er zugab, denn er polterte mit der Faust gegen die Tür.
Natürlich hatte sie kein Badetuch greifbar, nur ein einfaches Handtuch. Rennend trocknete sie sich mehr schlecht als recht damit ab und rief nach unten, dass sie gleich öffnen werde.
Aber erst lief sie in ihr Zimmer, wo sie kurzerhand das Laken vom Bett riss und sich darin einwickelte.
Schimmbach stolperte fast eine Stufe rückwärts, als Alisa die Tür aufmachte. Es dauerte, bis er die Sprache wiederfand, denn wenn er sich auch auf so ziemlich alles gefasst

gemacht hatte, damit, dass die Bauherrin dieser Villa augenscheinlich nackt unter einem Bettlaken vor ihm stand, damit hatte er nicht gerechnet.
»Und ich dachte, Sie mögen mich nicht«, wagte er schließlich einen Scherz.
»Ja. Ich meine, nein. Aber das verstehen Sie nicht. Ich brauche Sie nur als Mann. Als Beistand! O Gott, was rede ich da bloß!«
»Ja, natürlich, liebe Alisa ... äh ... Frau Ganzow«, sagte Schimmbach. »Als Mann. Als was sonst oder was denn noch?«
Alisa wollte sich die Haare raufen, doch im letzten Moment fiel ihr ein, was dann passiert wäre – eine Art Denkmalsenthüllung. Das schöne weiße Laken wäre mehr oder weniger langsam von ihren Schultern gerutscht, und ihr Architekt hätte gar nicht mehr anders gekonnt, als zu glauben, dass sie sich ihm unbedingt von ihrer vorteilhaftesten Seite zeigen wollte.
An und für sich eigentlich gar keine so schlechte Idee, das mit dem Bettlaken, meldete sich eine Stimme in ihrem Kopf. Doch erstens nicht bei *ihm!* Und schon gar nicht *jetzt!*
» Nun kommen Sie erst mal mit. Unters Dach«, stammelte Alisa und ließ Schimmbach ins Haus.
»Ich komm gern. Auch unterm Dach«, säuselte Schimmbach zweideutig, was Alisa zeigte, dass ihr Architekt wieder ganz der Alte war.
Sie bereute jetzt, ihn aus dem Bett geklingelt zu haben. Würde er die Situation ausnutzen, trüge sie eine gehörige Portion Mitschuld. Da gab es nichts zu deuteln. Leider war ein Zurück nicht mehr möglich. Als sie die Tür wieder abschloss, zeichnete sich zum Glück ein hauchdünner heller Streifen am Himmel ab.

Zu ihrer Erleichterung hielt Schimmbach jedoch den Mund.
»Da!«
Alisa zeigte auf ihren Schuh, der mit seinem Absatz wie selbstverständlich an der Wand hing.
Schimmbach verstand natürlich nicht das Geringste. Er guckte vom Schuh zu ihr und zurück, dabei den Atem anhaltend, entschied sich aber irgendwann, lieber das um ihren Körper gewickelte Bettlaken zu studieren als die Wand, den Schuh und die Tapete.
»Ah«, meinte er jetzt gar nicht mehr freundlich, »der Schuh ist Ihrer, und das Gespenst sind Sie. Die Tabletten sind wohl alle, was?«
»Nein!«, rief Alisa. »Nun schauen Sie doch mal hin! Oder haben Sie auch Angst?«
»Was wollen Sie von mir, Frau Ganzow?«, presste Schimmbach hervor, sichtlich um Beherrschung bemüht.
»Ja was wohl!«, meinte jetzt Alisa gereizt. »Da gibt es einen Hohlraum. Und ich hab Angst vor dem, was dahinter ist. Kapieren Sie das nicht?«
Schimmbachs Augen weiteten sich. Dann begann es um seinen Bauch zu zucken, und er brach in ein höhnisches Gelächter aus.
»Hohlraum! Das ist gut! Ho-ho-Hohlraum! Edgar Wallace, wie? Sie sind die im Bettlaken! Mit der Schuh-Kanone! Ich fass es nicht!«
Er konnte sich vor Lachen nicht mehr halten und sank auf die Bettkante. Alisa schwankte zwischen Scham und Mordlust. Tatsächlich sah sie noch immer aus wie ein Schlossgespenst, und was sie da von sich gab, klang so, als wäre sie ein betrunkenes Schlossgespenst, das einen alten Krimi gesehen hatte. Andererseits war sie wütend, dass Schimmbach sich nicht die geringste Mühe machte,

sie zu verstehen. Er spielte den überlegenen Macho, der nichts Besseres zu tun hatte, als sie zu verspotten.
»Ach was. Ich hol jetzt mal 'nen Hammer!«
»Einen Hammer? Locker! Aber nicht aus meiner Hose.«
Schimmbach schien beschlossen zu haben, sich der wunderlichen Lage anzupassen, und schrie jetzt vor Lachen. Als Alisa ihm nach einer ihr endlos vorkommenden Suchminute Hammer und Taschenlampe hinhielt, lachte er immer noch, jetzt aber stumm. Auf jeden Fall waren seine Augen nass. Er schüttelte den Kopf und ergötzte sich an Alisas bösem, schmollendem Gesicht.
»Drehen Sie sich wenigstens um«, sagte sie.
Doch den Gefallen tat ihr Schimmbach nicht.
»Will aber gucken«, erwiderte er wie ein quengelndes Kind.
»Dann gehen Sie doch in die Peepshow!«, fauchte Alisa. »Umdrehen.«
Schimmbach seufzte und erhob sich schwerfällig. Das Gesicht zur Wand, die Augen auf Alisas Schuh geheftet, stand er mit dem Hammer in der Hand da wie eine Figur aus dem Wachsfigurenkabinett, während Alisa sich rasch anzog.
Eins hatte Schimmbachs Lachorgie wenigstens bei ihr bewirkt – die Angst war weg, die gespenstischen Bilder verblasst. Alisa packte den Schuh und riss ihn aus der Wand. Sie war aus Putz und Sperrholz. Es roch muffig, aber nicht ekelerregend. Nachdem sie hineingeleuchtet hatte, trat sie beiseite und präsentierte das Loch.
»The rest is your job.«
»The rest vom Gespensterfest«, sagte Schimmbach trocken. »Deswegen haben Sie mich aus dem Bett geholt?«
»Ja, herrje. Das schwache Weib, ich und die Angst vorm bösen Mann. Sie dürfen triumphieren. Aber sind Sie nun

für dieses Haus mitverantwortlich oder nicht? Wenn ja, hauen Sie endlich zu!«
»Hauen, ja. Aber gut, lüften wir das Geheimnis der ollen Dame.«
Schimmbach fügte sich ins Unvermeidliche und machte sich an die Arbeit. Er kam schnell voran, und Alisa stellte erleichtert fest, dass auch ihr Architekt endlich neugierig wurde, ob es in dem Hohlraum irgendetwas zu entdecken gab.
Als das Loch ungefähr einen Quadratmeter groß war, tauchte die Morgensonne den Horizont in ein blaurotes Licht. Im Schein der Taschenlampe wirbelten Staub und Holzpartikel, und mit jedem Stück, den der Hohlraum größer wurde, wurde auch die Luft im Zimmer stickiger. Alisa beugte sich vor und leuchtete in die Ecken. Noch war nichts zu entdecken. Bislang traf der Schein der Taschenlampe nur auf ein einfaches Holzregal mit vielleicht doppelt armbreiter Tiefe.
Schimmbach nahm ihr die Taschenlampe aus der Hand und schaute selbst.
»Keine Leiche, aber ein Regal. Und auf dem Regal steht, wie es sich gehört, ein Buch.«
»Was?«
»Ja, verdammt. Noch ein bisschen Wand weg, dann haben Sie Ihren Schatz.«
Er klang jetzt richtig begeistert und arbeitete wie ein Berserker. Und je mehr er die Wand einriss, desto mehr gab sie Stück für Stück ihr Geheimnis preis. Immer besser konnten sie sehen, was das Regal im Hintergrund offenbarte. Es war fantastisch – Bücher, Kästen, eine Schatulle und irgendwelche noch nicht zu identifizierende Gegenstände, die in Lederlappen gewickelt waren. Kein Zweifel, sie hatten einen Schatz gefunden. Alisa

kam sich vor wie in einem Märchen und hätte am liebsten laut gejubelt.
»Keine Leiche!«, meinte Schimmbach trocken, und der Lichtkegel der Taschenlampe fiel auf ein Stück Zarge, gleich neben dem Regal. »Doch eine Tapetentür, die zum Turmzimmer nach drüben aufgeht.«
»Aber ich hab die Wand drüben abgeklopft. Da klang alles gleich.«
»Die Tür wurde von hier aus in die Zarge gemörtelt. Deswegen. Da hat jemand Vorsicht walten lassen.«
»Ja! Und hier stand bis vor kurzem ja dieses Monstrum von Servierschrank«, meinte Alisa nachdenklich.
»Richtig. Da hat keiner was gemerkt. Und auf die Idee, dass dahinter ein Hohlraum sein könnte, kamen nicht mal die Russen und die Stasi.«
Er wischte sich mit einem blassblauen Taschentuch Gesicht und Hals ab und klopfte sich den Staub vom Hemd. Alisa begann es in der Nase zu kribbeln, und sie musste niesen. Schimmbach wünschte Gesundheit und lächelte sie bewundernd an. Alisa nickte, dann seufzte sie.
Mit einem Schlag spürte sie grenzenlose Müdigkeit in sich aufsteigen.
»Scheint doch wohl ein paar Geheimnisse in Ihrer Familie zu geben, Frau Ganzow«, sagte Schimmbach. »Ihre werte Tante hat Ihnen da ja ein hübsches Zusatzpräsent gemacht.«
»Vielleicht weiß sie gar nichts davon«, entgegnete Alisa erschöpft. »Und wenn?«
»Sie werden's erfahren«, meinte Schimmbach lakonisch. »Kommen Sie, lassen Sie uns das da alles zusammenpacken. Ich lad Sie auf ein Frühstück ein – kontinental oder britisch oder bei McDonald's, is mir wurscht. Wie Sie wollen.«

»Und wie ich will«, sagte Alisa, als ob sie das alles nichts mehr anginge.
Sie trieb noch zwei Pappkartons auf, verpackte den Schatz und war heilfroh, als endlich die Kofferraumhaube von Schimmbachs Jaguar ins Schloss fiel.
Schimmbach spielte den Kavalier und hielt ihr die Beifahrertür auf.
»Sie haben sich wirklich ganz schön was aufgehalst, Frau Ganzow«, säuselte er. »Erst dieser Umbau, dann der Hotelbetrieb, was ja ein Sprung ins richtig kalte Wasser ist. Dabei könnten Sie es im Leben einfacher haben ...«
Alisa fühlte seine bittenden Augen auf ihren Beinen.
»Es war sehr lieb, dass Sie mir geholfen haben. Danke, Herr Schimmbach.«
Sie hatte nicht mehr die Kraft, irgendetwas anderes zu sagen. Und noch viel weniger Lust hatte sie, sich auf Wortplänkeleien einzulassen, mit denen sie sich bestimmt tief in Schimmbachs Annäherungsversuche verstrickt hätte.
»Sagen Sie bitte Alexander!«, erwiderte er und sah ihr in die Augen, als würde er hoffen, dass sie ihm um den Hals falle. »Denn diese Nacht hat uns ja doch ein Stück weit zusammengeschweißt, nicht wahr?«
Jetzt musste Alisa trotz ihrer Müdigkeit grinsen.
»Danke, Alexander. Aber trotzdem, wir bleiben beim Sie, ja?«
»Wie Sie wollen, Alisa.«
Alisa seufzte laut auf. Es war eine Wohltat, sich in die weichen Ledersitze fallen zu lassen. Das polierte Wurzelholz des Lenkrads schimmerte matt, und es roch nach Tabak und einem würzigen Herrenparfum. Die Fahrt kam ihr wie eine Rückkehr in die Gegenwart vor – weg von staubigen Geheimnissen vergangener Zeiten, die beruhigend nüchtern in zwei Pappkartons im Kofferraum ruhten.

In einem schlichten Bistro stärkten sich Alisa und Schimmbach von den Strapazen der letzten Nacht.
Zwischen Rührei und Toasthappen fragte er: »Und wo wollen Sie nun die nächste Nacht schlafen?«
Der Helfer in der Not warf die Angel aus. Kam es ihr nur so vor, oder mischte sich ein listiges Grinsen in seinen Blick? Denn, zum Kuckuck, er traf den Nagel auf den Kopf. Alisa durchlief es siedend heiß. Morgen Nachmittag würden Vicky und Julius mit den Großeltern kommen. Eigentlich hatte sie vorgehabt, ein Apartment zu mieten.
Ohne es zu bemerken, zuckte Alisa mit den Schultern. Und das war das Signal, auf das Schimmbach gewartet zu haben schien.
Er straffte sich und strahlte über das ganze Gesicht, als er sagte: »Hören Sie, Alisa, ich mache Ihnen einen Vorschlag. Aber sagen Sie nicht gleich Nein. Ich habe hier nachher ganz in der Nähe einen Termin. Dazu muss ich nur noch mal kurz in mein Büro. Sie fahren mit mir, anschließend kommen wir hierher zurück. Dann überlasse ich Ihnen meinen Wagen und ...« – er machte eine bedeutungsvolle Pause – »... gebe Ihnen den Schlüssel zu meiner Fischerhütte. Die schauen Sie sich an. Und wenn Sie Ihnen gefällt, quartieren Sie sich dort ein, bis die Villa Bernstein bezugsfertig ist.«
Alisa sah den Triumph in seinen Augen. Sie war zu müde, Nein zu sagen, die Falle hatte zugeschnappt. Schimmbach, der Fuchs, schleppte seine Beute in den Bau. Aber, ging es Alisa durch den Kopf, das Angebot war allein deshalb schon verlockend, weil sie viel Geld sparen würde. Was wäre die Alternative? Eine adäquate vor allem, wenn sie an die Kinder dachte? Sie begann zu rechnen, gab es aber gleich wieder auf. Eine Fischerhütte? Das klang nach Natur, nach Freiraum für die Kinder.

»Nu?«
»Ham Se mich«, setzte Alisa nach. »Aber ich möchte alle Schlüssel!«
»Fensterln tun nur die Bayern«, beruhigte sie Schimmbach und legte seine Hand auf die ihre. »Ehrlich, Sie verpflichten sich zu nichts.«
Nun denn, dachte Alisa – mitgegangen, mitgefangen.

Schnurrend wie ein zufriedenes Kätzchen rollte der elegante Wagen über die leeren Landstraßen zu dem abseits gelegenen Dorf im Lieper Winkel, das Schimmbach ihr genannt hatte. Vom Ortskern stieg parallel zur Binnenküste ein Sandweg zu einem lichten Birken- und Kiefernwald an, der in einem weit ausladenden Kreis endete.
Alisa parkte und stieg aus.
Es duftete nach Baumharz, welkem Laub und Meer. Das Panorama glich einem Bild aus alter Zeit. Sie konnte weit übers Achterwasser in Richtung Binnenküste und Festland schauen. Ein halbes Dutzend Surfer glitt mühelos in weiten Bahnen über die Wasseroberfläche, flink wie bunte Mauersegler. Die Welt sah aus, als wäre sie einmal geschaffen und dann nie mehr verändert worden. Alisa fühlte sich auf Anhieb wohl. Sie entdeckte einen schmalen Trampelpfad, der zu einer kleinen halbmondförmigen Bucht hinabführte. Vögel kreisten über dem Strand, auf rund gewaschenen Steinen hockten Möwen, einsame Pfotenspuren im Sand. Alles war ruhig. Selbst die Surfer störten nicht. Man hätte meinen können, dies hier sei der Ferienplatz der Ostsee, die sich von der Hektik der Badegäste ausruhen wollte.
Hier also stand Schimmbachs so genannte Fischerhütte – ein weiß gekalktes Haus hinter einem niedrigen Holzzaun, längsseitig der Binnenküste zugewandt. Alisa sah

gleich, dass Schimmbach untertrieben hatte, denn schon die Länge des Hauses entsprach der Größe von zwei Fischerhütten. Unbeschnittene Buchsbäumchen und Rhododendren pressten sich gegen den einfachen Lattenholzzaun. Die offene, überdachte Terrasse säumten verblühte Pflanzen – Königskerzen, Holunder, Sonnenblumen, Rosen. Um die Veranda selbst rankte sich Wilder Wein in herbstlichem Feuerrot.

Und überall – zwischen Blättern, Gräsern, Stängeln, Stämmen – Spinnweben, in denen noch die Tautropfen der Nacht schimmerten.

Alisa schritt mit dem Schlüssel in der Hand durch die kleine, von Wind und Wetter ergraute Gartenpforte. Sie war erschöpft, fühlte sich ein wenig beklommen, aber trotzdem auch irgendwie froh und erleichtert. Dies hier sollte eine Zwischenstation sein. Besser und billiger als ein Apartment in Heringsdorf war es allemal, beruhigte sie sich. Julius und Vicky hätten einen Garten zum Spielen und waren niemandem im Weg. Im Winter würden sie hier einen Schneemann bauen können …

Das Dach war mit Reet gedeckt und saß wie eine wärmende Mütze auf den Wänden. An einer der Stirnseiten erhob sich ein breiter, aus Feldsteinen gemauerter Kamin in die Höhe, an dem sich der Dachwurz emporgerankt hatte. Erst kürzlich hatte sie gelesen, dass diese Pflanze von alters her genutzt wurde, Blitzeinschläge abzuleiten.

Und dann die dunkelrot gestrichenen Fensterläden. Sie sahen wunderschön romantisch aus. Das Haus wirkte damit, als schliefe es.

Ob im Kamin wohl noch verkohltes Holz lag?

Wolltest du nicht einmal mit Henrik in so einem romantischen Häuschen leben? Alisa seufzte tief, verdrängte aber den aufkeimenden Schmerz.

Mutig schloss sie die Tür auf. Rostfarbene Terrakottafliesen verliehen dem Boden der Diele Wärme und kontrastierten mit einem hellen Juteteppich. An den Wänden standen eine Kassettentruhe und ein Bauernschrank. Linkerhand führte eine Tür in die Küche mit Gastronomiegasherd in der Mitte. Schimmbach also ein Gourmet? Alles war blitzsauber, wie neu. Und das Wohnzimmer? Der offene Kamin zeigte kaum Schwarz, am Lautstärkeregler der Hi-Fi-Anlage zitterte ein feiner Spinnwebfaden. Die Sofas aus dunkelbraunem Büffelleder dufteten, die Abstellkammer war leer, im Gäste-WC das Wasser in der Toilette verdunstet. Unterm Dach lagen Bad, das Schlafzimmer und noch zwei Stuben. Die alten Dielen mit ihren Kratzern und offenen Fugen waren geschliffen und dunkel gewachst. Alles verströmte den Charme rustikaler Geborgenheit, wenn auch das Haus insgesamt einsam wirkte.
So als hätte jemand für die Zukunft geplant und einmal dem Schicksal gegenüber verloren.
»Trotzdem«, sagte Alisa halblaut, »nehm ich's.«
Ihre Müdigkeit war verschwunden. Sie stieg die Treppe wieder runter. Jetzt war ihr Schatz an der Reihe. Sie schloss den Kofferraum auf und trug die Pappkartons ins Haus. Ihre Spannung stieg. Vor allem die kleine Holzkiste hatte es ihr angetan. Was war drin? »Ein Schatz im Schatz«, murmelte Alisa. Vor dem Kamin ließ sie sich im Schneidersitz nieder.
Der Deckel der Holzkiste war verzogen. Er ächzte und quietschte, und immer wenn sie eine Seite oben hatte, war die andere wieder unten. Alisa holte eine Gabel. Stück für Stück hebelte sie den Deckel hoch – endlich.
Behutsam schlug sie das Wachstuch auseinander – und fand Erstaunliches. Ein malvenfarbenes Ballkleid mit Spitzenkragen und blütenverzierter Schärpe und darunter

lange Handschuhe, ein Strumpfband mit Stoffblüte und bestickte Tanzschuhe aus blassviolettem Satin. Alles war abgewetzt, durchtanzt, durchlebt. Auf dem Kistenboden schließlich lagen ein Bündel Briefe, Tanzkarten und Theaterbillets.
Der oberste Brief trug als Absender New York im Stempel, die anderen Berlin. Eine temperamentvolle Frauenhandschrift. »Mein allesgeliebter Theo!« begannen die Briefe und endeten mit »Deine dich alle Zeit liebende Magda, dein Kreiselchen.«
Wer war Magda?
Bestimmt nicht Theos Ehefrau. Das Ganze roch sehr nach geheimer Leidenschaft. Theodor Leibbrecht, der Erbauer der Villa Bernstein, Wanda Wiegands Vater, hatte eine Geliebte gehabt!
Bis zu seinem Tod musste er diese Liebe geheim gehalten haben. Wollte seine Magda aber auch nicht vergessen. Vielleicht hatte er sie, als sie in die Neue Welt, nach New York, aufgebrochen war, sogar noch mehr geliebt als in den gemeinsamen Jahren im Berlin der Kaiserzeit. Magda – wie alt sie wohl war, als sie ihm Lebewohl sagte? Wie viel Freude und Schmerz mochten an diesen Gegenständen hängen, die da vor ihr lagen?
Alisa lauschte in sich hinein.
Und fühlte plötzlich Henriks Zärtlichkeit und Nähe.
Henrik!
Du bist immer bei mir. Du bist in meiner Liebe geborgen wie ich in deiner.
Sie wischte sich Tränen aus den Augen.
Eine Zeit lang verlor sich ihr Blick über alle Möbel hinweg durch das Fenster, in die Weite von Luft und Raum.
Wer immer diese beiden Menschen gewesen waren, deren Liebessouvenirs einst eingemauert wurden, es war al-

les längst vorbei – und doch, Alisa glaubte wieder zu spüren, dass die Zeit nur für die irdische Wegstrecke des Lebens von Belang war. Die Liebe blieb. Man konnte sie fühlen, sehen, wenn man nur wollte.
Und alte Kleider, Schmuck, Bücher, Briefe waren ihre Souvenirs.
Oder nicht?
Alisa packte alles wieder ein und schloss die Holztruhe. So gerne sie noch länger über Magda und Theo gegrübelt hätte, die Zeit schritt voran. Schimmbach brauchte sein Auto.
Gedankenverloren griff sie in den anderen Pappkarton. Die Bücher, die sie hervorzog, waren sämtlich in Leder. Der Titel des ersten, Golddruck auf hellbraunem Einband, lautete: *Von der Kunst, mit Bernstein zu heilen* – die umfangreiche Abhandlung eines Arztes vom Ende des 19. Jahrhunderts.
Mit zunehmendem Interesse überflog Alisa ein paar Seiten. Sie las, dass Bernstein, das erhärtete Harz fossiler Laub- und Nadelbäume, bereits von den Ägyptern und Römern geschätzt worden war. »Der assyrische Herrscher Ashur-Nasir-Apal sandte seine Leute in das Bernsteinland, wo das Meerwasser Bernstein gleich Kupfer auswäscht …«, zitierte der Autor die Aufschrift eines Obelisken 888 v. Chr. Auch die Griechen schätzten das Gold des Nordens. Und in der Zeit des römischen Kaisers Nero war eine Bernsteinstatuette sogar mehr wert als ein junger Sklave.
Alisa blätterte weiter. Die Seiten des Buchs knackten, rochen muffig und waren stockfleckig. Gelegentlich fand sie am Seitenrand handschriftliche, kaum entzifferbare Notizen.
Sie überflog die Abschnitte über Heilkundige der vergan-

genen zweitausend Jahre, die Bernstein als Öl, Pulver oder in Naturform gegen Krankheiten einsetzten. Hippokrates und ein prominenter Arzt namens Calistratus sprachen davon, dass der Stein den Menschen vor Geistesstörungen bewahre und in Pulverform mit Honig Ohren- und Augenkrankheiten heile. Mit Wasser und Wein gemischt, solle er auch gegen Magenbeschwerden helfen. Ketten und Medaillons, davon waren andere antike Gelehrte überzeugt, linderten Hals- und Rachenschmerzen. Und bis ins letzte Jahrhundert vertrauten Heilkundige darauf, dass Bernstein bei Arthritis, Rheuma, Gicht, Rückenschmerzen, Parasiten und dergleichen eine kaum zu unterschätzende Arznei sei. Selbst bei Tieren. Schließlich habe schon Martin Luther auf die Kraft des fossilen Harzes vertraut. Aurifaber, der Leibarzt Herzog Albrechts aus Königsberg, habe ihm Bernstein gegen sein schmerzhaftes Nierenleiden verordnet.

Zu guter Letzt, las Alisa, diente Bernstein bei Räucherzeremonien als Weihrauchersatz, »… indes Bernstein, der brennet, aromatischen Rauch machet, der wiederumb den Geist stärket und frischen Muth giebt«.

»Werde ich doch glatt mal ausprobieren«, sprach Alisa vor sich hin. Die Lektüre hatte gut getan und von den traurigen Empfindungen abgelenkt. Sie sah auf die Uhr. Es war kurz vor halb zehn. Schnell wählte sie die Nummer ihrer Villa.

»Tina, ich komme heute etwas später«, sagte sie. »Gibt es was Dringendes?«

»Nö, die Umzugsleute sind seit halb neun hier. Läuft alles wie geschmiert«, antwortete Tina. Im Hintergrund hörte man laute Stimmen, Gerumpel und Gepolter. »Allerdings, Lemcke hat heute Morgen die Polizei angerufen.«

»Was!?«

»Ihr Zimmer stand auf, und ein Verrückter hat da die Wand eingeschlagen …«
»Schon gut, Tina. Der Verrückte hieß Schimmbach, und der Grund war eine Mücke. Aktion Polizei also abblasen.«
»Chefin, ist alles klar bei Ihnen?«
Tina klang aufrichtig besorgt.
»Wie Kloßbrühe. Ciao.«
Sie legte auf und griff zum nächsten Buch, ein bebilderter Katalog, *Königliche Bernsteinwerke Königsberg i. Pr.* aus dem Jahre 1900, dem Jahr der Pariser Weltausstellung. Das nächste Buch trug den Titel *Staatliche Bernstein-Manufaktur Königsberg*, und darunter lag das Fachbuch des Bernsteinforschers Richard Klebs.
Und was war in der Schatulle? Alisa stieß auf Beteiligungsdokumente an der 1923 in Berlin gegründeten »Preußischen Bergwerks- und Hütten-Aktiengesellschaft«, die 1924 die samländischen Bernsteinvorkommen übernommen hatte. Aktienbündel im Wert vieler tausender Reichsmark. Schriftstücke. Korrespondenz. Gerichtet an und geschrieben von »Theodor Leibbrecht, Tuchhändler aus Berlin«.
»Theooo – wer sonst?«, summte Alisa.
Ihr Urgroßvater hatte also nicht nur eine Geliebte namens Magda gehabt, sondern auch eine Menge Aktien.
Er war Berliner Tuchhändler und hatte sein Geschäft am Potsdamer Platz, wie Alisa den Briefbögen entnahm. Sie versuchte sich an das Vorkriegsbild des Platzes zu erinnern, während sie mit feinen Federstrichen geschriebene Quittungen und Rechnungen durchblätterte. Plötzlich stockte ihr der Atem. Sie hielt einen Umschlag mit dem Stempelaufdruck »Vertraulich« in der Hand. Darin war ein NSDAP-Ausweis, ausgestellt auf den Namen Wilhelm Wiegand. Das andere Dokument war ein Totenschein,

ausgestellt von irgendeiner Stabsstelle der Sowjetarmee. Es stammte vom 8. Juni 1945. Genau einen Monat nach Kriegsende sollte Wilhelm Wiegand, Wandas Mann, angeblich an Herzschlag gestorben sein. Im Klartext hieß das, er war erschossen worden.

Wandas Ehemann war also ein Nazi. Und offensichtlich war er einer, der so viel auf dem Kerbholz gehabt hatte, dass die Sowjets ihn umbrachten und nicht, wie in so vielen anderen Fällen, nach Sibirien ins Lager verbannten. Deswegen also die ganze Geheimnistuerei in ihrer Familie. Weil einer unter ihnen ein Nazi gewesen war und nach dem Krieg damit die Familienehre beschmutzte. Und weil Wanda seine Frau war, wurde sie gleich mitgeächtet, in der Annahme, sie sei genauso infiziert gewesen wie ihr Mann.

Alisa musste ein paar Mal tief durchatmen.

Nie hatte jemand über diese Vergangenheit gesprochen. Und das, obwohl die Nazi-Zeit seit über einem halben Jahrhundert vorbei war. Verdrängung auf der ganzen Linie. Versagen gegenüber der eigenen Geschichte.

Wieder klingelte ihr Handy. Tina war dran.

»Frau Ganzow, wir haben ein Problem. Schnabler ist zurück.«

»Schnabler? Himmel noch mal, der hat Hausverbot!«

»Genau das hab ich ihm gesagt. Aber er blafft nur rum. Soll ich die Bullen rufen?«

Alisa gefiel Tinas flapsiger Ton ganz und gar nicht, aber sie beschloss, diesmal drüber wegzuhören.

»Ist denn keiner sonst da? Lemcke?«, fragte sie.

»Nö. Der ist zum Baumarkt gedüst. Wegen seinem kaputten Spatenstiel.«

»Sch…ande«, zischte Alisa. »Immer ich. Warten Sie, Tina. Ich komme. Bin in ’ner halben Stunde da.«

Auf ihrem Grundstück empfingen sie Lärm, Staub und Dreck. Gerade als sie Schimmbachs Jaguar neben der Villa abstellte, kam ein Laster mit gefülltem Schuttcontainer aus der Einfahrt. Auf dem Container türmten sich Tische und Stühle, Kommoden, Anrichten, Schränke, Nachttische – kurz, das alte Mobiliar der Villa ging jetzt den Weg alles Irdischen. Über große metallene Schuttrutschen tosten Mauerreste, Dachpfannen, Sanitärobjekte und weiterer Abbruch in die anderen Container, von denen einer im Hof und einer im Garten stand.

Vorbei an einem Berg Verpackungsfolien, die von vier Brettern beschwert waren, ging's in die Villa. Hinter Alisa dröhnte der Motor eines Holztransporters, der Kanthölzer und Dachsparren geladen hatte. Die Paletten mit den Dachpfannen standen bereits im Garten. Sie waren in Folie geschweißt, einige schon geborsten.

Entkernung und Entrümpelung gingen mit der Anlieferung von Baumaterial Hand in Hand. Schimmbach wollte es so.

»Denn wer hat, der hat«, meinte er. »Das ist zwar noch ein bisschen DDR-Mentalität, aber ich bin auch die letzten zehn Jahre gut damit gefahren.«

Alisa schaute zur Uhr. Es war kurz vor zwölf.

Die Arbeiter auf dem Stahlgerüst bereiteten sich auf die Mittagspause vor. Einer rauchte, der andere schaute nach unten. Das Dach war bereits halb abgedeckt. Morgen schon sollte der Kran kommen, um die neuen Sparren nach oben zu befördern. Zum Glück musste der Dachstuhl nicht neu gezimmert, sondern nur saniert werden. Schimmbach hatte sich gebrüstet, ein anderer Architekt hätte ihr geraten, gleich alles neu zu machen.

»Aber deswegen gibt's ja mich.«

Warum musste ihr dies jetzt einfallen?

Alisa seufzte. Sie stand tatsächlich in Schimmbachs Schuld. Und wenn sie jetzt sein Fischerhaus requirierte, noch ein ganzes Stück mehr.

»Tina?«

Keine Antwort.

Alisa ging ins Büro. Tina saß auf dem Boden und rauchte, den Kopf ans Regal gelehnt. Sie hatte die Auge geschlossen und hörte Musik. Ihr Discman lag neben ihr auf dem Boden.

»Tina!«

»Hi, Chefin!«

»Das ist 'ne Art.«

»Ist doch Mittag. Übrigens hat's gerade sowieso die Telefonleitung erwischt. Beim Paneelen-Rausreißen wurde sie mit abgefetzt. Aber das flicken die wieder hin. Haben sie mir zumindest gesagt.«

»Ihr Wort, Tina. Und Schnabler?«

»Ist in seinem Reich. Aber da kommt keiner mehr von hier aus hin, weil die netten Herren auf meine Anweisung vor der Tür einen Hubwagen mit einer Palette Mörtel geparkt haben.«

»Dann werden wir uns also gleich über eine Ladung Mörtelsäcke anschreien«, stellte Alisa fest.

»Vielleicht. Oder sie überraschen den Gutsten durchs Fenster. Bislang hat er nämlich noch gar nichts spitzgekriegt.«

Alisa kramte umständlich ihr Handy aus der Tasche und gab es Tina.

»Für alle Fälle«, sagte sie. »Ich werd dann also mal fensterln gehen. Sie stehen vor der Palette und lauschen. Wenn ich anfang zu schreien …«

»Alles klar.«

Alisa ging um die Villa herum. Dass das Küchenfenster

geöffnet war, hatte sie vorhin schon bemerkt. Aber wie einsteigen?
Übers Gerüst natürlich. Doch wie kam da sie hoch? Hier hinten lag die erste Etage des Gerüsts in Brusthöhe. Stand man erst mal drauf, war die Fensterbank der Küche dann ungefähr dreißig Zentimeter unter einem. Um in die Küche zu kommen, musste sie sich also auf das Gerüstbrett setzen und von da wie ein Kind, die Beine voran, abspringen.
»Ist zwar wie James Bond«, murmelte Alisa, »aber passt zu heute früh.«
Sie schaute sich um. Nirgendwo stand eine Leiter, auch von Lemckes maroden Gartenstühlen war keiner zu sehen. Das Einzige, was in Frage kam, war die alte verrostete Regentonne, die umgestürzt neben dem Geräteschuppen lag. Alisa packte zu. Die Tonne ließ sich leicht rollen. Alisa sicherte sie mit ein paar Feldsteinen gegen das Wegrollen und atmete erst mal tief durch. Bis jetzt ging alles glatt. Was Schnabler wohl für ein Gesicht machte? Irgendwie begann sie Gefallen an der Aktion zu finden. Sie hüpfte hoch. Das Ding wackelte doch mehr, als sie gedacht hatte. Langsam griff sie nach hinten. Die Gerüststange, die sie zu fassen bekam, strahlte beruhigende Solidität aus. Vorsichtig zog sie sich hoch und kam schließlich so weit, dass sie sich mit den Beinen abstemmen konnte.
Und dann stand sie gerade.
Die Tonne schien jeden Augenblick loszurollen. Alisa drehte sich langsam um und hob das Bein. Als sie sich abstieß, rutschte die Tonne weg. Aber schon hatte sie das andere Bein angezogen. Eine endlos lange Sekunde hing sie wie ein Affe an der Gerüststange, aber zum Glück war sie noch so gelenkig, dass sie sich darunter durchzwängen konnte.

Ihr Herz klopfte wild, doch sie war mehr als zufrieden mit sich, denn Schnabler hatte nichts bemerkt.
Jetzt geht es dir an den Kragen, dachte sie und beugte sich etwas vor, um besser in die Küche sehen zu können.
Schnabler stand im rechten Winkel zu ihr an der Wand. Im Mund qualmte eine Kippe mit langem Aschekegel, neben sich hatte er zwei Zinkwannen, in der Hühnerschlegel und -brüste waren. Auf dem Servierwagen hinter ihm lagen wohl ein Dutzend halb aufgetauter Hühnchen.
»Was tun Sie da eigentlich?«
Schnabler fuhr herum – mit Schlachterbeil in der Hand. Ein Bild wie aus einem schlechten Film. Was vor allem an der schmierigen Wachsschürze lag, an der Fetzen von Sehnen und Hühnerhaut klebten.
»Aussichten genießen«, sagte er und grinste.
Alisa stieg die Schamröte ins Gesicht. Daran hatte sie überhaupt nicht gedacht. Schnabler hatte von seiner Perspektive freien Blick auf ihre Beine und den etwas hochgerutschten Rock. Sehr gut möglich, dass er noch mehr sah. Sich darüber aufzuregen war allerdings reine Zeitverschwendung. Sie musste das dann eben auch noch durchstehen, selbst wenn sie Schnabler am liebsten eine Handgranate vor die Füße geworfen hätte.
Ihr Instinkt sagte ihr, dass sie sich auf keinen Fall auf Schnablers Niveau einlassen durfte.
»Ich habe Ihnen Hausverbot erteilt, Herr Schnabel!«, nannte sie ihn dann auch noch vor lauter Stress. Und der hatte leider gute Ohren.
»Schnabler heiß icke!«, brüllte er. »Von Ihnen lass ick mir nich verarschen! Das is mein letzter Akt hier, dann könn'se machen, wasse wolln!«
Schnabler drehte sich um und schlug mit Wucht sein Hackebeil in ein Hühnchen.

»Herr Schnabler, ich hab Sie gefragt, was Sie da tun?«, brauste Alisa auf.
»Hühnerklein, Frau.«
»Für wen, zum Teufel?«
Schnabler schwieg.
»Zum letzten Mal: für wen?«
Alisa kam sich vor wie ein Sheriff, der einen Banditen anblaffte. Und sie stand auch so da – breitbeinig, eine Hand in die Hüfte gestemmt, die andere am Gerüst.
»Für wen? Für 'nen schlappen Hunderter, Frau.«
»Sie klauen meine Hühnchen?«
Alisa überlegte, ob sie nun maßlos wütend werden sollte oder Schnabler besser auslachte. Die Hühnchen gehörten zu den letzten Vorräten der Villa. Morgen oder spätestens übermorgen, wenn die Arbeiter die Küche herausrissen, wären sie eh in den Müll gekommen.
»Ick rette Nahrungsmittel, Frau.«
»Passen Sie auf, Herr, ich gebe Ihnen eine halbe Stunde. Dann sind Sie hier raus. Mit oder ohne Huhn. Ist das klar, Herr?«
Schnabler schwieg wieder. Seine Oberarmmuskeln zuckten. Er zerschlug ein letztes Hühnchen, hackte ihm die Schlegel ab und warf die Teile in die Zinkwannen. Alisa sah zu, wie er Beil und Hackbrett in die Spüle tat, beides abwusch und an seinen Platz legte. Sie hätte sich einbilden können, dass in der Küche eine dunkelrote Wolke aus Blut und Wut hing, die schwerer war als Luft.
»Übrigens, Sie müssen den Weg übers Gerüst nehmen, Herr. Vor der Tür steht nämlich eine Palette mit Mörtelsäcken.«
Alisa hatte beschlossen, die ganze Angelegenheit nur noch von der komischen Seite zu betrachten. Wenn Schnabler glaubte, mit dem aufgetauten Hühnerklein den

Grundstein für seine erste Million zu legen, war es ihr auch recht. Die Hauptsache, er ließ sich nie wieder hier blicken.
Für sie war die Sache erledigt.
Doch um ihren Worten die nötige Wirkung zu verleihen, rief sie so laut wie möglich und mit aller Verachtung, deren sie fähig war, dass sie es ernst meine und in genau dreißig Minuten die Polizei hole, wenn …
»Ja, wenn. Ick hab nich blöd. Aber Sie, Sie krieg'n auch noch 'nen Waterloo.«
Alisa hörte nicht länger zu. Sie ging ein Stück auf dem Gerüst entlang, setzte sich auf ihren Allerwertesten und sprang dann ab. Du könntest fitter sein, sagte sie sich und rieb sich den rechten Knöchel. Es war wirklich nicht hoch gewesen. Oder war sie einfach zu schwer?
Egal. Sie eilte zum Eingang.
Tina strahlte.
»Das war erste Sahne«, meinte sie. »Den haben Sie zur Schnecke gemacht!«
»Jaja«, sagte Alisa etwas gequält. »Ick hab dem voll übers Maul jefahr'n, dat ihm die Füße sahneweich jewackelt sind.«
Tina verstand und versuchte Alisa zu trösten.
»Wenn hier alles neu und fertig ist, Frau Ganzow, dann wird's auch der Ton sein. Dann wird hier nicht mehr geredet. Dann gibt's nur noch Konversation. Vom Feinsten.«
Alisa verdrehte die Augen. Die Mittagspause war zu Ende. Man hörte es am Gefluche. Vier Lastträger schleppten den großen Servierschrank, der in ihrem Zimmer vor der Schatz-Wand gestanden hatte. Männer und Schrank steckten in der Eingangstür fest. Einer von ihnen hatte sich auch noch die Hand gequetscht. Lautes Palaver begann. Schließlich wurde der Schrank mitten in der Tür abge-

setzt. Der Arbeiter mit der gequetschten Hand rief nach einem Kumpel. Als der endlich kam, wurde der Schrank erneut angehoben. Eine Viertelstunde später war die Tür wieder frei.

Alisa sah in das freundliche Gesicht eines Polizeibeamten.

»Sie sind die Bauherrin?«

»Ja. Um was geht es denn?«

Alisa schaute Tina an, die mit den Schultern zuckte. Sie hatte die Polizei nicht gerufen.

»Baustellen-Kontrolle. Wir müssen Ihre Arbeiter überprüfen. Maßnahmen gegen die Schwarzarbeit. Beschäftigen Sie Leute ohne gültige Dokumente?«

»Das weiß ich doch nicht.«

»Als Bauherrin sind Sie mitverantwortlich«, sagte der Polizeibeamte mit hochgezogener Stirn. »Vorsatz wäre ein Straftatbestand. Unwissen, um es salopp zu formulieren, Fahrlässigkeit. Auf jeden Fall käme es zur Anzeige.«

»Wollen Sie mich jetzt verhaften?«, fragte Alisa aufgebracht.

Um was sollte sie sich eigentlich noch alles kümmern. Überhaupt, derartige Belange waren doch Sache des Architekten. Also Schimmbach. Sie hatte sich nichts vorzuwerfen. Trotzdem wurde ihr flau, und es lief ihr heiß den Rücken herunter. Was um Himmels willen sollte sie denn tun?

»Ich hab Sie nur aufgeklärt«, beruhigte sie der Polizist. »Wir führen jetzt die Kontrolle durch. Und ich gehe doch sehr stark davon aus, dass wir Ihnen nichts werden vorwerfen können.«

Er hob die Hand zum Gruß und verschwand in Richtung Garten.

Alisa hatte sich kaum von diesem Schrecken erholt, da sah sie ein Taxi auf die Baustelle fahren. Im selben Mo-

ment wusste sie, wer da kam. Sie sah das Gesicht hinter der Scheibe, und das gab ihr einen Stich ins Herz. Irgendwann musste es über sie hereinbrechen. Sie hatte es all die Jahre und Monate nur verdrängt.
Henriks Mutter.
Ihre Blicke trafen sich, dann stieg Sigrid Ganzow aus. Sie war hager geworden, wirkte äußerlich brüchig und knorrig wie ein abgestorbener Zweig. Und doch schien es Alisa, als würden in ihr züngelnd Wut und Schmerz flammen. Der Taxifahrer legte den Rückwärtsgang ein, drehte und wartete mit laufendem Motor gegenüber der Einfahrt.
»Wo sind die Kinder?«
»Guten Tag«, brachte Alisa nur heraus.
»Frau Ganzow, Schnabler sucht das Weite!«, rief Tina. »Mit 'ner Zinkwanne voller Hühnchen.«
Henriks Mutter zuckte zusammen. In ihrem Blick irrlichterte es. Sie schien es immer noch nicht fassen zu können, dass es außer ihr noch eine Frau Ganzow gab – eine Frau, die den Namen ihres Sohnes trug.
Feindselig starrte sie Alisa an.
»Du hast mir vorenthalten, dass Henrik zwei Kinder hinterlassen hat. Ich möchte wissen, wo sie sind! Es sind meine Enkelkinder!«
Vor Aufregung pfiff es Sigrid Ganzow aus der Nase.
»Was ich hier tue, tue ich auch für sie«, entgegnete Alisa so beherrscht wie möglich.
»Das sehe ich«, giftete Henriks Mutter zurück. »Was du hier tust – ist das etwa was, was eine Mutter tut? Statt sich um die Kinder zu kümmern, lässt du sie allein. Was soll da werden? Erst Henrik, und dann … Du bringst nur Unglück!«
Ihre Stimme brach. Doch ihr Blick stach Wunden in Alisas

Seele. Sie drehte sich um und bewegte sich leicht schwankend zurück zu ihrem Taxi.
Bevor sie die Tür zuzog, hörte man sie sagen: »Ich komme wieder!«
Dann fuhr das Taxi fort.
Mit schwachen Knien ging Alisa um das Haus herum, wo der Polizist und sein Kollege sich von den Bauarbeitern die Papiere zeigen ließen.
»Und?«, fragte sie schwach.
»So weit alles in Ordnung«, antwortete der Beamte. »Aber Sie müssen sich darauf einstellen, dass wir noch einmal kommen. Denn die Handwerksbetriebe heute, da gibt's etliche schwarze Schafe.«
Das Handy klingelte.
Schimmbach.
»Alisa? Mein Wagen!«
»Ja, Alexander.«
»Klingt gut.«
Alisa schloss für ein paar Sekunden die Augen. Der böse Blick ihrer Schwiegermutter brannte wie Salzsäure in ihrer Seele. Auf einmal glaubte sie, Blei in den Adern zu haben. Sie konnte nicht mehr. Wenn sie jetzt nicht gleich hier wegkam, würde sie zusammenbrechen.
Sie ging einfach los, ließ den Beamten stehen und gönnte auch Tina keinen Blick mehr. Es war ihr, als schritte sie durch einen Tunnel. Baulärm und Kiefernrauschen vermischten sich zu einem einzigen bedrohlichen Geräusch.
Als sie vor dem Lenkrad des Jaguars saß, begann sie zu zittern. Sie wollte weinen, konnte aber nicht.
Schimmbach.
Wie hieß das Bistro?
Alisa fuhr los.
Schimmbach saß im Bistro vor einem kleinen Bier.

Ihr Autoschlüssel lag daneben.
»Sagen und fragen Sie nichts«, bat sie. »Ich kann sonst für nichts mehr garantieren.«
»Ruhen Sie sich aus, Alisa.«
»Das muss ich auch.«

Den Kühlschrank füllen!
Alisa hatte sich während der Fahrt von Heringsdorf zurück in den Lieper Winkel etwas erholt. Bei einer Dorfdurchfahrt entdeckte sie ein gelb-blaues Edeka-Schild. Sie hielt an, packte sich zwei Weidenkörbe, füllte sie mit Milchprodukten, Äpfeln, Brot, Tomaten, Käse, Oliven und gekochtem Schinken. Die Menschen an der Kasse erschienen ihr wohltuend anders – ein Rentnerehepaar, zwei ausgeruhte Hausfrauen und eine dickliche junge Mutter mit Säugling und Kleinkind. Die Frauen waren in Schwatzlaune. Es war richtig entspannend, ihnen zuzuhören. Zwischen ihnen wuselte das Kleinkind herum, das alles, was es erreichen konnte, anfasste und herauszog. Niemand störte sich daran. Die Frauen redeten von Kindern, Enkeln, Nachbarskindern, früheren Kindern, wie sie aßen, wie sie schliefen, wie sie gesund wurden. Eigentlich war es nicht zum Aushalten, aber Alisa fühlte sich von diesem Geschnatter wohlig eingelullt. Ihr Kopf war abgeschaltet, sie dachte nichts, lebte für einen Moment nur im Hier und Jetzt.
Endlich konnte sie bezahlen.
Wieder am Steuer, gähnte sie. Ihr knurrte der Magen, aber sie war zu müde zum Essen. Mit lahmem Tempo fuhr sie weiter und ließ sich überholen und anhupen.
Nicht einschlafen!
Morgen, übermorgen. Die Kinder. Ihre Eltern. Alisa hielt sich wach, indem sie sich ausmalte, was sie am Wochen-

ende mit den Kindern unternehmen würde. Mit Inlinern über die Heringsdorfer Promenade brausen, vor sich den Buggy mit Vicky und Julius. Zehn Kilometer. Bei warmer Herbstluft und Sonnenschein immer an der Ostseeküste entlang! Von Bansin im Westen bis Ahlbeck im Osten. Sonne auf der Stirn, Wind am Leib, Freiheit in der Seele! Das fröhliche Gekreisch der Zwillinge und Möwenschreie im Ohr.

Als sie aufwachte, war es bereits dunkel. Warum war sie überhaupt aufgewacht?
Das erste Mal verfluchte Alisa lauthals die Erfindung des mobilen Telefons.
»Ja?«
»Wie geht's?«
»Müde und hungrig.«
Alisa biss sich auf die Zunge. Das war ein Wort zu viel.
»Was halten Sie von Rotwein, Pommes und Grill-Hähnchen?«, fragte Schimmbach. »Geliefert frei Haus!«
»Hähnchen?«
»War nur 'ne Idee.«
»Beschließen wir den Tag eben mit Hähnchen. Aber nicht die aus der Villa, ja?«
»Wie?«
»Ich erzähl's Ihnen, wenn Sie da sind.«
Alisa straffte sich. Sie hatte jetzt solchen Hunger, dass ihr so ziemlich alles egal war. Bis Schimmbach da wäre, könnte sie sich noch ein kleines Weilchen mit ihrem Schatz beschäftigen.
Sie stieg die Treppe hinunter und ging ins Wohnzimmer. Es war kalt. Gut, dass Schimmbach kam, allein um ihr zu erklären, wie sie die Heizung in Gang bekam. Solange er nicht auf die Idee verfiel, sie mit einem Kaminfeuer zu be-

circen, war sie heute Abend sogar bereit, ein Loblied auf ihn zu singen.

Voller Neugier wickelte sie die geölten Leder- und Tuchlappen auf. Darin lagen Drehscheiben und Drechslerwerkzeug zum Schleifen und Polieren von Bernstein, gesäubert, geölt und mit deutlichen Gebrauchsspuren.

Ihr Urgroßvater, war er etwa auch noch ein Hobbykünstler gewesen?

Sorgfältig in schwarzes Leinen eingewickelt, fand Alisa noch drei echte Tuchhändlerscheren, schwer, groß, eisern und noch immer scharf und leichtgängig wie ein Fallbeil. Schlagartig wurde ihr da bewusst, was dieser Schatzfund eigentlich darstellte. Mit ihm war all das versammelt, an dem einst Theos Herz gehangen hatte. Es waren die Reliquien seines Lebenswerks.

Und nun der Höhepunkt.

Das kleine Holzkistchen. Eine Schachtel aus polierter Buche, dunkel gebeizt. Das Vorhängeschloss war verrostet. Kein eigentlicher Schutz, man konnte es mit einem Schraubenzieher aufbrechen.

Alisa hielt den Atem an.

Das Kistchen war mit Samt ausgeschlagen. Es enthielt wunderschön schimmernde Bernsteinschmuckstücke: Pfeifenspitzen mit Elfenbeinmundstück, Manschetten, ein ovaler Handspiegel aus Kirschbaumholz, ein Brieföffner, des weiteren Ringe, Ketten und in Gold und Silber gefasste Anhänger. Dazu eine zauberhafte kleine Dose, in der sich zu Alisas Überraschung auf weißer Seide einzelne Steine mit Inklusen fanden – eine Biene mit ausgebreitetem Flügel, Pflanzensamen, eine Ameise, Moosstückchen.

Das Harz schimmerte warm – weißlich hell wie die Pfeifenspitzen, hellgelb, dunkelgrün bis bräunlich wie der Schmuck und honigfarben wie die Stücke mit den Inklusen.

Alles zusammen wirkte so natürlich und vollkommen, so harmonisch und schön, dass Alisa ganz und gar in den Anblick der Stücke versank, mal dieses, mal jenes Stück in die Hand nahm, die Wärme spürte, die Kraft der eingeschlossenen Sonnenstrahlen längst vergangener Zeit. Vierzig, fünfzig Millionen Jahre lagen unversehrt vor ihr.

Entrückt drückte sie den tropfenförmigen Anhänger an ihre Brust.

Da klopfte es.

Alisa erhob sich und öffnete wie in Trance.

»Guten Abend, Ihr Gastro-Service. Wie gefällt es Ihnen?«

»Es ist wunderschön!«, antwortete Alisa träumerisch.

Eigentlich war sie vollkommen verwirrt.

»Hab ich doch gesagt. Darf ich eintreten?«

Schimmbach wirkte so zutraulich wie ein alter Hauskater.

»Jetzt machen wir erst mal ein Feuerchen«, meinte er und rieb sich die Hände. »Denn warm und kuschelig isst und trinkt sich's doch am besten, oder?«

»Keine Dummheiten, Alexander.«

»Weiß ich«, sagte Schimmbach.

Aber seine Stimme klang siegessicher. Alisa bildete sich ein, er würde sagen: Dich lasse ich jetzt nicht mehr los.

IV

Tante Wanda beeindruckten die Bernsteinfunde, aber sie kommentierte sie weit weniger enthusiastisch, als Alisa es sich eigentlich vorgestellt hatte. Was sie sich im Nachhinein damit erklärte, dass sie dabei auch etwas von der unseligen Vergangenheit ihres Großonkels erfahren hatte. Ja, Wilhelm Wiegand, bestätigte ihre Tante knapp, hätten bei Kriegsende die Sowjets abgeholt und einen Monat später erschossen.
»Warum?«, hatte Alisa ihre Großtante in einem Telefongespräch gefragt.
»Weil er in ihren Augen eben ein Kriegsverbrecher war«, wich sie aus.
»Was hat er getan?«
Tante Wanda antwortete nicht. Angespanntes Schweigen machte sich breit.
»Was, zum Donnerwetter?«
»Logistik. Er koordinierte bei der Reichsbahn die Munitionstransporte.«
Alisa schwieg. Tante Wanda auch. Die Telefonleitung rauschte.

»Sag mir nur eins, bitte«, presste Alisa hervor. »Was hast du davon gewusst, Tante Wanda?«
»Nichts. Und das ist die reine, reine Wahrheit. Wilhelm sprach über das alles nicht. Und ich? Wir alle waren damals gar nicht fähig, uns das auszudenken. Glaube mir, bitte. Ich war jung und Wilhelm ein Bild von Mann nach damaligem Ermessen. Und so lächerlich es klingen mag, Alisa, ich habe ihn geheiratet, weil er gut im Bett war.«
Die Tante hatte aufgelegt.
Eine Woche später rief sie wieder an. Dass ihr Vater eine Geliebte gehabt habe, habe er ihr kurz vor seinem Tod gestanden.
»Er hat mich angeblitzt, als hätte er einen Jungenstreich gemacht«, hörte Alisa ihre Tante erzählen. »Hätte ich gewusst … Aber warum Wilhelms NSDAP-Ausweis und sein Totenschein unter all den Erinnerungsstücken waren, weiß ich nicht. Vermutlich war es ein Versehen. Ich jedenfalls habe beides nur einmal in der Hand gehabt.«
Alisa versuchte sich mit der Tatsache zu trösten, dass Wilhelm Wiegand direkt nichts mit der Villa zu tun gehabt hatte. Trotzdem wurde sie lange Zeit ein gewisses schales Gefühl nicht los. Wanda und Wilhelm hatten sich in »ihrer« Villa geliebt, während überall in Europa Krieg geführt wurde, Züge tausende von Kilometern rollten, mit Munition, mit Menschen …
»Ich habe ihn geheiratet, weil er gut im Bett war.«
Alisa bekam die Erklärung einfach nicht aus dem Kopf. Vor allem, weil ihrer Großtante so viel an ihrer Bekanntschaft zu Schimmbach lag. Allen Ernstes fragte sie, ob Alisa sich denn nicht vorstellen könne, die Hoteleröffnung mit einem Hochzeitsfest zu krönen. Sie redete sich regelrecht in Begeisterung und malte Alisa eine goldene Zu-

kunft an der Seite des so wohl situierten Dipl.-Ing. Alexander Schimmbach aus. Alisa hörte mitleidig darüber hinweg. In diesem Punkt hatte ihre Tante ganz offensichtlich die Schwelle zur Altersdemenz überschritten.
Alisas Mutter dagegen standen die Haare zu Berge, so aufgebracht war sie über diese »Altweiber-Schwärmerei einer ehemals Mannstollen«.
»Komm Alisa bitte schön nicht noch mit so was!«, herrschte sie Wanda an. »Sie hat doch weiß Gott genug am Hals. Wie kannst du da an Männer denken!«
»Ohne Kerle geht's aber nicht, Sonja«, hielt die Tante dagegen. »Du hast einen, und Alisa hatte einen.«
»Aber jetzt braucht sie keinen!«, rief Alisas Mutter aufgebracht.
»Doch!«
Das Gezänk der beiden Frauen rauschte an Alisa vorbei. Sie hatte Julius und Vicky neben sich und las ihnen den *Räuber Hotzenplotz* vor.
Der Herbst zog dahin, die Arbeit auf der Baustelle der Villa Bernstein ging voran. Das Dach wurde ausgebaut und isoliert. Zwanzig Zentimeter dick war die Dämmschicht mit Dampfbremse, darauf kam eine Lattung, die mit Birkenholz-Paneelen verschalt wurde. Alisa empfand es wie ein Wunder – was alt und angefault war, wurde modern und heimelig. Sie versuchte sich vorzustellen, wie die Villa mit weißem Mauerwerk und frisch gebeiztem Ständerwerk aussehen würde. Ihr Herz schlug schneller, aber auch ihr Stolz wuchs. Stockwerk für Stockwerk, Raum für Raum zog der Fortschritt ein. Alles wurde glatter, heller und weiträumiger.
Schon der Rohbau ließ die Großzügigkeit und Eleganz erahnen, die in dieses Haus wieder einziehen würden.
Auch für die Betreuung der Kinder waren die Aussichten

gut. Eines der ehemaligen Zimmermädchen hatte Alisa eine Cousine empfohlen: Marina war siebzehn, wohnte in Heringsdorf und hatte ein Händchen für Kinder. Julius und Vicky mochten sie auf Anhieb.

Weihnachten lag eine dicke Schneedecke auf dem Reetdach von Schimmbachs Fischerhütte. Henriks Mutter, die Alisa in einem Anfall todesmutiger Beherztheit eingeladen hatte, sagte ihr Kommen für den Sommer zu. So konzentrierte sich Alisa auf ihre Lieben, die kostbaren Stunden ohne Baustress. Sie genoss das Innehalten und Durchatmen. Manchmal, wenn alle schliefen, fühlte sie sich hier draußen einsam. Doch sie wusste, bald würde alles anders sein.

Aber es war doch immer wieder schön. Der Schnee war blitzsauber und glänzte derart in der Sonne, dass man Appetit bekam, in ihn hineinzubeißen. Julius und Vicky rollten Schneekugeln und reihten sie zu einer langen Schlange zusammen. Sie bauten Schneemänner, mit Holzkohlestückchen für die Augen aus dem Kamin, bestaunten morgens die im winterlichen Raureif erstarrten Pflanzen und trugen stolz einzelne Holzscheite von draußen ins Wohnzimmer zum Feuer.

Zu Silvester schickte Schimmbach herzliche Glückwünsche zum neuen Jahr. Er verbringe den Jahreswechsel im Büro, knirschte er. Das Schicksal des Freiberuflers. Sie werde nächstes Jahr um diese Zeit aber auch rotieren. Schließlich sei dann doch bestimmt die »Silvesterwoche in der Villa Bernstein«. Mit Tanz und Feuerwerk.

Es klang etwas sarkastisch. Hatte sie Schimmbach verärgert? Verbittert? Erwartete er, dass sie ihn wenigstens übers neue Jahr einlud? Grübelnd lag Alisa in der Neujahrsnacht im Bett.

Aber sie rief nicht an.

Denn was wäre passiert? Ein Essen. Champagner. Aufgekratzte Stimmung, Leichtsinn. Und was weiter? Irgendwie freute sich Alisa wieder auf den Alltag.

Ihre nackten Füße traten auf weiße Eiskristalle, die sich warm und weich anfühlten. Nur manchmal pikste es ein wenig, kitzelte ihre Fußsohlen so, als ginge sie über eine frisch gemähte Wiese. Buttergelb hing eine gigantische Sonne am Horizont. Aus dem Licht kam Henrik auf sie zu, sein Hemd stand offen und flatterte, als wären es Flügel. Er streckte seine Arme aus. Strahlend kam er näher. Die Eiskristalle unter ihren Füßen begannen zu feuern. Schon spürte sie seine warmen Lippen auf den ihren, seine festen Arme um ihren Körper, da geschah es: Das kleine Etwas, dunkel und flirrend, das sie zuvor für einen Vogel, eine Schwalbe oder Ähnliches gehalten hatte, faltete sich zusammen, erstarrte vor dem nun weißen Licht der Sonne. Noch immer spürte sie Henriks Hände auf ihrer Hüfte, ihrem Rücken. Aber seine Augen, eben noch groß und glänzend und voller Lachen, trübten sich. Sie konnte nicht anders, etwas zog ihren Blick von ihm. Dann ging es blitzschnell. Als würde ein Schokoladenmännchen in der Hitze schmelzen, verlor Henriks Gestalt an Festigkeit. Und das Dunkle im Hintergrund blies sich auf, als wäre es ein Heißluftballon. Plötzlich erkannte Alisa seine Gestalt: ein riesiges Haus, dessen hohle Fenster und Eingangstür sie bedrohten. Das Eis unter ihren Füßen brannte. Das Schlimmste jedoch war, dass Henrik immer weiter nach unten abrutschte, immer kleiner wurde. Voller Verzweiflung begann sie vorwärts zu laufen, ihre Beine mussten dazu gezwungen werden, schwer und voller Widerstand, so als ob die Füße plötzlich umgekehrt am Gelenk sitzen, mit den Zehen nach hinten weisen würden, vom Haus fortlaufen wollten. Doch Alisa rannte, rannte aufs

Haus zu. Durch die Tür hindurch – und brach durch eine hauchdünne Eisdecke, fiel und sank zugleich. Sie bekam keine Luft ...

»Mami! Warum bist du so laut?«
Benommen schlug Alisa die Augen auf. Zarte Fingerchen ließen ihre Nase frei. Julius hockte auf ihrer Bettkante, nuckelte am Däumchen, die andere Hand noch in der Luft. Das Gewicht auf ihrer Hüfte entpuppte sich als Vicky, die beherzt einen Apfel kaute und sie mit dem gleichen Schalk in den Augen ansah, der so sehr an Henrik erinnerte.
»Mamaaa? Dürfen wir Mickymaus gucken?«
Alisa nickte nur. Sie war erleichtert, dass das Schreckliche bloß ein Traum gewesen war. Dankbar schaute sie in Julius' und Vickys Gesichter. Ihre Hände, schlaftrunken ausgestreckt, strichen über Vickys Beinchen, Julius' Kopf – und weg waren sie beide. Quietschend und lärmend sausten sie in Richtung Wohnzimmer.
»Omi! Wir dürfen doch!«, hörte Alisa Vickys triumphierende Stimme.
»Alisa? Du bist wach?«, rief ihre Mutter.
»Jaa!«
Es nützte nichts, sie musste wohl oder übel wach bleiben. Der Traum hatte keine Chance, in den Tag gerettet zu werden. Wahrscheinlich war das aber auch besser so, selbst wenn sie darüber gern noch ein bisschen nachgedacht hätte.
»Alisa, willst du auch ein Ei?«
»Jaaa.«
Alisa streckte sich noch einmal aus. Fünf Minuten. Nur fünf Minuten.
Fünf Minuten?
Duschen, anziehen, rein in Wollsocken und Fellpantof-

feln. Von unten zog appetitlicher Kaffee- und Toastduft herauf. Im Spiegel sah sie das Gesicht einer jungen Frau. Die Frau lächelte sie an. Sie hatte ein hübsches Lächeln, und ihre Augen strahlten.
Kaum zu glauben, wunderte Alisa sich.
Die Leinenvorhänge im Wohnzimmer waren zugezogen und leuchteten in fast übernatürlichem Weiß – die Sonne draußen schien das Haus erobern zu wollen. So intensiv strahlte sie in diesen Tagen. Vor sich je ein Tablett mit Ei, Mohrrüben, Butterbrot, Banane und einem Becher Kakao, hockten Julius und Vicky auf dem Teppich, mümmelten ihr Frühstück und kicksten, während Mickymaus und Goofy über den Bildschirm rasten.
»Aber bitte nur diesen Film«, mahnte Alisa. »Okay? Danach macht ihr aus! Selber spielen ist nämlich viiiel wichtiger!«
Sie hörten natürlich gar nicht zu. Julius verzog zwar kurz den Mund, aber Vicky schaute nach wie vor so selbstvergessen, als hätte Goofy sie hypnotisiert. Hilft alles nix, dachte Alisa, stand auf und holte aus ihrem Zimmer den Wecker.
»So«, sagte sie entschlossen und stellte den Wecker vor den beiden auf den Teppich. »Wenn der große Zeiger oben ist, dann macht ihr aus!«
»Mmh.«
Immerhin. Ob sie das hinkriegten? Alisa blieb skeptisch. Was für Kämpfe sie wohl später würde durchstehen müssen? Wenn Julius und Vicky vor Computerspielen festhingen?
Ihr Vater und ihre Mutter saßen mit Wanda am Küchentisch und schauten sie angespannt an. Im Hintergrund hörte man die Quäk- und Schnarrgeräusche des Trickfilms und das Auflachen der Kinder. Morgens ist die Welt

noch in Ordnung, dachte Alisa. Die frohe Unbekümmertheit ihrer Kinder leuchtete noch in ihr nach.
»Alisa, du hast ja deine Bernsteinkette gar nicht um«, bemerkte Tante Wanda mit einer Stimme, in der Langeweile, Anklage und eine Portion Streitlust lagen.
Sie hatte Recht. Aber war das nun ein Unglück? Nach dem Duschen hatte sie die Kette abgenommen und vergessen, sie wieder anzulegen. War doch kein Unglück, oder? Doch an den Gesichtern sah Alisa, dass irgendetwas nicht stimmte.
»Ja, Gott, die Kette! Wo er doch so kostbar ist, der Stein … und heilen soll er auch noch können«, bemerkte Rüdiger Cromm, ihr Vater, und streuselte Schnittlauchstückchen auf sein weich gekochtes Ei.
»Wenn der Mann fehlt, hilft auch kein Stein«, sagte Wanda in einem ziemlichen Keifton und sah schräg zu Alisa hoch. Ihr Blick hatte etwas Züngelndes, geradezu Drohendes an sich. Lianenarmen gleich schien er sich um ihre innere Freiheit schlingen zu wollen. Erdrückend und bevormundend – Wanda Wiegand, die Großtante, spielte schon wieder Kupplerin.
»Ich will nur andeuten, Alisa könnte es leichter haben«, fuhr Wanda fort.
Alisas Vater, der immer mehr Schnittlauch auf sein Ei häufelte, machte ein Gesicht, als wollte er Wanda im nächsten Augenblick das Ei an den Kopf werfen.
»Leichter? Wer hat ihr denn das alles eingebrockt!«, rief er aufgebracht. »Sie schuftet für deine Eitelkeit. So sieht's doch aus, Frau Wanda Bernstein!«
»Alisa, komm, setz dich erst einmal«, sagte ihre Mutter, klopfte sanft auf den Stuhl und schenkte ihr Kaffee ein.
»Bilde ich mir ein, es geht um mich?«, fragte Alisa mit gespielter Ironie.

»Ach, die beiden kabbeln sich, weil es eben ist, wie es ist«, seufzte ihre Mutter, was in Alisas Ohren klang, als ob sie ihr die Schuld daran gäbe.
Alisa wurde mit einem Mal so deutlich wie nie zuvor bewusst, dass ihre Eltern mit ihrer Entscheidung für die Villa wohl doch nicht ganz einverstanden waren. Ihre Mutter sagte im Prinzip nichts anderes als: Diesen Streit würde es nicht geben, wenn sie ein vernünftiges Leben geführt hätte, wie es sich landläufig für eine Witwe mit Kindern gehörte – ein kleiner Bürojob in der Stadt, vielleicht irgendwann ein neuer Mann, die Kinder in der Obhut der Großeltern. Aber es war alles anders gekommen. Sie hatte sich eine Riesenaufgabe gestellt, der zumindest ihre Eltern nicht immer gewachsen waren.
Doch es gab kein Zurück mehr.
Das Toastbrot sprang mit einem lauten Klack heraus.
»Magst du, Alisa?«
Ihre Mutter hielt ihr das dampfende Toastbrot entgegen.
»Ja, danke.«
Für einen Augenblick blieb es still, doch Alisas Vater ließ nicht locker: »Weißt du, Wanda, was du machen würdest, nämlich süße Sause, Gentleman mit dicker Kohle und dann ab durch die Mitte – so was muss Alisa noch lange nicht tun!«
»Was denn?«, fragte Alisa mit gespielter Ahnungslosigkeit, obwohl sie wusste, was ihr Vater meinte.
Wanda hatte sich Schimmbach als Herrn im Haus der Villa Bernstein ausgeguckt – gewissermaßen als männliches Pendant zu ihr. Die Erfüllung ihres eigenen, ziemlich egoistischen Traums. Mit Schimmbach nämlich wäre endlich ein ordentlicher Akademiker Mitglied der Familie geworden. Und zwar einer mit Nobelkarosse, diesem netten Landsitz hier und bestimmt nicht schmalem Konto.

Offensichtlich hatten ihre Eltern Wandas Schwärmereien vorschnell als Aufflackern längst verdorrter romantischer Träume abgetan. Wanda Wiegand aber zeigte gerade deutlich, wie sehr ihr Charakter auch von Ehrgeiz, Statusdenken und Eitelkeit geprägt war.
»Das Leben hat nun mal seine eigenen Realitäten«, sagte Wanda. »Man muss zugreifen, wo es geht. Darf sich nicht zu viel Zimperlichkeit erlauben. Hinterher ist das Geschrei dann groß.«
»Zugreifen? Zimperlichkeit? Wanda, ich habe das Gefühl, du hängst mit einem Fuß noch immer im Vorgestern«, entgegnete Alisas Mutter jetzt erbost. »Was du da von dir gibst, das sind Beleidigungen, meine Liebe! Du müsstest doch am besten wissen, wohin Ehen führen, wenn's nur ums Geld geht!«
»Geld? Noch was anderes aber auch. Und zwar feste! Stramm und fesch. Und braun satt!« Alisas Vater schlug unvermittelt mit der flachen Hand auf die Tischkante. Er kochte vor Empörung. »Du mit deiner Großmannssucht. Die feine Dame spielen wollen. Dir war immer nur Geld wichtig. Dein Leben lang.«
»Hör auf, Rüdiger!«, mahnte Alisas Mutter ihren Mann.
»Lass ihn!«, sagte Wanda so eiskalt, dass Alisa ein Schaudern nicht unterdrücken konnte. »Er ist bloß neidisch, weil ich seiner Tochter etwas mitgeben kann, er aber nichts hat außer ein paar hilflosen Worten. Wäre er mein Sohn gewesen, ich hätte mehr aus ihm herausgeholt als Alwine. Jetzt ist er ein Kleinbürger. Ganz wie seine Mutter, die sich nämlich nicht einen Pfifferling für die Villa interessiert. Kein Mumm, keine Visionen …«
»Lass du bloß meine Mutter in Ruh!«, brüllte Rüdiger Cromm Wanda an. »Sonst pack ich hier aus. Dann gibt's Tacheles satt. Sex and Crime.«

»Reg dich ab«, lenkte Wanda ein. »Aber wie du mich auch diffamieren willst, mit Bescheidenheit à la Veilchen im Walde ist noch keiner im Leben vorangekommen.« Forschend streiften ihre Blicke Alisa.
Deren Toast lag mit aufgewölbten Kanten erkaltet auf ihrem Teller. Alisa betrachtete ihn gedankenverloren, dachte an Henrik. Warum nur musste er sterben? Um wie viel leichter hätte sie es gehabt. Ein normales Familienleben hätten sie führen können, trotz und mit der Villa Bernstein, doch ohne diese Zwistigkeiten von Menschen, die zwar zu ihr gehörten, sich gerade aber mit Bleigewichten an ihren Lebensfaden hängten.
Mit einem Mal stand sie auf, ohne dass sie genau wusste, was sie tun wollte.
»Streitet euch weiter«, sagte sie. »Ich gehe. Mit den Kindern.«
»Alisa!«, rief ihre Mutter erschrocken. »Du hast doch noch gar nichts gefrühstückt. Geh nicht. Wir sind auch ganz ruhig.«
»Nein!« Sie sagte es so laut und fest, dass für eine Sekunde alle Geräusche im Haus bis auf die aus dem Fernseher erstarben. »Nein. Ich halt es hier nicht mehr aus!«, rief sie verärgert. »Ihr seid wie Brüllaffen!«
Ihr lag ein dicker Brocken im Magen. Rasch lief sie nach oben, zog sich warm an, packte Kleidung für sich und die Kinder in eine Tasche und stürmte nach unten, wo gerade der Abspann des Trickfilms über den Bildschirm lief. Gegenseitig gaben sich Wanda und ihre Eltern jetzt die Schuld an dem verdorbenen Frühstück.
»Affen!«, rief Alisa, kurz bevor die Kinder zum Gehen fertig waren.
Sie knallte die Haustür ins Schloss und machte sich ans Eiskratzen.

»Kommst du zu Mittag wieder?«, fragte ihre Mutter, die ihr gefolgt war.
Alisa antwortete nicht. Sie gurtete die Kinder fest, schwang sich auf den Fahrersitz und startete den Motor.
»Alisa!«
Statt einer Antwort dröhnte das Radio los. Der Motor heulte auf, Alisa legte einen Kavaliersstart hin.
Sie gönnte sich einen Tag am Wasser, ging mit den Kindern zu McDonald's und ertappte sich, als es dämmerte, dabei, wie sie Richtung Westen fuhr.
Nach Hamburg. Zurück nach Hause. Dorthin, wo sie mit Henrik die glücklichste Zeit ihres Lebens verbracht hatte. Selbst wenn es nur für ein paar Tage war oder sogar nur für ein paar Stunden. Sie brauchte jetzt Abstand.

Alisa schaute in den Innenspiegel. Vicky und Julius saßen schläfrig in ihren Kindersitzen.
»Mamaaa?«, ließ sich Vicky vernehmen.
»Ja, mein Schatz?«
»Mama, guckt Papa jetzt zu?«
»Immer! Er ist immer bei uns«, antwortete Alisa sofort.
»Oma Wanda hat gesagt, unseren Papa gibt's nur im Himmel. Wir soll'n neuen Papa kaufen!«
»Geht das?«, fragte Julius, und seine Augen glänzten. »Jetzt gleich?«
Bevor Alisa Worte finden konnte, meinte Vicky verärgert: »Opa kann überhaupt nich spielen! Der is doof. Und Oma sagt immer, wir soll'n essen. Immer essen!«
»Und Mittags schlafen!«, fügte Julius angewidert hinzu. »Wir sind doch schon groooß!«
»Und deshalb dürft ihr heute lange aufbleiben«, erklärte Alisa. »Wir fahren nämlich nach Haus.«
»Da isses aber auch langweilig.«

»Wer will kein Eis?«, rief Alisa, ohne sich auf Julius' schmollenden Kommentar einzulassen. Aber insgeheim freute sie sich, dass es den Kindern hier auf Usedom so gut gefiel.

Am nächsten Tag parkte Alisa ihren BMW am Mittelweg, ungefähr in der Höhe des Rotherbaum-Stadions. Hier in Hamburg war von der winterlichen Schönheit, wie sie auf Usedom anzutreffen war, nicht mehr viel übrig. Schon ein ganzes Stück vor Hamburg war die Schönheit winterlicher Unversehrtheit mit jedem Kilometer ein bisschen mehr geschwunden, und jetzt zierten nur noch vereinzelte dreckige Schneehaufen ein paar schattige Vorgärten und Hausecken. Vicky stapfte ziemlich lustlos durch den verharschten Schneematsch, der mit den unappetitlichen Resten von Silvesterböllern gespickt war.
»Wie Hundekacke. Alles voller Hundekacke!«, rief sie und verzog angeekelt das Gesicht.
Julius dagegen bückte sich nach dem Holzstiel einer Silvesterrakete und spielte Sheriff. Er tobte munter um seine Schwester und Alisa herum, die in die Milchstraße einbog, weil es sie zur Außenalster in den Alsterpark zog.
Alisa kam es vor, als wäre sie eine ganze Ewigkeit nicht mehr diese Strecke gegangen. Da es unter der Woche war, hielt sich die Menge der Alsterpark-Besucher in Grenzen – nur ein paar Jogger, wenige Pärchen und einige Frauen, die ihre Hunde ausführten. Ansonsten begegneten ihnen noch vereinzelt Mütter mit Kinderwagen – es war einfach nicht die Zeit für flanierende Großfamilien und Angestellte in Hamburger Trench.
Die paar hundert Meter längs des Alsterparks, das westliche Ufer hoch und wieder runter, über die kleine Brücke des Alstersees, vorbei an den im Sommer rauschenden

Pappeln, unter denen die Bänke standen, von denen man einen so schönen Blick über das Wasser hatte – Alisa wurde es mit jedem Schritt melancholischer ums Herz. Wie oft war sie mit Henrik diesen Weg gegangen. Wie viel Stimmungen hatten sie hier geteilt, wie viele Worte gewechselt. Alisa kam es vor, als würden all ihre Erinnerungen für immer und ewig hier über diesem Weg schweben.
Die Außenalster lag vor ihr wie nasser Lack. Von Ruderern, Seglern und Alsterschiffen ungestört, schien sie zu schlummern. Und doch hatte man das Gefühl, als würde sie mit einem halb geöffneten Auge auf Menschen und Himmel schauen und mit aufmunterndem Lächeln flüstern: Ich bin Teil eurer Welt und immer da. Habt keine Angst, die Welt ist groß, und das Leben ist schön.
Waren das nicht auch Henriks Worte?
Die Welt ist groß, und das Leben ist schön! Henrik, du Optimist. Du großzügiger, herzensguter und liebenswerter Mann. Du bist tot, und ich spüre dich. Warum nur musstest du so plötzlich sterben? Warum?
Lass mich mein Schicksal verstehen, damit ich endlich Frieden finde.
Ein Tag Anfang Mai fiel Alisa ein. Damals, vor fünf, sechs Jahren. Warmer Regen mit Tröpfchen, hauchzart wie Gaze, hatte sie eingehüllt. Henrik hatte am Morgen seinen neuen Arbeitsvertrag unterschrieben. Er war stolz und glücklich. Nachmittags gingen sie hier spazieren, noch voll von der Süße des wunderbaren, leidenschaftlichen Vormittags. Ihr Haar war noch feucht vom Duschen. Plötzlich blieb Henrik stehen und küsste sie sanft und sinnlich, während der Nieselregen sie beide streichelte. Alisa erinnerte sich, dass sie ein geblümtes bordeauxrotes Kleid mit Knöpfen und eine blassblaue Strickjacke getragen hatte. Dazu schwarze Lackballerinas.

Die Erinnerung war nah. Dicht. Schwer.
Schritt für Schritt schob sie Alisa vorwärts.
»Mama, guck mal! Blut!«
Vicky zeigte auf eine Reihe faustgroßer Blutflecke, die im aufgeweichten Kiesbett des Wegs wie große Kleckse aussahen.
Alisa wurde aus ihren Erinnerungen gerissen. Sie atmete tief durch und nahm Vicky an die Hand. Ein Golden Retriever streunte um sie herum, blieb dann stehen und schnüffelte an den Blutklecksen. Ratlos, beinahe fassungslos sah sein Gesicht aus. Er runzelte die Stirn, auf der lauter kleine Fragezeichen zu stehen schienen. Eine Joggerin keuchte gegen die Schwerfälligkeit ihres Körpers an, verbissen geradeaus starrend. Der Blutfleck zeigte sich in regelmäßigem Abstand von ungefähr drei Armlängen. Er zog sich in einer geraden, dann krummen Linie dahin, machte einen Knick und führte ins schilfige Gebüsch des Ufers. Doch da sei nichts, rief Julius. Für ihn waren die Kleckse nicht gruselig, sondern nur aufregend. Alisa dagegen packte der Ekel. Da hatte sie gerade an Henrik gedacht, an den Tod, und dann das!
Sie drückte Vickys Hand so fest, dass die unwillig losgreinte. Sie wollte zu Julius. Der war ein Stück vorgerannt und winkte, weil er wieder einen Blutfleck entdeckt hatte. Die Spur führte über die kleine Brücke, bog dahinter scharf ab und endete am Parkplatz.
»Mama, der Mörder hat ihn nicht gekriegt!«, rief Julius. »Bestimmt hat die Polizei ihn erschossen.«
»Julius, was hast du da für Monster-Phantasien?«, sagte Alisa. »Das ist ja entsetzlich. Vielleicht ist es gar kein Blut, sondern bloß Farbe.«
»Nee, Blut. Das weiß ich.«
Julius machte ein verschlagenes Gesicht.

Action-Generation, dachte Alisa.
Ein verspielter junger Jagdhund sprang an Vicky vorbei, kläffte auffordernd und rutschte bremsend auf einem Häufchen Schneematsch aus.
Vicky lachte. Julius warf ein Stöckchen, das ein großer schwarzer Mischlingshund gutmütig tapsend zurückbrachte und ihm vor die Füße legte.
Alisa atmete auf. Die Kinder hatten die Blutflecke erst einmal vergessen.
Vicky suchte sich auch einen Stock. Der schwarze Mischling kam auf sie zu und schnupperte an ihr. Dann rannte er davon, weit über die Alsterwiese, schnappte zwischendurch übermütig in kleine Schneereste und kam wieder zurück. Noch einmal konnte Julius sein Stöckchen werfen. Aber der Hund verlor das Interesse. Julius war einfach noch zu klein, um weit zu werfen.
Alisa durchlief ein süßer Strom tiefer Liebe, als sie ihren unbekümmert spielenden Kindern zusah.
»Kommt, wir gehen zum Spielplatz!«, rief sie.
Von früher wusste sie noch, dass sich am Ende des Alsterparks, kurz vor der Krugkoppelbrücke, ein kleiner Spielplatz mit Holzhäuschen und Wippgerät befand. Dorthin wollte sie mit den Kindern gehen.
Doch der Spielplatz existierte nicht mehr. Bäume und Sträucher waren abgeholzt worden. Statt Sandkiste, Spielhäuschen und Wippe bedeckte eine zermatschte Altschneedecke einen schattigen Rasen, auf dem sich gerade ein Dackel mit rotem Halstuch löste. Er kratzte das Gras auf, bellte und rannte dann zu seinem Frauchen, einer blondierten Fünfzigerin, die sich ganz in Wildleder gekleidet hatte.
Ohne die Bäume und Sträucher fiel der Blick jetzt auf ein Privatgrundstück mit steinernen Brunnen und Mauer-

resten aus der Gründerzeit – eine alte Villa, die man mit Glas und Stahl zur Alsterseite hin vergrößert hatte. Ein schlicht und ergreifend hässlicher, stilloser Architekturmischmasch. Zumal die Außenalster selbst trotz der hohen Fenster bestimmt nicht zu sehen war, denn die alten Bäume am Ufer waren viel zu hoch. Alisa fühlte so etwas wie Schadenfreude aufkeimen. Um wie viel sensibler und umsichtiger hatte sie den Umbau geplant, das ursprünglich ästhetisch Schöne zu erhalten versucht.

»Wo ist denn der Spielplatz?«

»Zu Hause«, sagte Alisa und strich Julius über den Kopf.

Zu Hause? Heringsdorf.

Ging das so schnell?

Die Villa war eine Lebensaufgabe.

Und damit auch so etwas wie ihre Enklave.

Wenn das der Sinn des Streits zwischen Wanda und ihren Eltern war, dann hat es sich gelohnt, dachte Alisa. Denn jeder Mensch braucht einen Platz und die Gewissheit, irgendetwas Sinnvolles zu tun.

Julius wälzte sich im Schnee. Auf einmal zog Vicky wütend an seinem Anorak.

»Das ist aber meins!«, schrie sie.

Mit aller Kraft drückte Julius seinen Rücken auf die Erde.

»Aber ich hab's gefunden!«

Vicky schlug ihm auf den Bauch und versuchte ihn auf die Seite zu rollen.

»Was ist denn los?«, rief Alisa.

»Ich hab …«

»Nein! Ich …«

»Stimmt nicht. Meins!«, schrie Julius.

»Was habt ihr denn nun?«

Alisa zog Julius hoch. Er hatte auf einer kleinen flachen Kinderuhr gelegen. Die bunte Zipfelmütze eines Zwergs

zuckte im Sekundentakt. Alisa versuchte den beiden zu erklären, dass ein Kind die Uhr verloren habe und nun bestimmt traurig sei. Es sei besser, die Uhr hier liegen zu lassen, auf einem Stein oder einer Bank. Denn vielleicht komme es ja wieder, um nach ihr zu suchen. Julius war nur wenig zu überzeugen. Vicky dagegen erklärte sich einverstanden.
»Dann kriegt Julius auch nicht die Uhr.«
Julius begann vor Wut zu brüllen.
»Alisa?«
Noch in der Hocke drehte sich Alisa um. Diese Stimme! Das war doch ... Genau! Cora! Cora Möller! Exkollegin und Meisterschaftsstenografin! Oh, wie peinlich! Julius brüllte unbekümmert weiter, mit einer Kraft, dass ihm die Wuttränen aus den Augen liefen.
»Schscht, Julius! Nun hör auf! Was soll das Theater!«
Aber es half nicht. Cora ging bereits auf sie zu, erst zögernd, dann immer schneller.
»Der ist ja süß!«, sagte sie und lächelte.
»Ich auch!«, rief Vicky.
»Klar, du auch«, erwiderte Cora.
Eine Duftwolke hüllte Alisa ein. Zimt, Vanille und Jasmin waren passé, Cora roch jetzt nach Veilchen. Veilchen mitten im Winter?, dachte Alisa und bemerkte, dass noch etwas anders war: Cora, die früher mit den Pfunden zu kämpfen hatte, war schlank geworden. Selbst ihre Ausstrahlung war irgendwie verändert. Einst hatte sie die Aura einer Büro-Frustöse, die nach dem richtigen Mann hechelte, jetzt schien dies Problem gelöst zu sein. Sie, die früher äußerlich eher einem bunten Bonbon geglichen hatte, das Männer anzog und zugleich abschreckte, wirkte wesentlich selbstsicherer als damals. Alisa erinnerte sich noch gut an Coras permanenten Männerfrust. Sie

hatte Psychologen aufgesucht und von Tai-Chi über Aerobic bis Rollerskating allerhand ausprobiert. Doch das Gefühl, in Wirklichkeit eine taube Nuss zu sein, hatte Cora ihr damals gestanden, hatte sie nie ganz wegbekommen. Das schien jetzt anders.

»Gut schaust du aus«, sagte Alisa. »Wirklich. Geradezu wie neu.«

Es wäre schön, du könntest das auch von dir sagen, dachte sie.

Doch wenn man genauer hinsah, wirkte Cora gar nicht mehr so ruhig. Ihre unsteten Blicke, das Tänzelnde ihrer Bewegungen, als ob eine innere Flamme an ihr zehrte. Aber keine Frage, Cora schien es sich leisten zu können, sich zu pflegen. Das rosa-grau karierte Cape mit Fransen sah elegant aus. Dazu trug sie eine siebenachtel Hose in Hellgrau und hohe weiße Stiefel.

Durchaus nobel, dachte Alisa. Vielleicht aber auch zu nobel.

»Gut schau ich aus? Du meinst, ich hab abgespeckt!«, sagte Cora. »Das wenigstens stimmt. Das schon, ja. Aber du, ehrlich, ich hätt dich fast nicht erkannt.«

»So gealtert?«, fragte Alisa.

»Ach Quatsch, ist doch nur so 'n Schnack.«

Coras Augen verengten sich zu einem brennenden Leuchten. Nervös zupfte sie sich ihren Lederhandschuh von den Fingern. Die Hand, die zum Vorschein kam, war so mager, dass Alisa erschrak.

War Cora krank?

Alisa fiel der flache Platinring auf. Der Diamant darauf war zum kleinen Finger hin verrutscht, und Cora drehte den Ring wieder in die richtige Lage. Das aber mit den Lippen!

Julius rüstete sich zu einem neuen Ausbruch, denn natürlich konnte er es nicht ertragen, nicht mehr im Mittel-

punkt zu stehen. Unbeherrscht riss er an Alisas Hand, stampfte auf den Boden und begann von neuem loszubrüllen.
Alisa platzte der Kragen. Sie schlug zu. Julius war so verblüfft, dass seine Wut auf der Stelle verpuffte. Aber seine Augen! Sie waren so entsetzt, dass es Alisa sofort ins Herz schnitt. Cora rettete zum Glück die Situation.
»Komm mal her, kleiner Mann«, sagte sie energisch und hielt Julius ihr Handy hin. »Hier! Jetzt rufst du die Oma an und beschwerst dich über Mama, okay? Wie heißt ihr denn überhaupt?«
Vicky nannte artig und deutlich ihren Namen, Julius dagegen bekam vor Überraschung den Mund nicht mehr zu. Zwar flossen noch ein paar Tränchen über seine Wangen, doch sein Gesicht hellte sich auf. Wut und Schock verwandelten sich in Neugier und Freude. Als seine engen Augen wieder ihre entspannte runde Form angenommen hatten, warf er die Uhr wie einen abgelutschten Lolli weg und nahm das Handy. Die Ohrfeige war so gut wie vergessen.
Natürlich bückte sich Vicky.
»Danke«, sagte Alisa aufatmend, nachdem sie Julius die Nummer eingetippt hatte. Was macht man nicht alles, um ein bisschen Frieden zu bekommen, dachte sie, als sie Wandas Stimme hörte.
»Moment«, sagte sie nur und drückte Julius das Handy ans Ohr. Er würde das Plaudern mit den beiden Omas schon hinkriegen.
»Also, das ist ja wirklich eine Überraschung!«, nahm Alisa den Faden wieder auf. »Du siehst blendend aus.«
»Ach, lassen wir das«, sagte Cora.
Sie beugte sich zu Julius hinunter und streichelte ihm über den Kopf. Dabei lächelte sie, wie es Alisa schien, ein

wenig traurig. Auch ihre Stimme klang eigentümlich dunkel.

»Weißt du, ich mache einfach keine Kurse mehr und reiß mir kein Bein mehr für irgendwelche Moden und Psychiaterschnacks aus. Verrenken in mehrerlei Hinsicht tue ich mich nur noch aus Liebe.«

Sie blitzte Alisa jetzt herausfordernd an.

»Auch kein Steno mehr?«, hakte Alisa nach, denn nun war Neugier angesagt.

»Oje! War ich einmal blöd«, erwiderte Cora lachend. »Na ja, irgendwie um ein paar Ecken herum hat's mir dann ja doch was gebracht.«

»Na! Die vielen Urkunden an der Wand …«

Cora zog ihren Lederhandschuh wieder an.

»Die sind passé. Es ist schon ein bisschen anders geworden, jetzt.« Sie räusperte sich. »Und du? Du hast auch einen neuen …«

»Nein«, sagte Alisa schnell und selbstbewusst. »Julius und Vicky sind Henriks Kinder!«

»Ach, du liebe Güte!« Cora wurde blass. »Alisa, wie hast du das bloß durchgestanden? Du hättest dich ruhig melden können …«

»Selbst dazu fehlte mir die Kraft«, erklärte Alisa. »Jetzt ist es zum Glück anders. Aber bevor wir hier kalt werden, lass uns einen Kaffee trinken, wenn du Zeit hast.«

»Klar. Fein. Bei Bobby Reich? So wie ganz früher?«

»Ja. Doch zahlen tue ich. Der Ausgleich für deine Handykosten.«

»Och, die gehen nicht von meinem Konto ab.«

Vickys und Julius' Schneeanzüge hingen über der Stuhllehne. Ein Rest Kakao schimmerte trüb in den hohen Bechern. Mit je einem Tortenstück im Bauch war Ruhe ein-

gekehrt. Satt und zufrieden knieten Julius und Vicky auf dem Stuhlpolster und malten.
Cora und Alisa genossen den freien Blick auf die vereinsamten Bootsstege und die wie vor sich hindösende Außenalster.
»Und du bist also jetzt selbständig.«
Cora schaute Alisa fast ehrfürchtig an. Die hatte ihr in wenigen Worten die Jahre und Monate nach Henriks Tod geschildert.
»Ich hab dir ja schon angedeutet, dass ich zwei-, dreimal bei dir angerufen hab. Aber dein Vater blockte ab. Das hat mich schon frustriert.«
Cora zog ein Zigarettenetui aus schwarz-weiß gefärbtem Krokoleder hervor.
»Na ja. Ganz andere Fiesheiten hatte ich in der Zeit. Du solltest doch damals die Auswertung seines Seminars schreiben, nicht wahr? Weil Spengler dich gerne behalten wollte. Als seine Managementassistentin. Ich dagegen …«
»Ich weiß«, unterbrach sie Alisa.
»Ja, die Kündigung«, seufzte Cora und nahm einen tiefen Zug von der Zigarette. Ihr lackierter Mittelfinger rieb an ihrem rechten Ohr. »Stellenabbau, das Übliche.«
»Und? Was hast du dann getan?«
»Zeitarbeit, mal hier, mal dort, Lufthansawerft in Fuhlsbüttel, Architekturbüro in der Speicherstadt, Werbeagentur in Norderstedt, Reederei in Altona. Ganz, ganz toll. Wecker auf halb sechs, ewig in der U-Bahn, und dann noch 'ne Disponentin, die sich daran aufgeilt, bindungslose Frauen durch die Stadt zu jagen. War nicht lustig, Alisa. Ein Blind Date nach dem anderen.«
»Cora, bitte sag, dass du übertreibst!«
»Von wegen!«, jammerte Cora. »Du hattest bestimmt Henriks Lebensversicherung, auch wenn's pietätlos

klingt, aber die Stütze vom Amt hätte mir allein die Miete aufgefressen. Ich musste, ob ich wollte oder nicht.«
Cora zerstampfte die Kippe im Aschenbecher und trommelte dann kurz mit den Fingerspitzen auf der Tischplatte.
»Ach, was soll's. Es ist vorbei. Ich fand einen neuen Job als Sekretärin bei, ja, auch wenn's blöd klingt, bei der BP. Im Controlling.«
»Nein!«, entfuhr es Alisa, denn genau dort hatte auch Henrik gearbeitet. Sie fühlte, wie sich ein Kloß in ihrem Hals bildete. Cora griff nach ihrer Hand.
»Es sind dies die Geschichten, die das Leben schreibt, Alisa«, sagte Cora leise. »Das mit Henrik ist so schrecklich. Es tut mir so Leid für dich. Wenigstens hast du seine Kinder. Auch wenn das aus meinem Mund schon wieder ganz blöd klingt.«
»Ist okay.«
Alisa hatte sich wieder in der Gewalt. Ein Blick auf Julius und Vicky brachte sie sogar zum Lächeln.
»Du liebst Henrik immer noch?«, fragte Cora mitfühlend.
Seltsame Frage, schoss es Alisa durch den Kopf. Natürlich. Wen sonst? Was sollte diese Frage? Aber statt zu antworten, schwieg sie.
»Ich glaub, das war schon wieder eine dusslige Frage«, meinte Cora und schaute sekundenlang aus dem Fenster.
»Ehrlich gesagt, ja, Cora.« Alisa senkte ihre Stimme. »Henrik lebt hier in mir weiter«, fuhr sie fort und klopfte auf ihr Herz. »Aber jetzt Schluss damit. Erzähl mir lieber, was mit dir los ist?«
»Bist du schon mal bei Sturmflut von Teufelsbrück bis Blankenese gelaufen? Wenn der Wind von vorne drückt, du über Äste und umgestürzte Bäume steigen musst und der Elbweg kniehoch im Wasser steht?«

»Wer tut denn so was? Du?«
»Ich. Genau. Die Steno-Cora und Parfum-Liebhaberin.« Cora sah auf einmal ganz erschöpft aus, so als hätte sie die Anstrengung gerade erst hinter sich. »Ich hatte damals Urlaub, war spontan nach Berlin gefahren und kam gerade zurück. Ziemlich gefrustet allerdings«, setzte sie leise hinzu. »Na ja, ich hab wahrscheinlich den Sturm gebraucht, um wieder einen klaren Kopf zu bekommen. War ziemlich durcheinander. Ich lief also gegen den Wind, hatte die Kapuze ins Gesicht gezogen und sehen konnte ich bloß die Stiefel im Wasser. Tja«, ihre Augen schimmerten auf einmal wie Perlmutt, »dann bin ich plötzlich mit jemandem zusammengestoßen. Mit jemandem, der den Wind im Rücken hatte. Wir haben uns eine kleine Ewigkeit angeschaut, beide ohne es richtig zu kapieren.«
»Ja, und dann?«
»Dann nahm er meine Hände. Meine Kapuze fiel nach hinten. Mein Hals wurde nass. Er küsste mich. Im Regen. Im Sturm. Einfach so, aber ganz zärtlich.«
»Wer, Cora?«, rief Alisa außer sich vor Spannung und Neugier.
»Curt«, sagte Cora schlicht.
»Curt?«
»Curt Spengler. Alles kam aus heiterem Himmel. Einfach so. Kennst du so was, Alisa?« Cora wirkte plötzlich verträumt, als ob sie einen Ausflug in eine andere Welt gemacht hätte, eine Welt, in der alles anders war. »Kannst du so etwas begreifen? Wochen vorher hatte er mir gekündigt. Und dann das. Kitsch wie in einer Fernsehschnulze. Wir taten, als liebten wir uns seit Jahren, ohne dass es einem von uns bewusst war. Aber was heißt Liebe. Vielleicht war es was ganz anderes. Leidenschaft. Sex. Auf jeden Fall loderte an diesem Tag im Sturm das Feuer auf.«

»Ja, und wie …?«, sagte Alisa so hilflos wie fasziniert.
»Wie? Wir sind übereinander hergefallen. In Sturm und Regen, auf einem umgefallenen Baumstamm. Nur wir beide. Rasend vor Lust. Und hinterher vor Liebe.«
»Cora … das … das glaub ich nicht!«
»Ich tu's bis heute auch nicht, Alisa. Aber es ist passiert. Wir lieben uns. Und das noch immer, so wie damals in Sturm und Regen.«
»Eure Diktatstunden. Deine Leidenschaft für Steno. Ich hab nie etwas geahnt, geschweige denn gemerkt!«, entfuhr es Alisa.
»Wir doch auch nicht! Das hatten wir beide sorgfältig ins letzte Kopfeckchen verbannt. Wir wollten es nicht wahrhaben. Denn was nicht sein durfte, durfte nicht sein. Alle Sehnsucht, alle Leidenschaft hatten wir verdrängt.«
»Ich verstehe«, sagte Alisa. »Dr. Spengler war ja verheiratet. Verena Spengler. Ich erinnere mich an ein paar Briefe aus Luxussanatorien und an einen Anruf von Ischia. Einmal deutete mir dein Curt im Frust an, seine Verena sei einem waschechten Italo-Lover verfallen. Oder hab ich das falsch in Erinnerung? Dass er unglücklich verheiratet war, ist mir aber klar gewesen.«
»Leider nicht war, sondern er ist es noch«, entgegnete Cora. »Denn sie beziehungsweise ihr Vater hat das Geld.«
Punktum. Das war es also. Cora schaute auf ihre Finger und begann ungeniert am Fingernagel ihres Mittelfingers zu knabbern.
»Ich könnte jetzt einen Prosecco gebrauchen, du auch?«
Im selben Moment klingelte Alisas Handy.
»Unfall, Frau Ganzow«, hörte Alisa Lemcke ins Telefon keuchen. »Hier ist einer durchs Geländer gerutscht.«
»Um Himmels willen!«, rief Alisa. »Wie kann so etwas passieren?«

»Wollt sich dünnemachen mit Hohlkreuz für einen Kollegen. Saß aber zu weit vorne. Verlor eben irgendwie den Halt …«

»Ist denn schon der Arzt da?«

»So langsam sind wir nun selbst hier nicht. Na klar. Was denken Sie denn. Ich wollt Ihnen nur Bescheid geben.«

»Ist auch gut so.«

»Das ist das Pflichtgefühl«, sagte Lemcke. »Wie damals. Soll ich Ihnen mal was erzählen? Damals, als ich Grenzsoldat war, hatte ich auch so ein Pflichtgefühl. Deshalb hab ich auch mit 'nem Kameraden auf einen Flüchtling geschossen. Einer von uns beiden muss ihn tödlich getroffen haben. Ich hab's immer im Gefühl gehabt, dass es meine Kugel war. Darum wurde ich melancholisch. So sehr, dass ich mir selbst ins Bein schoss. Klar, ich wurde strafversetzt. Kam dann in die Hausmeisterei und bin's nun noch. Das wollten Sie doch immer mal wissen, nicht wahr?«

»Ja, Herr Lemcke. Nur, warum erzählen Sie mir das am Telefon?«

»Es fiel mir eben grad so ein. Sie haben mich bis März ja nun noch auf der Backe. Das sind bloß noch zwei Monate. Nachher hätt ich's vergessen. Nun wissen Sie's.«

Alisa guckte Cora an, die fast sehnsüchtig auf den mittlerweile gebrachten Prosecco schaute.

»Herr Lemcke?«

»Nu?«

»Sie haben Glück!«

Alisa hob ihr Glas, stieß mit Cora an und gönnte sich einen großen Schluck. »Hiermit beglückwünsche ich Sie zu Ihrer alten und neuen Arbeit. Ab Eröffnung Villa Bernstein. Fragen Sie nicht, warum. Vielleicht liegt's am Prosecco. In Zukunft aber bitte etwas mehr Charme, ja?«

»Das meinen Sie …«
»Ja, ganz ernst. Meine alte Kollegin ist Zeugin. So, nun kringeln Sie sich erst mal wieder ein. Am Wochenende bin ich zurück. Ich will jedoch gleich den Arzt sprechen. Ist das möglich?«
»Aber wie!« Lemcke klang auf einmal wie ein junger Mann. »Danke. Das ist ein ganz ehrliches Danke, Frau Ganzow.«
Lemcke trennte die Verbindung.
Cora applaudierte andeutungsweise. Ganz die Chefin, meinte sie. Und zwar eine mit genauso viel Selbstbewusstsein wie mit Herz. Da habe sie wohl gerade einen Ossi sehr, sehr glücklich gemacht.
Alisa winkte ab.
Sie kam sich zwar ein bisschen arrogant dabei vor, aber irgendwie war das Gespräch mit Lemcke wohltuend gewesen. Ausgerechnet er hatte sie wieder daran erinnert, wo sie gebraucht wurde! Es war wie ein Lockruf. So spannend Coras Geschichte war, Alisa sagte sich, dass sie doch eigentlich ganz andere Sorgen hatte und es irgendwie sentimental war, sich über Liebe und Leidenschaft zu unterhalten.
»Nutze jede Chance, die das Leben dir bietet. Das hat Henrik einmal gesagt. Gerade schien es mir, dass er mich daran erinnern wollte, auch einem anderen eine Chance zu geben.«
»Unternehmerische Verantwortung«, sagte Cora.
»Richtig.«
Alisa nahm einen weiteren Schluck Prosecco. Er war feinperlig und von belebender Kühle. Sekunden später klingelte ihr Handy. Cora verzog den Mund. Sie merkte, jetzt war es aus mit den alten Geschichten. Die Gegenwart hatte Alisa eingeholt.

»Der Mann hat Glück gehabt«, meldete sich Lemcke, »denn unten lagen ein paar Rollen Mineralwolle. Doch geschrien hat er wie im Krieg. Aber bitte, der Herr Doktor.«
»Frau Ganzow? Dr. Liegmann hier. Ihr Arbeiter hat einen Schulterbruch und zwei Rippenbrüche. Es besteht keine Lebensgefahr.«
»Das klingt wie Glück im Unglück.«
»Ist es auch«, erwiderte Dr. Liegmann mit ruhiger Stimme. »Kennen Sie aber einen Herrn, der einen Jaguar fährt?«
»Ja«, antwortete Alisa gedehnt. »Es müsste mein Architekt sein. Warum?«
»Sagen Sie ihm doch bitte, er soll in Zukunft Rettungswagen die Vorfahrt lassen und so parken, dass selbige besser an die Verletzten herankommen. Das wär dann schon alles. Einen schönen Tag noch.«
Der Adrenalinstoß konnte kräftiger nicht sein. Die Villa Bernstein hatte sie wieder voll im Griff. Wie ruhig der Arzt gesprochen hatte. Alisa hatte noch sein angenehmes Timbre im Ohr, obwohl seine Worte ja durchaus was zu tadeln gehabt hatten.
Schimmbach!
Benahm er sich jetzt so, weil sie nicht da war? Spielte er den Superarchitekten? Oder war er eifersüchtig, dass sie ganz ohne sein Wissen einfach ausgerückt war?
»Cora, ich lade dich ein, wenn Einweihung ist«, sagte Alisa. »Tut mir Leid für die Unruhe gerade. Aber nun hab ich den Kopf wieder ganz woanders.«
»Versteh ich«, entgegnete Cora. »Ich freu mich drauf.«
»Grüße mir meinen Exchef!«
»Tu ich.«
Alisa trat an den Tresen und bezahlte.

»Geht's jetzt nach Hause?«, fragte Julius.
»Und wo ist das?«, fragte Alisa fröhlich zurück.

Selbst in den Wintermonaten lief der Umbau der Villa Bernstein weiter. Alle paar Wochen wechselten die Handwerker. Stapften die einen Löcher in den Schnee, zertraten ihn die nächsten zu Matsch und schlammigen Pfützen. Und sogar an Tagen, an denen sich der Frost unerbittlich in Baum, Strauch, Stein und Boden fraß, weichten die geschäftigen Schritte der Handwerker die rutschigen Trampelpfade, die um die Villa herumführten, auf. Immer wieder landeten leere Eimer, Säcke, Pappe, Folien, alte Tapetenreste und sonstiges Gerümpel in den aufgestellten Bauschuttcontainern. Je nachdem, ob der Wetterfrosch nach oben oder unten kletterte, legten sich Schichten von Staub, Regen oder Schnee über den Baumüll. So hässlich dies auch aussehe, die Hauptsache sei, dass die Pfade nicht verwaisten, meinte Schimmbach.
»Denn Dreck und Schutt sind der Humus neuer Häuser«, sagte er. »Je mehr davon anfällt, desto besser. Die Villa hier wird nämlich nicht bloß geliftet, sie bekommt ein Bad im Jungbrunnen.«
»Wenn ich es nur glauben könnte«, seufzte Alisa.
Für sie zählte jeder Tag, aber auch ihre Nervosität wuchs von Woche zu Woche. Je mehr die Villa an Ansehen und Komfort gewann, umso mehr zerrte dies an den Nerven. Dabei konnte sie sich zum Glück voll auf Schimmbach verlassen. Er hatte wirklich alles im Griff. Sie hatte dadurch den Kopf für eigene Ideen frei, was bedeutete, dass sie sich auf ihre Aufgabe als Hotelchefin vorbereitete. Während sich Maurer, Schreiner, Elektriker, Heizungsbauer, Fliesenleger, Maler und andere hilfreiche Hände mit der Umgestaltung der Villa beschäftigten, schlang sie

Fachwissen über die Führung eines Gastronomiebetriebs und Hotels in sich hinein. Je mehr sie las, desto mehr faszinierte sie ihre zukünftige Arbeit. Wie ein Punschparfait angerichtet werden musste, war zum Beispiel Aufgabe des Küchenchefs. Die Menükarte für eine Hochzeit zusammenzustellen dagegen war Sache des Restaurantfachmanns, und vom Empfang bis zur Abrechnung zeichnete wiederum der Hotelfachmann verantwortlich. Alisa wusste natürlich, dass all ihr Lernen völlig theoretisch war, aber diese Rundumschläge durchs Hotelfach waren einfach unumgänglich. Sie ersparten ihr nicht den Sprung ins kalte Wasser, aber sie vertraute ganz auf ihre Fähigkeit, über Learning by Doing die anstehenden Herausforderungen zu meistern und bei der Wahl des Fachpersonals den richtigen Riecher zu haben.

Henrik würde sie schon nicht im Stich lassen.

Bestimmt nicht. Darauf vertraute sie ganz fest.

Als Kopf der Villa Bernstein haftete sie mit ihrem Namen und Vermögen, als Herz der Villa mit ihrer Liebe und ihrem Willen. Beides musste so viel Gewicht aufbringen, dass ihre Zukunft und die von Vicky und Julius nicht gefährdet wurde. Alisa wusste, dass die Waagschalen nicht im beständigen Gleichgewicht gehalten werden konnten, aber sie nahm sich vor, alles zu tun, damit die Ausschläge so gering wie möglich bleiben würden.

In einem war sie sich aber jetzt schon sicher: Sie wollte junge und motivierte Menschen einstellen, die bereit waren, sich gegenseitig zu unterstützen. Tina war ein gutes Beispiel. Sie hatte ihre Chance bekommen und nutzte sie, auch wenn sie ihr immer noch ein gutes Stück zu schnodderig auftrat.

»Klare Kompetenzen für jeden«, murmelte sie während der Lektüre diverser Hotelfachbücher. »Flexibles Mit-

einander in der Gesamtorganisation. Keine Zickereien nach der Art: Das kann ich nicht, damit hab ich nichts zu tun.«
»Die Bereitschaft, voneinander zu lernen und sich gegenseitig im Können zu bereichern – Chefin, das klingt verdammt nach real existierendem Sozialismus«, sagte Tina einmal, als sie in einem von Alisas Büchern las.
»Ist es falsch?«, fragte Alisa zurück.
»Nö, aber utopisch«, entgegnete Tina.
Abends fragte Alisa sich, ob Tina nicht Recht hatte. Ochste sie da etwa naiv irgendwelche Bücher durch in der Hoffnung, als Seiteneinsteigerin die Kurve zu bekommen? War alles illusorisch? Zu idealistisch?
Alisas Unruhe wuchs und wuchs ...

Viele Stunden lang lag sie nachts wach und versuchte sich das Leben in ihrer zukünftigen Villa Bernstein mit Personal und Gästen vorzustellen. Viel zu oft passierte es ihr dabei, dass ihr schon wenige Minuten, nachdem sie ihre Gäste willkommen geheißen hatte, nichts mehr einfiel. Dann wieder erschöpfte sie die Vorstellung all jener Details, die zum Gelingen eines geglückten Hotelaufenthalts beitrugen. Wie mache ich den Gast glücklich? Tausende Einzelheiten – angelesene, ausgedachte, gesehene – schwirrten in ihrem Kopf herum wie Hülsenfrüchte in einem bei hoher Hitze kochenden Eintopf.
Ich muss endlich anfangen können.
Von Moment zu Moment handeln.
Was nützt dir dein Gegrübel, wenn du doch bloß tatenlos im Bett liegst!
Die Nächte häuften sich, in denen sie gereizt aus dem Bett stieg und erst nach einem Glas Milch aus Schimmbachs Kühlschrank ruhiger wurde. Richtig entspannen konnte

sie sich aber auch dann erst, wenn sie ins Kinderzimmer schlich und auf der Bettkante dem tiefen, gleichmäßigen Atmen von Vicky und Julius lauschte. Es war einfach süß, wie die beiden in ihren Bettchen lagen. Die Ärmchen nach oben geklappt oder längsseits ausgestreckt, das gelbe Pikachù unter der Achsel, ein Beinchen aufgestellt, Teddy an der Fußspitze, die Stoffkuh überm Kopf. Schmusedrache und Plüschhund ruhten, liebevoll mit einem Spieltuch zugedeckt, jenseits des Kopfs in den Ecken des Betts. Die Söckchen, noch im Gehen abgestreift, waren an der Stuhllehne hängen geblieben. Die Hosen standen, ihres Inhalts entblößt, auf hohlen Beinen auf dem Teppich. Schmutzflecken auf den T-Shirts zeugten vom intensiven Kinderspiel. Dicke Pullover mit schneenassen Ärmeln und Kiefernnadeln hingen über Schaukelpferd und Kinderstuhl. Alles dampfte pralles Leben aus. Das Temperament und die gesunde Spielfreude ihrer Kinder steckten in jeder Kleiderfaser, in jedem Fleck. Oft küsste Alisa sanft ihre Fingerspitzen, roch an ihren Handflächen und fand es wunderbar, wenn sie noch so ganz und gar nach Spiel und frischer Luft dufteten.
Und wenn sie schließlich an ihren Köpfen schnupperte, sie sorgsam zudeckte – dann, ja dann wurde sie müde. So müde, dass sie am liebsten auf der Stelle eingeschlafen wäre.

Doch eigentlich meinte das Schicksal es im Moment gut mit ihr. Sie wohnte umsonst in Schimmbachs Fischerhäuschen, und ihre Mutter und Marina, das neue Kindermädchen, kümmerten sich um die beiden Kleinen. Luft und Boden waren sauber, das Essen von Omi Cromm nahrhaft und die Kinder gottlob kerngesund. Was wollte sie mehr? Hier, im Lieper Winkel, tickte die Uhr ein Stückchen langsamer. Das war nervenschonend und für das seelisch-leibliche Gedeihen kleiner Kinder ideal.

Große Freude machte Alisa, dass Julius und Vicky neben Schweine-, Rinder- und Gänsebraten auch Gefallen an Fischgerichten fanden. Im Laufe der Zeit wurden gebratene Scholle und Flunder fast so etwas wie ihre Leibspeise, zusammen mit Kartoffelbrei und der – natürlich selbst gemachten – Petersiliensoße von Oma. Die Kartoffeln kaufte sie direkt beim Bauern. Früh lernten ihre Kinder, dass man aus Kartoffeln mehr machen konnte als nur Chips und Pommes: Kartoffelpuffer, Pellkartoffeln, Brei mit Milch und Muskatnuss, Röstkartoffeln mit Rosmarin oder Salbei.

Julius wuselte gerne mit Alisas Mutter in der Küche herum. Er lernte, wie man Kartoffeln schälte, wie man sie am Reibebrett hobelte, und durfte sogar dampfende Pellkartoffeln zu Brei stampfen. Mit Feuereifer war er dabei, wenn Omi dann Milch hinzugoss und mit Muskat und Butter abschmeckte. Da war es kein Wunder, dass Julius nur wenig Appetit auf Süßigkeiten hatte. Auch Vicky mampfte sie nicht pfundweise. Der Einzige, der regelmäßig naschte, war Opa! Schokoriegel und Pralinen aß er fast alleine auf.

Solange Tante Wanda blieb, kam er nur an jedem zweiten Wochenende. Zwischen den beiden herrschte seit dem Streit am Frühstückstisch Eiszeit. »Man kann nicht vernünftig mit ihr reden«, meinte er und blieb bei seiner Behauptung, dass Frauen eben zu Zicken wurden, wenn sie jahrzehntelang ohne Mann lebten. Alisas Mutter vermied es, dies noch zu kommentieren. Sie erinnerte ihn lieber daran, dass die Vorräte aufgestockt, neues Holz geholt und der Kamin gesäubert werden müsse. Was sie dann aber alles mit ihm zusammen tat. Abends spazierten sie

durchs Dorf, an der von einzelnen Lichtern verzauberten Küste entlang.
»Tut Tante Wanda diese betuliche Häuslichkeit eigentlich gar nicht weh?«, fragte Alisa einmal ihre Mutter.
»Täusche dich da man nicht!«, erhielt sie zur Antwort. »Wandas Singledasein passt zu ihrem Wesen wie der Storch auf Bauer Meiers Scheune.«
Ende Februar packte Tante Wanda schließlich ihre Koffer und reiste wieder zurück in den Schwarzwald.

An einem Frühlingstag machten Alisa, ihre Eltern und die Kinder einen Ausflug in die Usedomer Schweiz. Die Luft war zwar noch etwas frisch, aber sie roch verheißungsvoll nach Sommer. Ein kräftiger Wind wehte, als sie über Suckow und Neppermin nach Benz fuhren und den Kückelsberg hinaufwanderten. Mit seinen sechsundfünfzig Metern war er der höchste Punkt der Usedomer Schweiz. Von hier aus genossen sie den schönen Rundumblick auf Wiesen, Wälder und Seen, die noch im Winterschlaf schlummerten. Wasser, Seeluft, die kleinen Hügel, auf denen alte Laubbäume wie übergroße dunkle Champignons thronten – all das ergab eine Atmosphäre, die, da war sich Alisa sicher, einen Landschaftsmaler bestimmt inspiriert hätte.
Wirklich – diese Insel ist schön!
Mondän an der Nordküste, idyllisch und abgeschieden im Lieper Winkel zwischen Peenestrom und Achterwasser, hügelig und abwechslungsreich die Usedomer Schweiz. Und wie viel Plätzchen gab es noch, die sie sehen wollte. Zum Beispiel den berühmten Golm, einst ein sagenumwobener Berg, heute Gedenkstätte für dreiundzwanzigtausend Tote des Zweiten Weltkriegs. Oder das fast achthundert Jahre alte Fischerdörfchen Kamminke, idyllisch am Stettiner Haff im Süden Usedoms gelegen. Dann

die reizvolle Halbinsel Gnitz mit dem Weißen Berg und den feinsandigen Badebuchten. Das große Steinzeitgrab dort wollte sie den Kindern unbedingt zeigen.

Eines Abends erzählte Alisa von dem Brief, den Tante Wanda ihr aus ihrem Seniorenhotel geschickt hatte.

> »Weißt du, Alisa, bevor du dein Hotel einweihst, komm doch noch mal zum Abschalten hierher. Damit wir noch einmal in Ruhe alles Revue passieren lassen. Viel Zeit hast du zwar nicht, trotzdem. Und ich werde ja auch nicht jünger.«

Das war nur allzu wahr, doch in Alisas Ohren klang dieser Satz irgendwie so, als meinte ihre Großtante, die Uhr ihres Lebens laufe auf einmal viel zu schnell.
In den letzten Tagen ihres Aufenthalts, erinnerte Alisa sich, hatte Wanda sich immer wieder zurückgezogen. Sie habe Rückenschmerzen, sagte sie. Wenn Alisa dann zu ihr ins Zimmer kam, lag sie in ihrem Bett und starrte aus dem Fenster. Kissen stützten ihren Körper. Manchmal hielt sie ein Buch in ihren Händen. Ringe, Armbänder und Ketten kringelten sich in blitzend-wirrem Geschlängel auf dem Nachttischchen. Und darauf standen stets das Wasserglas mit Esslöffel und ein Schächtelchen mit einem Schmerzmittel.
Als würde sie in der Steifheit blattloser Eichen, in den frosterstarrten Kiefern Welten beobachten, die über das hinausgingen, was jeder sah, glitt Wandas Blick dann immer sehr eigentümlich über Alisa hinweg. So als würde sie etwas bei ihr suchen, aber nicht erkennen können, was sie sah. »Alisa«, hauchte sie schließlich, und ihre Stimme kam von weit her.

Jetzt, an diesem Abend, als Alisa mit ihren Eltern auf Schimmbachs weichen Ledersofas saß und in das Feuer des Kamins schaute, sah sie wieder ihre Großtante so im Bett liegend vor sich. Plötzlich – lag es an dem heißen Flirren des Feuers? – zoomte sich Wandas Gesicht zu Alisa hin. Immer näher schien es zu kommen. Ihre Augen leuchteten groß, klar und bedeutsam.
Alisas Herz klopfte schneller. Mit einem Mal wurde ihr bewusst, dass es da eine Kraft gab, die sie zu sich zog. Ja, sie musste in den Schwarzwald fahren. Und das so bald wie möglich.

»Du, ja, es stimmt! Ich habe oft an dich gedacht!«, meinte ihre Großtante gerührt, als Alisa ihr wenige Tage später im Aufenthaltsraum des Schwarzwälder Seniorenhotels von ihrer Vision vor dem offenen Kaminfeuer erzählte.
Eine laut schwatzende Damenrunde betrat im selben Moment den Raum und machte sich daran, ein Backgammon-Spiel aufzubauen. Die Damen grüßten Wanda überschwänglich und schauten Alisa neugierig an. Natürlich wusste Wanda Wiegand, was sich gehörte, und stellte Alisa ihren Mitbewohnerinnen vor. Das allein dauerte eine gute halbe Stunde.
»Schade, dass wir Sie jetzt noch seltener in unserer Mitte haben als bislang, Frau Wiegand«, meinte schließlich eine der Damen. »Aber nun, nachdem wir Ihre bezaubernde Nichte kennen gelernt haben, da kann ich Sie verstehen. Wirklich! Ich glaube, ich beneide Sie schon ein bisschen. Ostseewellen, Bernsteinstrand und ein neues altes Hotel – da werden Sie bestimmt einmal mit uns rechnen müssen, Frau Ganzow. Warten Sie's ab!«
In Alisas Ohren klang dies wie ein Startschuss. Aber wa-

rum eigentlich nicht? Die Damen hier waren alle einigermaßen betucht. Wenn sie jetzt lächelte und charmant tat, war dies ganz handfeste, praktische Werbung. Alisa lächelte still in sich hinein. Auf einmal wurde ihr klar, dass sie auf dem besten Weg war, ihre Identität mit der der Villa Bernstein zu verschmelzen. Und, um es einmal ganz nüchtern zu betrachten, diese Backgammon-Runde machte ihr auf ganz unschuldige Art klar, dass sie tatsächlich daran denken musste, beizeiten Werbeprospekte für die Villa herzustellen und Anzeigen in Zeitungen und Illustrierten zu schalten.

»Deine Augen leuchten, Kind«, sagte Tante Wanda wenig später, als sie im Foyer auf das Taxi warteten. »Woran denkst du? Sag bloß, du hast dich verliebt?«

Natürlich nicht!, wollte Alisa schon entgegnen, doch stattdessen antwortete sie verschmitzt: »Oh, und wie ich mich verliebt habe, Tante Wanda! Ganz doll verliebt! Doch fürs Erste nicht in einen Mann, sondern in deine Villa. Ist das nichts?«

»Auch wenn es dich ärgert, Alisa, werde mir nicht zur Nonne!«, sagte Tante Wanda bestimmt. »Ich meine damit nicht, dass du dir Kurschatten zulegst. Die taugen nach dem zweiten Mal noch nicht mal für so gewisse Stunden. Das weiß ich aus eigener Erfahrung. Ich meine, du hast was Besseres verdient.«

»Liebe Tante, bitte lass mich mit Alexander in Frieden«, sagte Alisa erschöpft und hielt Wanda die schwere Eingangstür auf. Vielleicht brachte die Kälte draußen Wanda ja auf andere Gedanken.

»Oh! Ihr duzt euch schon?«

Wanda schnappte sofort zu.

»Ja!«, rief Alisa gereizt. »Ich hab mich sogar schon vor ihm aus- und umgezogen. Toll, wie? Dabei stimmt es sogar!

Ehrlich! Aber bitte, zum letzten Mal jetzt: Ich will nichts mehr davon hören. Punktum. Schluss. Aus!«
»Jaja. Nun schrei doch nicht gleich so!«, sagte Wanda pikiert und schlug ihren Mantelkragen hoch.
»Doch! Denn sonst fängst du nachher wieder von vorne an. Ich lieb ihn nicht! Ich liebe …«
»Ja, Henrik! Nur, er ist im Himmel, Alisa, und du bist auf der Erde!« Tante Wanda bebte vor Unverständnis. Ihr Atem wehte wie der Rauch eines Feuerdrachens in die kalte Schwarzwald-Luft. »Nur noch ein allerletztes Mal, Alisa. Besseres als dein Architekt wird dir nicht mehr über den Weg laufen. Er hat Herz. Und Geld! Stell dir nur einmal die schönen Reisen vor, die ihr unternehmen könntet. Warte nicht, bis ihn dir ein blondes Dummchen wegschnappt. Träume mal ein bisschen, Alisa! Denn nur Baustelle – das ist doch nicht kommod.«
»Amen«, sagte Alisa trocken.
Das Taxi rollte über den Hof. Ein junger, südländisch aussehender Mann sprang heraus und kam in großen Schritten auf Tante Wanda zu.
»Ah, die Frau Wiegand! Grüß Gott! Geht es gut? Heute wieder so wie sonst auch schon?«
»Oh, Karim! Ich grüße Sie. Was für ein Glück.«
Alisas Ärger zerstob angesichts dieser überschwänglichen Begrüßung. War das zu fassen! Ihre Tante flirtete in ihrem Alter mit einem Taxifahrer, der gut als TV-Moderator hätte durchgehen können. Es war einfach komisch, geradezu lächerlich.
»Karim, genau. So, wie sonst auch schon. Nur, dass Sie diesmal mich und meine Nichte fahren.«
Wandas Stimme senkte sich, schnurrte beinahe. Karim lächelte Alisa an, schlug dann aber die Augen nieder.
»Es ist mir ein Vergnügen«, sagte er.

»Alisa, Karim ist unser aller Schwarm«, erklärte Wanda. »Gib zu, er könnte Filmstar sein.«
»In der Tat«, erwiderte Alisa etwas gequält, obwohl ihre Tante nicht Unrecht hatte. »Aber, Karim, wo fahren Sie uns hin?«
»Zur Sonnenhöhe!«
»Sind die Straßen denn geräumt?«, fragte die Tante.
»Für Sie würde ich auch fahren, wenn sie nicht geräumt wären«, antwortete Karim und musterte Alisa durch den Innenspiegel.
»Sie müssten mich das letzte Stück dann aber auf ihren starken Armen tragen«, sagte Tante Wanda.
»Soll ich aussteigen?«, fragte Alisa kokett.
Karim lachte.
»Ihre Tante darf so reden«, meinte er. »Sie mag eben das Leben. Wäre sie noch neununddreißig, würde ich mich in sie verlieben.«
»Oh, Sie Charmeur!«, rief Wanda begeistert. »Was kostet mich das jetzt wieder für ein Trinkgeld!«
»Karim-Taxi bietet eben Service«, sagte Karim verschmitzt und stellte zu Alisas Erleichterung leise Musik an.
Die Strecke führte über schneewallgesäumte schmale Bergstraßen hinauf zur Sonnenhöhe, einem Wandergebiet mit ebenen Höhenwegen. Es war ideal für all diejenigen, die den Schwarzwald liebten, aber auf dessen so typisch steile Wege durch dunkle Täler lieber verzichteten.
»Wir wandern von hier, Alisa, ins nächste Dorf. Etwas mehr als eine halbe Stunde. Aber die wird uns gut tun. Sonst schmeckt uns nachher das Essen nicht.«
»Sie wollen wieder zum Gschwend, ja? Sagen Sie, wann ich Sie dort abholen kann«, ließ sich Karim vernehmen

und hielt mit seinem Wagen vor der großen Wandertafel, die von der Sonne beschienen wurde.
»Wir rufen an«, sagte Alisa schnell.
»Auch gut«, meinte Karim. »Aber beim Gschwend ist die Küche wirklich okay. Richtig super. Ich kenne den Koch. Er ist ein Freund von meinem Schwager. Sein Fehler ist, dass er zu schüchtern ist. Er lispelt auch leicht.«
Tante Wanda zahlte und rundete den Betrag wirklich großzügig auf. Karim strahlte und blitzte Alisa an.
Die drehte sich leicht genervt ab und studierte das Netz der Wanderwege.

Der Höhenweg war wirklich zauberhaft. Er lag fast durchgängig in der Sonne. Kein Verkehrsgeräusch war zu hören, die Tannen trugen dicke Schneehauben, die wie kostbarer Schmuck in der Mittagssonne schimmerten. Der Himmel war tiefblau, es wehte kein Wind.
Alisa und ihre Tante gingen schweigend nebeneinander her. Die klare, eiskalte Luft schnitt in die Haut, und der Schnee knirschte unter ihren Füßen. Die Luft war wunderbar leicht und duftete trotz der Kälte ein wenig nach Harz.
Die Bewegung tat gut. Sie löste die angespannte Stimmung zwischen Nichte und Großtante. Die runden Formen der schneebedeckten Landschaft schmeichelten nicht nur dem Auge, sondern auch der Seele. Alisa atmete tief aus und ein und konzentrierte sich ganz auf die Winterlandschaft und ihre Schritte.

Um die Mittagszeit kehrten sie beim Gasthof Gschwend ein. Er lag ein kleines Stück außerhalb des Dorfs, in der Nähe einer Sägerei und des Schützenhauses. Von außen und innen sah er eher bescheiden aus, keiner der Besitzer

hatte es anscheinend für nötig gehalten, in die Einrichtung zu investieren.
Alisa glaubte im ersten Moment, in eine schummrige gelbbraune Höhle zu treten, in der auf den schlichten dünnbeinigen Gästetischen nur eins blitzte – das gesteifte Weiß der Tischdecken. Sie strahlten wie ein Versprechen in den Raum, von dessen Decke zwei altmodische Glühbirnen-Monster hingen, die mehr Strom fraßen als Licht gaben. Der Linoleum-Boden roch frisch gewachst, die Bar lag völlig im Dunkeln.
»Wart's ab«, flüsterte Wanda. »Ich hab beim ersten Besuch auch gedacht, ich hätt lieber ein Butterbrot mitnehmen sollen.«
Wanda sollte Recht behalten. Denn als die Bedienung die Speisekarte reichte, ahnte Alisa bereits, dass die Küche hier eine andere Klasse hatte als die Gaststube. Es gab drei Menüs zur Auswahl. Einmal fünf, zweimal drei Gänge. Die Kreationen klangen originell und wurden auf dem Papier wie bei einem Feinschmeckerlokal präsentiert. Alisa wurde neugierig. Gab es das wirklich? Hinter der Fassade eines vernachlässigten Gasthofes eine Küche mit kulinarischem Anspruch?
Schon als der Salat serviert wurde, wusste Alisa, dass Wanda und Karim nicht übertrieben hatten. Die Salatblätter waren handverlesen und zu einem hübschen Bukett arrangiert, die Vinaigrette mit Waldhimbeeressig eine kleine Sensation. Was der Salat versprach, hielt die klare Lauchsuppe. Dies war bestimmt die beste Lauchsuppe ihres Lebens, ein leichter Traum, ein Hauch von Frühling, einfach ein Süppchen, das einem das Gesicht lachen machte. Dann das Hauptgericht, ein zartes Kalbslendchen in Morchelrahm, dazu handgeschabte Spätzle und drei knubbelige süße Möhrchen.

Alisa genoss jeden Bissen. Und plötzlich keimte eine Idee in ihr auf, die sie laut aufseufzen ließ.

»Na? So gut?« Tante Wanda schaute sie vielsagend an. »Es schmeckt, oder? Ein Traum, nicht?«

Bevor Alisa antworten konnte, trat ein junger Mann mit Kochmütze aus der Küche hinter die Theke und schaute schüchtern zu ihnen herüber.

»Es ist wieder ganz ausgezeichnet!«, sagte Tante Wanda und prostete ihm mit dem Weinglas zu.

Der Koch nuschelte irgendetwas und schaute für einen kleinen Moment glücklich auf den Gästetisch. Dann senkte er aber schnell den Kopf und verschwand wieder unterwürfig eilig in sein Küchenreich. Alisa und Wanda waren bis auf ein älteres Ehepaar die einzigen Gäste. Doch die schwiegen gleichgültig, obwohl sie gerade ihre Suppe löffelten.

»Das ist wirklich eine Überraschung, Tante Wanda«, sagte Alisa.

»Eben. Also dieser Max, wie er kocht …«

»Einfach zu gut!«, beendete Alisa die Feststellung ihrer Tante.

Tante Wanda aß scheinbar unbeteiligt weiter, als gäbe es nichts mehr zu sagen. Alisa aber verlor sich in ihren Gedanken. Mit jedem Bissen wurde ihr klarer: Hier kochte jemand so gut wie ein Sternekoch. Dieser Max war ein unentdecktes Juwel. Ein Diamant im Heuhaufen, wo ihn niemand vermutete. Wenn sie nun …

Das Dessert wurde aufgetragen. Ein Honigsorbet mit Nüssen – Alisa konnte es kaum mehr glauben. Nach einem Gläschen Obstler sah sie sich im Gastraum um. Ob denn der Koch einmal zu sprechen sei, fragte sie die Bedienung.

Die Bedienung missverstand ihre Frage. Der Herr

Gschwend, ja, der sei aber außer Haus. Ob das denn der Koch sei? Nein. Der Koch sei ja der Max. Den wolle sie sprechen? Die Bedienung zuckte mit den Schultern. Sie konnte sich anscheinend nicht vorstellen, dass jemand Fremdes den kleinen, unscheinbaren Menschen da in der Küche sprechen wollte. Denn der Max, der guckte doch immer so traurig. Und war auch immer ein bisschen schwer zu verstehen.
Entschlossen stand Alisa auf. Max, der Koch, kam unsicher auf sie zu. Er zog den roten Kopf zwischen die Schultern und duckte sich bescheiden. Alisa hätte ihn am liebsten zugerufen: Himmel! Max! Kopf hoch! Sie sind fantastisch! Hat Ihnen das noch keiner gesagt?
Wanda sah Alisa auffordernd an. Ihre Blicke schienen zu sagen: Schau ihn dir an! So bescheiden, so talentiert! Aber gib doch zu, Alisa, hat er hier Aussicht auf Karriere? Wäre es nicht schade um ihn? Hier, wo die Wanderer nur satt werden wollten, würde es ihm doch bloß ergehen wie einem schaumig-frischen Biskuitteig, der im Kühlschrank vergessen wird.
Deshalb also war Tante Wanda mit ihr hierher gefahren! Alisa verstand. Wanda wusste schließlich, dass ein guter Koch für ein Hotel buchstäblich das Salz in der Suppe war.
Alisa machte es kurz. Sie reichte Max ihre Visitenkarte und fragte schlicht, ob er sich vorstellen könne, nach Norden zu ziehen, an die pommersche Riviera.
»Werden Sie mein Küchenchef, Max. Kochen Sie in einem eleganten Hotel, in einem Umfeld, dass Ihrer würdig ist.«
Max traute seinen Ohren nicht.
»Ich?«, fragte er.
»Kein anderer«, sagte Alisa.
Es war köstlich zuzusehen, wie die Resignation aus seinem Gesicht wich und es sich von Augenblick zu Augen-

blick aufhellte. Max blühte auf. Alisas Angebot wirkte wie ein Zauberspruch.
Max nickte, bejahte.
Er begriff – dies war die Chance seines Lebens!
Ob er sich diese Aufgabe wirklich zutraue, hakte Alisa zur Sicherheit noch mal nach.
Auf einmal brach es förmlich aus ihm heraus. Bestimmt, beteuerte er. Er beherrsche sein Handwerk und könne auch Zeugnisse vorweisen, wenn sie dies wünsche. Dann begann er zu schwärmen. Das heute sei gerade einmal die Basis guter Küche. Er selbst favorisiere Gemüse auf ökologischer Basis und Fleisch von Landwirten, die ihre Tiere noch naturgemäß leben ließen. Außerdem liebe er Kräuter, frisch aus dem eigenen Garten. Sein Traum wäre ja ein Kräutergarten, wie es ihn früher in den Klöstern gegeben hatte. Er kam ins Schwärmen, und Alisa merkte, dass da jemand vor ihr stand, der endlich einmal von seiner Leidenschaft des Kochens sprechen konnte, weil er sich verstanden fühlte.
»In eine Sauce gehört halt kein künstliches Aroma. Die muss reduziert oder montiert werden.«
Max war kaum mehr zu bremsen. Wo immer er sich aufhalte, grüble er darüber nach, wie er welche Lebensmittel anders zubereiten, kombinieren und variieren könne. Neulich habe er sich nur deswegen in Freiburg verlaufen, weil er über neue Kreationen mit Spinat nachgedacht habe. Zum Beispiel eine Art von Crêpe-Soufflé …
»Wunderbar, Max«, unterbrach ihn Tante Wanda. »In Ihnen steckt ein wahrer Küchenkünstler!«
Max schaute verschämt zu Boden.
»Ich tu halt, was ich kann«, sagte er.
»Das müssen Sie auch«, setzte Alisa nach und lud Max für den nächsten Monat nach Heringsdorf ein.

V

Das Fest war vorüber – und das neu eingeweihte Hotel Villa Bernstein hatte in dieser besonderen Nacht nur einen Gast, die Eigentümerin selbst. Alle anderen, Tante Wanda, die Eltern, Julius und Vicky, die eingeladenen Bekannten und das Personal hatten Alisas Wunsch respektiert und überließen ihr die Jungfernnacht in der Villa allein.

Alisa war glücklich, aber doch auch bis ins Innerste aufgewühlt. Vor wenigen Minuten noch hatte sie den letzten Gästen vom Eingang aus zugewunken, jetzt herrschte Schweigen. Mauern und Bäume schienen diesen Moment genauso zu genießen wie der Mond, der auf alles herabschaute und milde lächelte. Alisa schien es, als hielte er nur für sie für einen Augenblick die Zeit an, damit sie in Ruhe zu genießen vermochte. So konnten Alisas Blicke zufrieden über den entrosteten und frisch gestrichenen Eisenzaun streifen, dessen Pfeilspitzen ihr beim ersten Besuch so abstoßend erschienen waren. Sie hatte die Spitzen abflexen lassen und durch goldfarbene Kugeln ersetzt. Jetzt schimmerten sie im Mondlicht so warm wie die Haut eines Pfirsichs, und das alte geschmiedete Blattwerk mit seinen eisernen Ranken und Weintrauben schlummerte dazu in mildem Schwarz.

Schon von hier aus konnte man erahnen, wie fantasievoll sie den Garten hatte anlegen lassen. Weiße Holzbänke hoben sich weich im nächtlichen Licht hervor. Alisa schritt noch einmal für sich die gewundenen Wege ab, die harmonisch über Natursteinplatten durch eine ganze Pflanzenwelt führten. Sie passierte Stauden und exotische Gräser und flanierte an Buchsbäumchen, Rhododendren und großblättrigen Trompetenbäumen vorbei. Vor den lichtdurchfluteten Goldakazien blieb sie stehen und strich ein paarmal durch deren Rispen-Blattwerk, dann bückte sie sich und betrachtete eines der Blumenbeete. An romantischen Plätzen luden breite Bänke zum Verweilen ein – am Seerosenteich, am findlingsumsäumten Springbrunnen und unter der halbmondförmigen Laube, in deren Spalieren rote und gelbe Kletterrosen dufteten.

Stolz betrachtete Alisa die Schönheit des Ganzen. Sie konnte sich nach all den langen Monaten des Umbaus kaum satt sehen an diesem ganzheitlichen Bild. Es war eine Wohltat sondergleichen, endlich musste sie sich einmal nicht um Details kümmern.

Auch der alten Gartenlaube schenkte sie noch einen schnellen Blick – sie würde in den nächsten Tagen abgerissen werden und durch einen originalgetreuen Nachbau ersetzt, damit ältere Gäste ein Fleckchen zum Erinnern hatten und die Jüngeren eins zum Träumen.

Vielleicht müsste man ein Fähnchen anbringen, dachte sie, ähnlich wie bei den amerikanischen Postkästen. Be-

setzt – nicht besetzt. Oder ist das zu frivol? Wahrscheinlich. Auf jeden Fall bist du ein wenig beschwipst. Geh lieber ins Haus.
In deine Villa.
Die Villa Bernstein.
Am Eingangsportal schaute Alisa zum Giebel hoch. »1898« stand dort in jadegrünem Gestein, das Jahr, in dem Theodor Leibbrecht die Villa gebaut und bezogen hatte.
Ob er mit mir zufrieden wäre?, fragte Alisa sich.
»Bestimmt«, murmelte sie. »Theo müsste mich eigentlich beglückwünschen.«

Die massiven Flügeltüren standen weit offen. Noch einmal prüfte Alisa, wie sich die Türgriffe anfühlten. Sie waren aus Birnenholz und in Messing gefasst und lagen angenehm warm und schwer in der Hand. Behutsam schloss sie eine der Flügeltüren und freute sich über ihren Einfall, die grauweißen Granitplatten ein Stück weit ins Entree zu legen. Sie schimmerten matt wie Rohseide, verströmten aber dennoch eine wohltuende Unbekümmertheit.
In der Villa selbst schien noch das Geplauder der Gäste nachzuklingen. Die Aura war heiter, selbst die Reste von Parfum und Tabakrauch hatten etwas Angenehmes an sich.
Alisa zog ihre Pumps aus, füllte ihr Champagnerglas nach und ließ sich seufzend auf der breiten Mahagonitreppe nieder. Der antike Kristalllüster aus Muranoglas, den Wanda Wiegand zur Einweihungsfeier beigesteuert hatte, reflektierte den Schein in unzähligen Fünkchen, so als ob mehrere Meter über dem Hallenboden tausende von Glühwürmchen das Fest weiterfeiern würden.
Meerblaue Orientteppiche bedeckten den polierten Sandsteinboden. Überall lagen verstreut bunte Papierblüten

herum, an ausgewählten Plätzen standen große Bodenvasen mit kunstvoll gesteckten Schnittblumen. Rosenköpfe schliefen in Glasschalen. Alisa musterte die farnblattverzierten Kapitelle der beiden Natursteinsäulen, dann wanderte ihr Blick weiter zur hohen Doppeltür an der Rückwand des Entrees mit ihren dekorativen Bleiverglasungen und den Buntglasscheiben.

Alisa hielt es nicht lange auf der Treppe. Barfuß schritt sie die breiten, abgerundeten Stufen hinab. Das Rascheln ihres Kleids vermischte sich mit dem Plätschern des Springbrunnens draußen. Und weil es warm war, begann irgendwo eine Grille zu zirpen.

Im Erdgeschoss lag der geräumige Wintergarten für die Gäste, mit Palmen, Rosen und dutzenden verschiedener Orchideen. Im ersten Stock zur Gartenseite hin befand sich der private Trakt inklusive Türmchen für sie und die Kinder. Der Rest, das gesamte zweite Stockwerk und ein Teil des Dachgeschosses, beherbergten insgesamt zwölf Doppel- und drei Einzelzimmer. Besonderen Komfort bot die Suite, die sich über zwei Räume erstreckte und bis ins Turmzimmer hineinreichte.

Alisa ging zurück ins Entree und stattete der Bibliothek und dem mit altrosa Seidentapeten geschmückten Salon einen Besuch ab. Hier hatten die Handwerker wirklich großartige Restaurationsarbeit geleistet. Alles wirkte frisch und wie neu. Die hohen Rahmen der Jugendstiltüren waren mit stilisierten Lilien und Halbrosetten verziert. Muschelförmiges Schnitzwerk fasste kunstvoll geätzte Glasornamente im Louis-seize-Stil ein. Zusammen mit der Stuckumrahmung der Decke, den weißen Paneelen und dem Parkett strahlte alles wahrhaftig eine hoheitsvolle Eleganz aus.

Ihr Rundgang führte Alisa auch ins Restaurant. Beinahe

andächtig genoss sie diesen Raum, der so sehr von seinen neu gestalteten Wänden lebte. Dankbar dachte sie an den ersten netten Menschen, dem sie hier in Heringsdorf begegnet war – Holger Sammer. Ihr erster Eindruck von ihm hatte nicht getrogen. Hilfsbereit, wie er war, hatte er ihr eine besondere Künstlerin vermittelt, Kathinka Höchst, eine Malerin, die sich auf Trompe-l'œil-Malerei spezialisiert hatte. Vor Anspannung habe sie nächtelang kaum schlafen können, gestand ihr Kathinka, als alles fertig war.

»Bei den ersten Pinselstrichen hatte ich ganz zittrige Hände. Ich kam mir vor wie eine Gesellin, die jetzt das erste Mal zeigen soll, was sie wirklich kann.«

Alisa sah die zierliche Malerin vor sich, wie sie, ein zusammengeknotetes Tuch um den Kopf, konzentriert arbeitete – nun zierte ihr Name die untere rechte Ecke einer Wand. Aber nicht zu klein, hatte Holger Sammer gemahnt. »Und bitte leserlich. Schließlich brauchst du auch Kunden für die Zukunft.«

Jetzt war alles geschafft und das Restaurant ein besonderes Juwel der Villa Bernstein. Pastellfarbene, im Jugendstil gehaltene Impressionen von der vielseitigen Landschaft Usedoms verliehen ihm eine außergewöhnlich noble und befreiende Atmosphäre.

Und da Schönheit inspiriert, hatte Alisa auch für weitere Annehmlichkeiten gesorgt. Die Villa Bernstein verfügte über einen kleinen Beauty- und Massagesalon. Auf Wunsch standen ihren Gästen ein Friseur und eine Masseuse mit Kosmetikerinausbildung zur Verfügung. Auch sie hatten heute mitgefeiert und die erweiterte und in ihrer Eleganz und Großzügigkeit wiedererstandene Villa Bernstein bewundert.

Bedächtig schritt Alisa durch das Restaurant ins Entree

zurück, öffnete eine der Türen und betrat den Frühstücksraum. Wie schön auch hier die Trompe-l'œil-Malerei gelungen war. Zur Fensterseite hin lag die verlockende Ostsee, an der gegenüberliegenden Wand spülten ihre stummen Wellen Muscheln, Seesterne und Bernsteinstückchen an den breiten, unendlich langen Strand. Seegras und Strandhafer bogen sich sanft im Wind.
Jetzt barfuß an den Strand gehen, mit übrig gebliebenen Häppchen vom Büfett und der letzten Flasche eiskalten Champagner. War es die letzte? Alisa schmunzelte. Ihr Hotel war fertig! Und die Vorratskammern gefüllt bis in den letzten Winkel.
Das Hotel Villa Bernstein konnte leben.
Doch noch war diese Nacht, ihre Nacht, da, um genossen zu werden.
Alisa sah träumerisch in den blühenden Garten hinaus. Instinktiv suchte ihre Nase den vertrauten Geruch der Ostsee – Salz, Muscheln, Tang. Am Strand sein in diesem wunderbaren Kleid, das wie geschaffen schien für die Liebe in der heißen Stille einer Sommernacht. Mit blitzenden Sternen am Samthimmel und einer Luft, die voller Aromen war. Nie zuvor, selbst nicht zu ihrer Hochzeit mit Henrik, hatte sie so einen Zauber aus Stoff getragen: Das Kleid war zweilagig, aus Taft und Spitze, und – dem Anlass entsprechend – bernsteinfarben. Wobei die äußere Spitzenschicht heller war, fast schon cremefarben. Dazu lang bis auf halbe Wadenhöhe und eng tailliert. Nachdenklich breitete sie den Stoff über ihren Knien aus, tastete über den Busen, die Taille bis hinab zum Bauch und rief sich die Blicke der Gäste in Erinnerung. Sie waren voller Bewunderung und Erstaunen. Alisa blendete aber auch die nicht aus, die voller Neid waren. Allein schon das Dekolleté war so hervorragend gearbeitet, dass ihr Va-

ter sie im ersten Moment fassungslos, doch dann mit wachsendem Vergnügen angeschaut hatte. Von Alexander Schimmbach ganz zu schweigen. Ihm hatte es tatsächlich die Sprache verschlagen. Verwirrt hatte er seinen Blumenstrauß aus kostbaren dickblütigen Englischen Rosen auf die oberste Stufe neben die linke Steinsäule gelegt. Er wollte ihr mit einem Handkuss aufwarten, aber dann war er so überwältigt, dass er sie wortlos an sich gezogen und so gedrückt hatte, dass ihr Kleid raschelte wie Seidenpapier.

Alisa nahm einen Schluck Champagner und lächelte. Alles war gut gegangen. Julius und Vicky hatten sich für diesen Anlass zu wohlerzogenen Sprösslingen gemausert – was bedeutete, dass sie sich nicht rennend, sondern gehend unter den Gästen bewegten.

Und auch Max hatte seine Bewährungsprobe mit Bravour bestanden!

Es gab italienische Salatkreationen, Pasta, selbst gebackenes Brot und leckere Brötchen, verschieden gegartes Gemüse und Obst. Besonders köstlich waren seine kalten Fischplatten von marinierten Mittelmeer- und Ostseefischen. Aber auch die Schweinelendchen waren ihm hervorragend gelungen – rosa gebraten, mit einer so gewagten wie raffinierten Sauce aus Orangen, Zimt und Kardamom.

Der gute Max! Er war voll in seinem Element. Und wurde nicht müde zu betonen, dass seine Schweinchen vom Frühjahr bis Herbstende in der freien Natur lebten – auf Weiden mit knorrigen Eichen und Wasserstellen, in denen sie sich nach Herzenslust suhlen konnten.

»Mein Bauer kannte jedes Tier beim Namen!«, betonte er in der Küche dem Souschef und dem übrigen Personal gegenüber. »Womit ich meine, dass wir auch Schweinefleisch nicht weniger sorgfältig zubereiten dürfen als ein französisches Rebhuhn oder englischen Fasan.«

Max hatte sich überraschend schnell auf Usedom eingelebt – wohl weil Alisa ihm völlig freie Hand ließ, was die Beschaffung der Vorräte betraf. Max war die ganze Insel abgefahren und kaufte nur bei Bauern ein, die so naturnah wie möglich produzierten. Seine Küche richte sich voll nach den hiesigen Jahreszeiten, hatte er Alisa versprochen. Erdbeeren und Spargel im Dezember werde es bei ihm nicht geben.

Er war wirklich ein Glückstreffer. Das Beste, das sie für die Villa Bernstein hatte finden können.

Eine Investition, die sich besonders gelohnt hatte, war der Besuch beim Juwelier. Er hatte den alten Bernsteinschmuck gereinigt und die Ketten neu aufgezogen.

Wanda zu Ehren trug Alisa deren erstes Geschenk, die zierliche Bernsteinkette mit dem dazu passenden Ohrschmuck. Eigentlich hätte sie lieber ein Stück aus Theodor Leibbrechts Schatz angelegt, und zwar die Kette mit den großen, fast durchsichtigen hellgelben Steinen, die ihren langen Hals und ihren Brustansatz noch besser zur Geltung gebracht hätte, doch Alisa wollte ihrer Großtante eben einen ganz besonderen Gefallen tun. So hatte sie sich kurzerhand entschlossen, alle Kostbarkeiten des Schatzes im Entree in einer Vitrine auszustellen – zusammen mit dem Werkzeug, der Schatulle, dem Ballkleid, Hand- und Tanzschuhen und den Briefen und Büchern. Alisa hatte das Gefühl, dies ihren Vorfahren schuldig zu sein, und außerdem wuchs der Atmosphäre der Villa durch dieses Fenster in die Vergangenheit Ursprünglichkeit und Echtheit zu. Gleich im Entree würden die Gäste sich auf die Geschichte des Hauses und die Schönheit des Bernsteins einlassen können.

Wanda jedenfalls war den Tränen nahe, als sie die verborgenen Schmuckstücke ihres Vaters so achtungsvoll ausgestellt und auf beigefarbenem Samt präsentiert sah.
»Jetzt ist alles gut«, hatte sie gesagt und Alisa einen Kuss auf die Stirn gehaucht. »Jetzt ist mein Leben rund. Auch wenn es mir noch so viel Zacken gesetzt hat, mit denen ich dann und wann mal pikse.«
Piksen – ein Wörtchen aus dem Berlinischen. Auch Schimmbach hatte es in seiner Eröffnungsrede gebraucht. Doch Alisa war allmählich zu müde, auch sie Revue passieren zu lassen. Trotzdem wurden ihre Wangen heiß, als ihr einzelne Passagen einfielen. Doch vor allem Schimmbachs Ton und seine Blicke! Beides würde sie bestimmt nicht so schnell vergessen. Allein wie er die Nacht geschildert hatte, in der sie auf Mückenjagd war, mit dem Absatz in der Wand stecken blieb und sie sich dann in ein Bettlaken gehüllt hatte. Da herrschte Stille. Schmunzelnde Gesichter, lüsterne Blicke. Schimmbach sprach wie ein Schauspieler und malte das Geschehen dabei zu einem Kampf zwischen Gespenstern aus der Hölle und St. Georg mit dem Hammer aus, der am Schluss seiner geretteten Dulcinea in einem Bistro den Cappuccino zahlte.
Gott Amor hatte er auch noch mit eingebaut! Wobei er hübsch zweideutelte, auf wen die Pfeile des Liebesgottes zielten, auf Magda, Theos einstige Geliebte, oder dessen neue Schatzhüterin.
Oh, das war ihr peinlich. Besser jetzt nicht mehr daran denken.
Zumindest war er nicht der einzige Mann, der von Amor angeschossen war, erinnerte sie sich. Ihr war aufgefallen, dass der Notar Dr. Maurus Holzner-Czerny beim Anblick der miniberockten Tina direkt aufgeblüht war. Ihre Beine, ihr Hüftschwung – man sah geradezu sein Herz höher

schlagen. Und Tina war vor Aufregung den ganzen Abend mit glühend heißen Ohren herumgewuselt.
Alisa nahm einen Schluck und stellte ihr Glas auf die Rezeption. Mit einem Mal kicherte sie los. Meister Lemcke fiel ihr ein. Hier hatte sie ihn vor ein paar Stunden mit einem Bier entdeckt. In hellgrauen Socken zu einem dunkelblauen Anzug, zu dem die auf Hochglanz polierten braunen Schuhe einfach nicht passten. Seine Frau hatte ihn immer mal wieder in die Seite geknufft, damit er auch ja richtig mitbekam, was um ihn her so vor sich ging. Er aber war ganz der Hausmeister, der sich wie ein Rumpelstilzchen freute, als er in einer Stehlampe eine durchgebrannte Glühbirne auswechseln konnte.
Auf der Rezeption lag unter anderen Geschenken auch Holger Sammers Präsent, eine aus Ahorn gedrechselte Schale, in der einige von Kathinka Höchst gemalte Visitenkarten der Villa Bernstein waren, die Alisa natürlich nicht aus der Hand geben würde.
Daneben stapelten sich Glückwunschkarten. War es Zufall? Alisa fischte die Karte heraus, auf deren Absenderin sie sich eigentlich sehr gefreut hatte, doch Cora hatte ihr einen Korb gegeben.
Aber warum? Was war wirklich passiert?
Der anstrengende Trip an die Ostküste der USA konnte nicht der einzige Grund sein. Angeblich hatte Spengler, ausgerechnet er, dieser ihr einstiger tougher Chef, einen Schwächeanfall erlitten. Der Poststempel allerdings wies München als Absendeort aus. Schade. Nach wie vor schwärmte Cora, die Stunden mit ihm seien so harmonisch und wunderbar. Sie seien mit ihren Gefühlen völlig im Gleichklang, so sehr, dass sie manchmal nicht mehr wisse, wo die seinen beginnen und die ihren aufhören würden.

War Cora etwa neidisch auf ihren Erfolg? Hatte sie insgeheim gehofft, sie würde es nicht schaffen? Oder befürchtete sie, ihr heißgeliebter Dr. Spengler könnte sich seiner Exassistentin wieder annähern?
»Und doch ist alles eitel«, flüsterte Alisa und trank ihr Glas leer.
Das Mondlicht war schwächer geworden. Lange Zeit schaute sie sinnend auf die Schattenzungen der hohen Kastanien, die auf ihr Haus zukrochen.

»Villa Bernstein, Lemnitz. Guten Morgen« – wie das melodische Kling-Klang einer Türglocke hörte Alisa Tinas Stimme am Telefon. Ein einladender Willkommensgruß, verheißungsvoll und spannend, die perfekte akustische Visitenkarte.
Während Alisa mit einem Stapel zusätzlicher Platzdeckchen und Damastservietten auf die Anrichte im Frühstückszimmer zuschritt, lauschte sie Tinas geschäftiger Stimme. Der Hotelbetrieb lief an. Seit gut einem Monat stand die Homepage im Netz und lagen Hochglanzbroschüren in den Kurverwaltungen aus. Von den ersten Touristen, die auf das neue Haus am Ort aufmerksam wurden, waren im Laufe der letzten Woche sieben Reservierungen eingegangen – auf fünf Doppelzimmer, ein Einzelzimmer und zu ihrer größten Freude sogar auf die einhundertneunundneunzig Euro teure Suite.
Alisas Herz klopfte vor Aufregung. Wer würde der erste Gast sein?, fragte sie sich, auch wenn sie es im tiefsten Grunde ihres Herzens gar nicht so genau wissen wollte. Ein bisschen noch hätte sie die herrliche Unschuld ihrer wunderbaren Villa gerne genossen, wenigstens ein ganz klein wenig Zeit haben für sich und die Kinder. Doch das war natürlich ein Traum.

Alisa schloss die Tür der Anrichte und ging über die Diele hinaus ins Freie.
Vom Garten hinter dem Haus hörte sie die Plauderstimmen von Vicky und Julius. Als sie um die Ecke sah, saßen beide in der Sandkiste, während Marina ihnen zuschaute. Mal nannten die Kinder sie Maia, dann wieder Mia. Auf jeden Fall kamen sie gut mit ihr aus. Es war das einzig Richtige damals gewesen, dachte Alisa, Marina einzustellen. Noch als sie in Schimmbachs Fischerhäuschen wohnten, hatte Marina den Job angetreten. Erst mal so, dann vielleicht für länger, hatte sie gesagt. Jetzt war Marina froh, denn auf Usedom waren die Arbeitsplätze trotz des Tourismus nicht dicht gesät.
»Große Autobahn! Noch größer, Mia!«, hörte Alisa Julius rufen.
Geduldig nahm Mia die Schaufel und strich bedächtig eine Sandbahn glatt. Alisa erinnerte sich noch gut an Mias skeptischen Gesichtsausdruck, als Julius und Vicky sie voller Misstrauen fragten, ob sie auch eine »wirklich liebe Tante« sei. Das hängt von euch ab, hatte Marina verschmitzt gesagt und stand am nächsten Tag mit zwei Koffern vor der Tür. Beherzt hatte sie die Chance ergriffen. Und da sie ihre Aufgabe von Anfang an ernst nahm, waren zwischen ihr und den Kindern Vertrauen und Sympathie ständig gewachsen.
Mia war für Vicky und Julius alles in einem – große Schwester, Ersatzmutter und Betreuerin. Jetzt schienen sich alle drei richtig gern zu haben. Alisa schaute zu, wie Vicky einen Löffel mit Sand und zerrupften Blüten vor Mias Gesicht hielt. »Mund auf, Mia! Pfannkuchen!« Gelassen machte Mia ihren Mund auf und zu und schmatzte. Vicky strahlte.
Im Moment war hier die Welt also in schönster Ordnung.

Alisa ging ein Stück weiter und setzte sich unbemerkt von ihnen auf die nächste Bank. Noch ein wenig nachdenken, ausruhen, die Stille vor dem Sturm genießen, dachte sie wohlig.

Ob Vicky und Julius ihre Spiele auch mit Gästekindern teilen würden? Mia würde sie gegen eine geringe Gebühr mit betreuen – so war es vorgesehen. Ob es angenommen werden würde, blieb abzuwarten. Platz genug war jedenfalls da und der Spielplatz mit Rutsche, Klettergerüst und Wippe bereits angelegt. Wenn Meister Lemcke sich endlich dazu aufraffen würde, das versprochene Kinderhäuschen zusammenzuzimmern, wäre der Spielplatz perfekt. Immerhin – der Vorschlag dazu stammte von ihm. Ob er vielleicht heute damit begann? Oder bereute er seine Idee?

Wo steckte er überhaupt?

Im Garten war es still. Außer den Stimmen von Vicky und Julius waren weder Bohr- noch Hammer- oder Hobelgeräusche zu hören. Vielleicht ist er ja an seinem neuen Stammplatz, dachte Alisa und blinzelte an den blühenden Büschen vorbei dorthin, wo noch vor einiger Zeit der alte Werkschuppen gestanden hatte.

Gut, dass sie ihn doch noch mit hatte abreißen lassen.

An seiner statt stand dort jetzt ein Bedienstetenhäuschen, in der Art, wie es sie früher gegeben hatte, aus Sandstein gemauert, mit flachem Giebel. Werkstatt, Abstell- und ein kleiner Aufenthaltsraum waren darin untergebracht und boten genügend Platz für Fahrräder, Kinderkarren, Rutscheautos und Rasenmäher. Hotelgäste konnten an der Rückwand Räder und Surfbretter unterstellen.

Alisa hatte vor Augen, wie ihr Hausmeister sich damit beschäftigte, Werkzeuge, Eimer, Kannen, Blumen- und Farbtöpfe in die frisch gezimmerten Holzregale einzuordnen, Seile und Schläuche an Haken zu hängen und Schrauben, Nägel, Dübel, Pinsel in die Kästen aus Aluminium zu sortieren, sah ihn am Tisch sitzen und Etiketten beschriften.

Es war Schimmbachs Idee, Lemcke dieses Reich zu schenken.

»Datschen-Feeling. Dann hat er was zu pusseln und die Villa Bernstein einen Hausmeister, der sein Gehalt auch wieder einspielt.«

Wanda war ebenfalls von der Idee angetan. Und so kam es, dass Lemckes Frau sich vor ein paar Wochen darangemacht hatte, den Aufenthaltsraum wohnlich herzurichten, mit Tisch und Stühlen, elektrischer Heizplatte und einer Stehlampe. Selbst die Gardinen hatte sie genäht. Somit hatte Alisa für ihren manchmal etwas grummeligen Hausmeister eine stille Klause, in die er sich zurückziehen und eine Tasse Tee kochen konnte, wenn ihn mal wieder eine Laus über die Leber gelaufen war.

Und siehe da, heute lugten das erste Mal rote Begonien zwischen den weiß-hellblau karierten Gardinen hervor.

Nach einer Weile öffnete sich die Tür.

Lemcke hatte zwei Kanthölzer unter den Armen und legte sie auf die Schubkarre.

»Machst du uns jetzt das Haus?«, Julius stand plötzlich erwartungsvoll neben ihm.

»Nö.«

Lemcke schüttelte den Kopf.

»Wozu brauchst du denn das Holz?«, hakte Julius nach, doch Lemcke war Lemcke, und das bedeutete, er schwieg beharrlich.

»Julius, es heiß: Sie! Nicht du!«, rief Alisa.

»Waas machen Sie jeetzt?«

Julius ließ nicht locker. Denn natürlich wäre es eine super

Abwechslung, dabei zuzugucken, wie Lemcke aus einfachen Brettern ein Häuschen zum Spielen baute.
Zur Strafe für Lemckes Mundfaulheit plumpste das Rad der Schubkarre in ein Erdloch. Die Kanthölzer rutschten seitwärts auf den Boden und schlugen Lemcke gegen sein Bein. Er fluchte, weil er sich im wahrsten Sinne des Wortes aus der Bahn gebracht wähnte.
»Mensch, Junge, mach doch mal Platz«, sagte er ärgerlich und warf Mia einen vorwurfsvollen Blick zu. Die nahm Julius an die Hand und wollte mit ihm wieder zur Sandkiste gehen. Doch Julius heulte nur wütend auf. Der Friede war dahin.
Max kam aus dem Kellereingang.
»Ah, unser allseits gesuchter Hausmeister. Geht's heute los mit dem Komposthaufen?«
Lemcke brummte zustimmend und lud die Kanthölzer wieder auf.
»Es ist das Bequemste für die Küchenabfälle, bei den Mengen, die es bei uns gibt,« sagte Max und schlenderte auf Alisa zu.
»Jaja, nur Grünzeug drauf, kein Fleisch, keine Knochen. Sie haben mich überzeugt«, entgegnete Alisa, als würde sie das Einmaleins aufsagen, und ging zu Julius, um ihn zu trösten.
»Wisst ihr überhaupt, was ihr später noch Tolles vom Komposthaufen bekommen könnt?« Ohne Julius' Weinen zu beachten, hockte sich Max vor ihm nieder. »Kürbisse. Ganz große dicke. In Gelb oder Orange. Die könnt ihr im Herbst aushöhlen und Kerzen hineinstellen. Wenn das nichts ist!«
»Genau. Das machen wir«, setzte Mia hinzu. »Wenn Halloween ist, schnitzen wir Augen und Zähne in den Kürbis.« Sie rollte die Augen und zog ihren Mund auseinander.

»Wenn es dann dunkel ist und die Kerzen im Kürbis leuchten, sieht das schön gruselig aus.«
Julius wischte sich mit seinem Sandhändchen die Tränen fort.
»Aber ich will schnitzen.«
»Du schnitzt«, sagte Max. »Am liebsten hätte ich ja so eine Art Klostergarten«, wechselte er dann das Thema. »Damals haben die Mönche den Kompost benutzt, um Kräuter zu ziehen.«
»Ja, die frischen Kräuter. Das A und O Ihrer Küche. Wenn sie wachsen. Die Hauptsache, Sie verlassen sich nicht nur auf den Komposthaufen«, meinte Alisa, der Max' Begeisterung für die reine Natur und alles Ökologische manchmal ein wenig übertrieben schien.
Jetzt könnte es dann doch losgehen, dachte sie im Stillen. Max war drauf und dran, ihr wieder einen leidenschaftlichen Vortrag zur Kunst des Kompostierens zu halten, was sie im Moment nicht unbedingt interessierte. Genauso wenig hatte sie allerdings auch Lust, sich mit dem vor sich hin säuernden Lemcke auseinander zu setzen.
Und da Mia Julius wieder in der Sandkiste hatte, wusste Alisa für eine Weile nicht mehr, was sie tun sollte. Dabei war sie angespannt wie ein Flitzebogen.
Wann kam der erste Gast?

Kies knirschte. Ein hellgrauer Oldtimer-Mercedes aus den Sechzigern rollte auf den Hotelparkplatz. Ein Liebhaberstück. Lack und Chrom glänzten, selbst die Weißwandreifen waren neu.
War das zu fassen? Ein derartiger Anfang?
Alisa küsste ihre Kinder und huschte dann durch den Hintereingang ins Haus, während Max den Weg zurück durch den Keller nahm.

Was mochten dies für Menschen sein, die in solch einem noblen und gepflegten Auto anreisten, das bestimmt hektoliterweise Benzin verschlang und tausende von Steuern im Jahr kostete? Waren es verspleente Yuppies? Oder ein alternder Casanova mit seiner neuen Geliebten? Gar ein Filmstar inkognito?
Schon als sie durch den Wintergarten schritt, hörte sie die kräftige Frauenstimme, die über den ausgestellten Bernstein sprach. Sie passte zu einer älteren Frau. Dreimal kräftig ausatmen, ermahnte sich Alisa noch. Dann trat sie ins Entree und ging lächelnd auf die ersten Gäste der Villa Bernstein zu.
Sie waren zu dritt – Vater, Mutter und Sohn. Alisa streckte die Hand zur Begrüßung aus und plauderte drauflos. Wie schön es sei, dass sie hergefunden hätten, und wie sie sich freue, sie in der Villa Bernstein begrüßen zu dürfen.
Die Familie war in fortgeschrittenem Alter. Die Eltern um die siebzig, der Sohn Anfang vierzig, schätzte sie.
»Das ist interessant, was Sie ausstellen«, sagte der Mann, der sich als Prof. Steinmacher vorstellte. »Bernstein, ein lohnendes Thema.«
»Jaja«, entgegnete seine Frau, »aber bestimmt nicht jetzt.«
Alisa stand vor ihrer ersten Bewährungsprobe. Sie hatte sich ums Gepäck zu kümmern, denn Martin, die Servicekraft, musste natürlich ausgerechnet in diesem Moment im Büro mit seiner Freundin telefonieren.
So eine Panne durfte nicht wieder vorkommen.
Die magere, blau geäderte Hand des Vaters langte nach der Bügelreisetasche aus Rindsleder. Alisa warf Tina einen auffordernden Blick zu.
Sie selbst griff sich die edle Chapman-Sporttasche und die altmodische Hutschachtel, während der Sohn den berühmten Globetrotter-Koffer schleppte. Alisa wusste, die-

ser Koffer war der Reisekoffer schlechthin. Er war aus einem Material, dem selbst Feuer und Säure nichts anhaben konnten. Aus reinem Vulkanfiber, öl-, feuer- und wasserfest, der ultimative Koffer für Reisen auch an die ungemütlichen Fleckchen der Erde.

Tina, die hinter dem Empfangstresen hervorkam, murmelte ein noch ziemlich steifes: »Gestatten Sie bitte.« Doch die alten Herrschaften fanden nichts dabei. Dankbar ließ sich Professor Steinmacher die schwere Reisetasche abnehmen. Aber da Tina und Tasche, zusammen mit Alisa und den Gästen, nicht mehr in den kleinen Hotelfahrstuhl passten, musste sie den Weg über die Mahagonitreppe nehmen.

Über das Gesicht des Professors huschte ein amüsiertes Lächeln. Tina trug nämlich wieder einen ihrer Minis. Ihre Beine wurden länger und länger, je mehr Stufen sie nahm – ein Anblick, der auch Prof. Steinmachers Sohn nicht unberührt ließ, wofür er einen energischen Stoß seiner Mutter in den Rücken einstecken musste.

Im ersten Stock geleitete Alisa ihre Gäste in die Zimmer »Perlmutt« und »Meerblau«. Beide lagen seewärts. Das Doppelzimmer war in blassem Maisgelb gehalten, das Einzelzimmer in pastellfarbenem Hell- und Graublau. Alle Zimmer hatten zur Decke hin Bordüren an den Wänden, die im Ton passenden Baumwollgardinen wurden von Seidenkordeln gerafft.

Alisa schlug das Herz fast bis zum Hals, doch die Blicke der Steinmachers sprachen Bände. Hin und her gerissen zwischen der glitzernden Ostsee und der geschmackvollen Birkenholz-Einrichtung, stiefelten sie von einem zum anderen Zimmer und wieder zurück, so lange, bis Prof. Steinmacher sich in einen der Sessel seines Zimmers fallen ließ.

»Hast du deine Kreislauftropfen nicht genommen?«
Frau Steinmacher stemmte ihre Fäuste in die Hüften, schaute ihren Mann eine Weile strafend an und wendete sich dann Alisa zu: »Wissen Sie, ich seh's ihm sofort an. Ihm wird dann immer weiß um die Schläfen. Da!«
Sie hatte zwar Recht, doch es schien Alisa reichlich unhöflich, ihr zuzustimmen.
»Kann ich Ihnen vielleicht mit unserer Hausapotheke aushelfen?«, fragte sie. »Wir verfügen über Bachblüten, aber auch andere homöopathische Mittel. Und natürlich haben wir die sonst üblichen Medikamente wie Angioton oder Korodin.«
»Sehr aufmerksam«, sagte Frau Steinmacher und tupfte sich mit einem spitzenumsäumten Taschentuch den Hals. »Arnold?!«, rief sie dann. »Aarnoold! Gehst du mal bitte für Papa mit nach unten? Auf ein Fläschchen Korodin?«
Arnold erschien auf der Türschwelle und folgte Alisa zum Fahrstuhl.
»Ach, können wir nicht über die Treppe gehen?«, meinte er breit lächelnd. »Ich liebe Treppen. Sie halten gesund.«
»Gerne, selbstverständlich«, antwortete Alisa. »Unsere Treppe stammt aus der Gründerzeit und hat noch die breiten und flachen Stufen. Sie ist wirklich bequem.«
Alisa kam sich für einen Augenblick wie eine Fremdenführerin vor.
»In der Tat«, sagte Arnold Steinmacher artig. »Sie haben ein sehr schönes Haus.«
Alisa wurde lockerer. Der Anfang war gemacht.
Und zwar mit der Familie des emeritierten Professors Dr. Hubertus Steinmacher aus Augsburg, seiner Gattin Elisabeth, einer Klavierlehrerin, und ihrem Sohn Arnold, einem Archivar in Staatsdiensten. Sie hatten eine ganze Woche gebucht. Mit Vollpension.

Max musste gleich beweisen, dass er auch flexibel kochen konnte, denn die Steinmachers gehörten zu der Sorte von Gästen, die Sonderwünsche hatten. Sie baten darum, keinen weißen Zucker, keinen Zimt, kein Olivenöl und auch keine Paprika zu verwenden, Salat nur als Kopfsalat, überhaupt immer ohne Zwiebeln und nur wenig Pfeffer. Darüber hinaus vertrug Sohn Arnold keine Tomaten und seine Mutter keine trockenen Weißweine. Mit dem Professor dagegen gab es zum Glück keine Probleme. Da sie alle aber von der Autofahrt noch ein wenig ermattet seien, wollten sie nichts Schweres, obwohl ihr Appetit groß sei.
»Chefin, keine Angst, das kriegen wir hin«, meinte Max voller Enthusiasmus, als Alisa ihm mit besorgtem Gesicht die Bestellung in die Küche brachte.
Er zauberte als Vorspeise eine kalte Möhrensuppe und für Arnold einen Jahreszeitensalat mit holländischer Zitronen-Sahne-Vinaigrette. Als Hauptgang gab es Streifen vom Bratenfleisch mit Vollkornbrot und Kräuterbutter, dazu verschiedene Gemüsepürees. Das Dessert schließlich machten Buchweizenpiroggen mit Stachelbeersorbet.
Alisa, ganz Chefin, servierte ihren ersten Gästen selbst. Misstrauisch und hungrig sahen die drei ihr entgegen. Im Hintergrund klingelte das Telefon. Die Gäste hielten schon das Besteck in der Hand. Alisa lupfte die Silberdeckel.
»Ah! Superb!«
Die Münder öffneten sich, daraufhin wurde es still.
In der Küche meinte eins der Mädchen: »Hoffentlich kauen sie nicht bloß und schlucken.«
»Wir haben unser Bestes gegeben«, meinte Max. »Finden Sie nicht, Chefin?«
Alisa kam nicht mehr zum Antworten, denn sie hörte neue Gäste eintreffen und eilte hinaus.

Es waren zwei befreundete Ehepaare aus dem Rheinland, denen man den Lebenshunger förmlich ansah. Typisch für Leute, deren Kinder aus dem Haus waren und die nun ihre Freiheit genießen wollten.
Gleich darauf folgte das Pärchen aus Amerika. Jeanne McCourtney und Marvin Bookway. Gegen halb drei reiste dann ein elegantes Paar mit Baby an, dessen luftiges Outfit von Baby Dior stammte. Sie hatten sich für das Beste, was die Villa Bernstein bieten konnte, entschieden: die Suite.
Am frühen Abend tummelten sich noch vier junge Leute im Entree, doch ihnen waren die Preise zu hoch. Es versetzte Alisa einen gehörigen Stich, aber sie musste kalkulieren. Zu verschenken hatte sie gerade in diesen ersten Monaten nichts.
Als in der Bibliothek die Fanfare der Tagesschau erklang, hörte Alisa noch einmal Stimmen im Entree. Die letzten Gäste mit Reservierung trafen ein – zwei Frauen mittleren Alters, mit Sporttaschen und reichlich verbrannter Haut. Sie stellten Tina dutzende von Detailfragen über Serviceleistungen, Wellnessmöglichkeiten und Küchenservice, so dass Alisa ihnen schließlich anbot, sich erst einmal die Zimmer anzuschauen und dann mit ihr einen Rundgang durchs Hotel zu machen. Die Frauen waren einverstanden. Das Doppelzimmer behagte ihnen vor allem wegen der festen Matratzen.
Wieder eine Woche Halbpension.
Am späten Abend rief Alisa ihr Personal in der Küche zusammen.
»Nur schnell noch ein paar Worte«, sagte sie und sah in die Runde. »Dieser Tag heute war unsere Premiere. Ab jetzt haben wir Gäste im Haus, für deren Wohl wir voll und ganz verantwortlich sind. Seien Sie bitte gerade in diesen

allerersten Tagen so aufmerksam wie irgend möglich. Ich weiß, irgendwann wird sich Routine einstellen. Es werden Momente kommen, da mögen Sie die immer gleichen Fragen oder Beanstandungen, all die Mimositäten und auch die Gleichgültigkeit nicht mehr ertragen. Doch das gehört zu unserem Beruf und muss uns trotzdem jeden Tag neu anspornen. Bitte helfen Sie sich immer untereinander aus, wenn Not am Mann oder an der Frau ist. Dann wird alles gut. Ich danke Ihnen. Bis morgen. Wer hat Nachtdienst?«
Das war doch schon eine andere Rede als die, die sie vor gar nicht so langer Zeit im Entree gehalten hatte. Damals ging es um die Kündigungen, jetzt ums Bestehen.
Alisa hatte ein gutes Gefühl. Zwar setzte sie die Grenzen des Hotelbetriebs noch etwas eng – so schloss die Villa Bernstein um zehn Uhr und die Küche um acht –, aber schließlich mussten sie hier alle erst lernen, wie die eigenen Kräfte bemessen waren.
Langsam beginnen.
Ganz langsam.
Alisa fiel wie ein Stein ins Bett.
Und der Wecker klingelte viel zu früh.

Ein spitzbübischer Ausdruck malte sich auf Wanda Wiegands Gesicht, als sie bedächtig die Tür zu Alisas Büro öffnete. Sie wollte Alisa überraschen. Dass sie vielleicht ungelegen kam, war sie sich bewusst, aber da war sich Alisas Großtante sicher: Diesen Tag würde Alisa in ihrem Leben bestimmt nicht mehr vergessen.
»Guten Tag. Hallo! Überraaaschung!«
Doch statt einer Begrüßung hörte Wanda bloß, wie Alisa so geschäftsmäßige Wörter wie »bezugnehmend«, »ihr Angebot«, »zurückkommen« und dergleichen mehr diktierte.

Alisa schien sie gar nicht zu erkennen.
»Beeindruckend, wie du das alles machst«, hauchte Wanda unter ihrem breitkrempigen Sonnenhut zufrieden, und ihr kleines Gesicht straffte sich, als wollte sie sich Alisas konzentrierter Miene anpassen.
Die nickte nur und diktierte weiter.
Wenigstens lächelt sie jetzt, dachte Wanda.
Sie blieb stehen und lauschte. Umhüllt von einem großblumigen Schal, die Füße trotz der Wärme in Seidenstrümpfen und schneeweißen Halbschuhen, wirkte sie auf Alisa wie ein Paradiesvogel. Sosehr sie sich über die Überraschung freute, die Arbeit ging vor, was hieß, Tina Stichworte für die Beantwortung verschiedener Anfragen zu diktieren, die diese dann in Briefform zu bringen hatte.
Kurz zuvor hatte sie mit Max, dem Souschef Franz sowie Lana und Rita, den beiden Küchenmädchen, den Speiseplan der nächsten Woche festgelegt. Danach waren Briefe fällig, in denen es um den Wäscheservice und Putzkolonnen ging.
Schwerfällig tauchte sie aus ihrer detailgespickten Hotelwelt auf, die dick wie Bohnensuppe war. Im letzten Brief ging es um Liefermengen für Bier und Wein, und jetzt war eigentlich ein Schreiben an der Reihe, das sich mit der Gestaltung einer goldenen Hochzeit samt Kindeskindern befasste.
Alisa brauchte ein paar Sekunden, bis sie sich auf Wandas Präsenz eingestellt hatte.
»Herrje! Sie haben uns ganz schön erschreckt!«, empfing Tina Wanda reichlich unhöflich und bückte sich nach ihrem Bleistift, der ihr im selben Moment aus der Hand gefallen war. Dabei rutschte ihr Rocksaum höher, als es Wanda lieb war.

Die räusperte sich hörbar.
»Entschuldigt bitte«, sagte sie pikiert. »Hätte ich gewusst, dass ich so störe …«
Wanda seufzte, doch da hatte sich Alisa schon erhoben und umarmte ihre Großtante.
»Komm, setz dich. Möchtest du etwas trinken?«
»Du liebe Zeit«, murmelte Wanda und schaute Alisa aus großen Augen an. »Du hast dich verändert! Beinahe nicht wiederzuerkennen. Das macht der Betrieb, wie? Hoffentlich schaffst du das auch alles, Alisa. Eben kamen mir zwei deiner Angestellten entgegen, und einer, glaube ich, sagte: ›Lieber eine Chefin, die beißt und lacht, als eine, die nur beißt.‹« Wanda sank auf den Besucherstuhl nieder. »Du kommst mit dem hier allen wirklich klar, Kindchen?«
»Aber sicher! Unsere Chefin ist ein Ass! Eins mit Stil!«, warf Tina ein, streckte aber provozierend ihr Bein in den Raum, das unter dem kurzen Rock nun noch länger wirkte.
Wanda entgegnete ruhig: »Stil ist immer eine Frage des Könnens. Und natürlich auch der Herzensbildung, Tina. Trotzdem glaube ich nicht, dass Alisa Ihnen so wenig Gehalt zahlt, dass Sie sich bloß Röcke leisten können, die mit derart wenig Stoff auskommen.«
»Tante Wanda! Bitte!«
Alisa klang so streng, dass Tina gar keinen Angriff mehr zu starten brauchte.
»Entschuldigung. Da es bei mir in der Seniorenanlage keine Miniröcke gibt, bin ich wohl Derartigem etwas entwöhnt. Hauptsache, Tina, Sie stehen meiner lieben Großnichte tüchtig bei.«
Sie trat einen Schritt auf Tina zu und genierte sich nicht, mit dem Zeigefinger einmal kurz über Tinas schwarz bestrumpften Schenkel zu streichen.

»Fesch.«
»Freut mich«, sagte Tina.
»Schon gut. Hier, Tina, das soll ich Ihnen geben!« Wanda griff in ihre Handtasche und zog einen Brief hervor. »Von unserem Notar. Ich traf ihn gerade.«
»Oh, Tina!« rief Alisa.
Die lief dunkelrot an, als sie den Absender las – Dr. Maurus Holzner-Czerny.
»Es ist das erste Mal, dass ich den Postillon d'Amour spiele«, sagte Wanda.
»Wie schön für Sie«, meinte Tina trocken und fuhr mit belegter Stimme fort: »Na ja, ich geh dann mal.«
»Nein, noch nicht! Erst der Brief!«
Alisas Ton ließ keine Widerrede zu.
Tina seufzte, begab sich aber wieder in ihre Arbeitshaltung: Stenoblock auf übergeschlagenem Bein. Ihren Brief schob sie unter die Arbeitsmappe.
»Tina!«, ermahnte sie Alisa halb tadelnd, halb belustigt. »Mach nicht so ein Gesicht.« Tina zog ihren Mund in die Länge und hob die Augenbrauen hoch. Jetzt musste Alisa lachen. »An dir ist ein Clown verloren gegangen!«
»Haben nur leider oft traurige Herzen, die Clowns«, warf Wanda ein.
»Stimmt«, meinte Tina tonlos.
»Tina, ist es denn so schlimm?«, fragte Alisa teilnehmend und musterte ihre Assistentin aufmerksam.
»Nüscht. Schon gut. Ist wirklich nüscht«, brummte die und knabberte am Bleistift.
»Kinder, ich warte draußen. Lasst euch Zeit. Ich glaub, es war wirklich dumm von mir, so in eure Arbeit hereinzuplatzen.«
Tante Wanda schloss die Tür.
Und Alisa begann zu diktieren.

Als sie eine Viertelstunde später durch das Entree schritt, kamen ihr Frau und Herr Steinmacher junior entgegen. Mutter mit Sohn Arnold, Hand in Hand.
Er schien sie zu stützen, sie ihn zu halten.
Da passt nicht einmal der Hauch eines Engels dazwischen, dachte Alisa unwillkürlich. Und dann fiel ihr auf, wie weiblich Arnold Steinmacher, wie männlich dagegen seine Mutter wirkte. So eindeutig ihre Garderobe war und so entgegengesetzt ihre körperliche Erscheinung – Frau Steinmacher war es, die ihren Sohn führte und die Ausstrahlung hatte: Du sollst keine andere neben mir haben.
Alisa traf Wanda auf der Bank am Seerosenteich.
»Eigentlich müsste man ins Wasser spucken, Alisa«, sagte Wanda lächelnd. »Das soll Glück bringen. Aber nun lass dich erst mal in Ruhe anschauen. Vorhin, da warst du mir ehrlich gesagt viel zu sehr Geschäftsfrau.«
Wanda erhob sich, nahm Alisas Kopf in ihre Hände und blickte ihrer Großnichte aufmerksam in die Augen.
»Anders geht es nicht«, entgegnete Alisa.
»Weiß ich doch. Du hast so viel Schönes aus meinem Elternhaus gemacht, Alisa. Ich bin so stolz auf dich, wie kein anderer in der Welt es je sein wird.«
Sie zog Alisa an sich und gab ihr einen zittrigen Kuss auf die Stirn.
Alisa sagte nichts. Für ein paar Minuten saßen sie und ihre Tante schweigend auf der Bank, betrachteten die Seerosen, die herumschwirrenden Insekten und genossen das Raunen der Ostsee im Hintergrund. Ließen Schönheit und den stillen Frieden von Villa und Garten auf sich wirken.
Das explosive Auflachen der beiden rheinländischen Ehepaare, die mit prallen Fahrradtaschen das Hotel verließen, riss Alisa aus der Versunkenheit.

»Du hast eine Überraschung, Tante Wanda?«, fragte sie schließlich und sah den Frauen zu, wie sie vor einem Beet im Halbschatten mittelgroßer Fichten und Birken stehen blieben.
Dort leuchtete in der Geborgenheit rosa blühenden Rhododendrons himmelblauer und weißer Scheinmohn. Schmetterlinge flatterten herum. Die Ehemänner der beiden Frauen, die noch immer die Anmut des Scheinmohns bewunderten, machten sich daran, die Fahrräder vom Dachgepäckträger abzunehmen.
»Ja, richtig. Eine Überraschung. Eine sehr große Überraschung sogar. Aber eine, die gefunden werden will.«
Beherzt griff Wanda nach Alisas Arm, hakte sich unter und zog sie Richtung Gartenlaube. Plötzlich schien sie wie verwandelt, zupackend und voller Tatkraft.
»Halloho! Herr Läämcke!«, rief sie überschwänglich und winkte ihm zu.
Der wollte sich gerade vor dem Diensthäuschen auf einem Stuhl niederlassen. Es war heiß, kurz nach halb zwei und Lemcke augenscheinlich erschöpft vom Bau der Kompostanlage. Mitten in der Bewegung hob er den Kopf, erkannte Wanda und schoss vor Schreck in die Höhe.
Wanda ließ Alisa los und stürmte auf Lemcke zu.
»Gut haben Sie's hier, nicht wahr, Herr Lemcke? Na sehen Sie, alles nur halb so schlimm. Nun kommen Sie doch bitte mal mit.«
Bevor Lemcke wusste, wie ihm geschah, trabte er ein paar Schritte hinter Wanda hinterher. Dann blieb er abrupt stehen.
»Chefin«, rief er laut, »was will diese Dame hier von mir?«
»Nun haben Sie sich nicht gleich so«, murrte Wanda. »Wir brauchen bloß einen Spaten.«

»Den gibt's dort!« Lemcke wies mit dem Daumen Richtung Diensthäuschen. »Sogar doppelt und auch scharf.«
»Mal wieder ganz fein und höflich, Herr Lemcke!«, erboste sich Wanda. »Alisa, wie hältst du es bloß mit so einem Menschen aus!«
Der verging allmählich das Schmunzeln. Die alte Feindschaft zwischen Exeigentümerin und Ex-DDR-Hauswart war überraschend heftig aufgeflammt. Zum Glück kam ein kleiner Engel angerauscht und glättete die Wogen. Julius, typisch Kind, hatte die wachsende Spannung gespürt. Den Spaten hinter sich herziehend, dampfte er vor Stolz. Jetzt konnte er doppelt helfen, als Handlanger und Blitzableiter. Dankbar nahm Alisa ihn in die Arme. Doch nach nur wenigen Sekunden süßen Genusses schüttelte Julius betont selbstbewusst die Hände seiner Mutter von sich ab.
»Graben wir einen Schatz aus? Dann will ich aber mithelfen!«
»What a charming boy!«, rief eine Frauenstimme.
Jeanne McCourtney und Marvin Bookway kamen mit Baderucksäcken beladen auf sie zu.
»Excuse me!«, sagte Marvin Bookway lächelnd.
Er war frisch geduscht und roch nach einem würzigen Lemon-Shower-Gel. Sehr appetitlich, fand Alisa. Sie spürte einen kleinen Anflug von Neid auf die junge hübsche Jeanne, die so wahnsinnig sorglos wirkte. So wie sie es auch einmal gewesen war … damals mit Henrik.
»What can I do for you?«, fragte sie Marvin freundlich.
Er wollte wissen, ob es in Heringsdorf eine Möglichkeit gab, ein Motorboot zu mieten, mit dem man ein, zwei Tage unterwegs sein könnte. Er habe einen Segel- und Motorbootschein und wolle mit seiner Freundin die Insel kennen lernen, die er bislang nur auf Fotos gesehen habe. Einmal um Usedom herum, so ungefähr, fügte er schmun-

zelnd hinzu. Mit dem Auto sei ihm das zu wenig romantisch.
Alisa wollte schon ins Haus gehen, um Tina mit der Auskunft zu beauftragen, da hörte sie nochmals Marvins Stimme: »Are you going to dig for nuggets?«
Meine Güte, kann der lächeln, schoss es Alisa durch den Kopf. Würdest du ihn von der Bettkante stoßen?
»Honestly, even I do not know!«, gestand Alisa und drehte sich zu ihrer Tante um. »Oder etwa doch? Graben wird nach Nuggets?«
»Oh yes, Sir! Nuggets! Special nuggets!«, sagte Wanda lachend. »Do you know Karl May?«
»Oh, excuse me! Karl? Who is Karl ...?«, fragte Marvin und strahlte dabei, als hätte er die Nuggets schon gefunden.
Wanda Wiegand schmolz dahin und warf ihrem Ex-Hauswart einen Na-siehste-wohl!-Blick zu, so als wollte sie ihm damit sagen: Da – das ist ein Mann! Aber du, du bist und bleibst ein Provinz-Ossi. Womit sie Meister Lemcke etwas unterschätzte. Denn der hatte nicht nur genau zugehört, sondern raffte sich jetzt dazu auf, Mr. Marvin Bookway auf die Sprünge zu helfen.
»Karl May!«, rief er. »From Radebeul. He was a writer. Surely you must know Old Shatterhand and Winnetou, wie?«
»Oh, yes.« Marvins Augen blitzten verstehend auf. »Karl May. Now I understand!«, sagte er und fügte dann im schönsten Deutsch-Amerikanisch hinzu: *»Der Schatz im Silbersee.«*
»Prima!«, rief Lemcke und strahlte. »Aber wo, Frau Wiegand, ist hier der Silbersee? Ich für meinen Teil sehe nämlich bloß Sand.«
»Was glauben Sie, warum wir einen Spaten wollen!«, ent-

gegnete Wanda. »Mensch, denken Sie doch nicht immer eins zu eins.«

»Marvellous!«, rief jetzt Jeanne dazwischen. »Wir graben an der Ostsee. Einen Piratenschatz? Oh, das ist aufregend. I like that.«

»Not pirates, my lady«, radebrechte Wanda. »Der Schatz ist von meiner Familie. Verbuddelt, als die Russen anrückten.«

»Tante Wanda«, fand Alisa endlich die Sprache wieder, »das ist doch nicht dein Ernst, oder?«

»Dann brauchen Sie einen detector. It is easier than searching!«, sagte Jeanne, und Marvin nickte zustimmend.

»Da gibt's nix zu surfen!«, quasselte Lemcke englischunerfahren dazwischen, was Alisa, Marvin und Jeanne nur mühsam ihr Lachen unterdrücken ließ.

In der Zwischenzeit hatte Wanda sich entsprechend in Positur gestellt, breitete die Arme aus und sagte mit mächtig anschwellender Brust: »Nun denn, Alisa, du sollst wissen: Kurz bevor die Russen kamen, haben wir, wie viele andere auch, etwas im Garten vergraben. Diesen Schatz zu heben, bin ich gekommen. Es ist dies mein letztes Geschenk, das ich dir machen kann.«

Jeanne klatschte begeistert, aber Marvin hob die Hand und sagte mit gewichtiger Miene: »Make a news out of it!«

Jeanne pflichtete ihm bei und schaute Alisa aufmunternd an. Die nickte erst halbherzig, doch nach ein paar Sekunden war sie einverstanden. Denn was immer es war, um für die Besonderheit der Villa Bernstein zu werben, könnte man einen Reporter der hiesigen Landeszeitung anrufen. Im Geiste sah sie schon die Headline vor Augen: Kriegsschatz gehoben! Warum eigentlich nicht? Noch einmal Scheinwerferlicht, noch einmal Trommelwirbel.

Die Villa konnte nur davon profitieren.

Eine halbe Stunde später standen Lokalreporter und ein Fotograf der Landeszeitung rauchend im Garten. Kurz darauf traf auch der Heimatforscher Gundolf Herz mit seinem Detektor ein. Und tatsächlich, dort, wo Wanda den Familienschatz vermutete, schlug der Detektor an – in der Nähe der Gartenlaube, ein paar Schritte in Richtung auf die Grundstücksgrenze zu, unter einer kleinen Bodenerhebung, von der man die Schaumkronen der Ostsee sehen konnte.

Das erste Mal in seinem Leben grub jetzt Hausmeister Lemcke unter den Augen der Öffentlichkeit. Als ihm die Anstrengung die Luft nahm, griff sich Marvin den Spaten. Die Spannung wuchs.

»Deutsch-amerikanisches Teamwork«, bemerkte Jeanne lächelnd.

»Ja, ist das nicht wunderbar!«, schwärmte Wanda über so viel Völkerverständigung. »Marvin, Sie machen das wie ein Held aus dem Kino. Das erinnert mich gleich an knackige GIs, Nylons, lipstick und chocolate, die ihr uns damals brachtet. Ihr Amerikaner seid einfach positiv. Deshalb seid ihr jetzt auch die einzige Supermacht.«

Sie saß im Schatten eines aufgestellten Sonnenschirms und sog zufrieden am Strohhalm ihrer Selters. Marvin schenkte ihr trotz der anstrengenden Arbeit ein strahlendes Lächeln, das schneller als die Sonne jeden ice cube im Martini geschmolzen hätte.

In der Zwischenzeit war nicht nur Tina hinzugetreten, sondern auch einige Gäste. Irgendwann war das gesamte Hotelpersonal um den Erdaushub versammelt. Als dann der Spaten klirrend auf Metall stieß, ging ein Raunen durch die Anwesenden.

»Das muss sie sein!«, rief Wanda wie elektrisiert und kam unter ihrem Sonnenschirm hervor.

Der Fotograf der Landeszeitung zückte seinen Apparat und schoss die ersten Bilder. Später sollte sich Wanda darüber ärgern, dass ihr Unterkleid zu sehen war, als sie die Arme hochwarf.

Marvin, Lemcke, Küchenchef Max und Alisa packten gemeinsam mit an, um die Kiste aus dem ungefähr anderthalb Meter tiefen Loch herauszubekommen. Mit einer Brechstange lupften sie sie an einer Seite an, schlangen ein Seil drum herum und zogen sie mit vereinten Kräften über ein schiefes Brett Stück für Stück aus ihrer Erdgrube.

Marvin war schweißüberströmt, aber sichtlich stolz, dass er der Chef der Operation war. Alisa überlegte, wie sie sich bei ihm revanchieren konnte. Ob eine gute Flasche Champagner das Richtige war? Im Kühler? Eiskalt?

Verstohlen gab sie Tina die Anweisung. Dazu solle sie einen kleinen Küchengruß organisieren.

»Sie sind ja ganz weiß um die Schläfen, guter Mann!«, rief eine kräftige Altfrauenstimme. »Hier, nehmen Sie!«

Frau Steinmacher reichte Lemcke, der tatsächlich blass aussah, ein Fläschchen Kreislauftropfen. Sie selbst stand da, stark wie eine tausendjährige Eiche. Ihr Mann, mit weinroten Hosenträgern über gestärktem weißem Leinenhemd, schaute belustigt.

»Und wenn alles nicht hilft«, er griff in seine lederne Bauchtasche, »hier, dann nehmen's den dazu!«

Der silberne Flachmann blitzte auf wie ein Messer im Sonnenlicht.

»Halten Sie mal hoch und trinken einen Schluck. Das kommt irre!«, rief der Fotograf.

»Das sagt er nur, weil er auch 'nen Schluck will«, meinte Prof. Steinmacher lakonisch und reichte Lemcke die Flasche. »Lieg ich richtig?«

»Bingo«, antwortete der Fotograf lachend.
Dann legte er schnell einen neuen Film ein, denn die Kiste zu öffnen erwies sich als äußerst schwierig. Die massiven Schlösser waren völlig verrostet und mit Erde verstopft, und die millimeterdicken Umreifungen aus Stahlband sahen gefährlich scharf aus. Es half alles nichts, Lemcke musste eine Flex holen. Julius und Vicky, die mit Bagger und Sandförmchen in der frisch ausgeworfenen Erde spielten, liefen kreischend weg, als Lemcke mit Kabelrolle und Flex anmarschiert kam.
In sicherem Abstand hockten sie sich mit Mia auf die Bank am Springbrunnen und hielten sich die Ohren zu, bevor es auch nur angefangen hatte. Dabei standen ihre Mündchen vor Spannung offen und ihre Augäpfelchen kullerten hin und her.
Lemcke steckte die Kabel ineinander, wickelte die eingeölte Flex aus den Lappen, entsicherte sie und setzte die Schneidscheibe auf die Stahlbandumreifungen. Höllischer Lärm erscholl. Funken stoben. Alisas Hausmeister legte seine Maschine ab und besah sich unter zufriedenem Gebrumme das Ergebnis: Die Bänder waren durchtrennt und konnten abgezogen werden. Jetzt kamen die Schlösser an die Reihe. Lemcke trat die Erde unter sich fest, ging um die Kiste herum, wechselte das Standbein und setzte die Flex wieder an.
Was dann passierte, konnte sich hinterher niemand erklären. Nach einem metallischen Knacken zerriss urplötzlich ein Schrei den Lärm der Flex. Ein furchtbarer Schrei. Gleich darauf war das Metall rot vor Blut.
Max schaltete als Erster. Er riss das Stromkabel aus der Verlängerung, erst dann konnte Marvin die Flex aus Lemckes blutüberströmten Händen nehmen. Alisa zog in einer plötzlichen Eingebung Wanda den Seidenschal von

den Schultern und verdrallte ihn so weit es ging. Marvin und Max rissen Lemcke die Hose auf. Andere Hände kamen hinzu, hielten Lemckes Schultern und seinen Kopf. Ohne nachzudenken, band Alisa Lemckes Schlagader in der Leistenbeuge ab. Jeanne telefonierte nach dem Notarzt. Es ging alles fast genauso schnell wie der Unfall.
Während der Fotograf Foto auf Foto schoss, erhitzte Menschen hin und her liefen, die grelle Augustsonne flimmerte und Hausmeister Lemcke abwechselnd schrie, stöhnte und wimmerte, kreischte Frau Steinmacher in einem fort: »Rescue-Tropfen! Er braucht Rescue-Tropfen!«
Alisa musste sich beherrschen, sie nicht niederzuschreien. Doch als Lemcke eine Ohnmacht erlöste, trat plötzliche Stille ein. Alisa tupfte ihm mit dem Rest von Wandas Martini-Selters über das Gesicht und betete, dass der Rettungsdienst sie und Lemcke endlich aus dieser fürchterlichen Lage befreite.
Als die Sanitäter kamen, sah Alisa zunächst nur deren weiße, bequeme Lederschuhe und die langen weißen Hosenbeine. Sie kamen gleich mit der Trage. Lemcke wurde festgeschnallt, dann ging es ab in den Rettungswagen. Der Notarzt werde auch noch eintreffen, aber in diesem eindeutigen Fall erfolge die Überführung in das nächste Krankenhaus sofort.
Alisa begannen die Knie zu zittern. Das letzte Mal, als sie mit Sanitätern zu tun hatte – war es nicht tatsächlich, war es nicht … als Henrik … Alisa überfiel eine so verzweifelte Schwäche, dass sie nicht mehr aufstehen konnte. Sie drohte auf die Kiste zu fallen, mitten auf die blutverschmierten Schlösser. Der Schock überwältigte sie.
»Marvin«, hauchte sie, dann begann es sich schon um sie zu drehen.

»For heaven's sake!«, hörte sie ihn noch rufen, dann schwanden ihr die Sinne.
Unter dem Sonnenschirm kam sie wieder zu sich, als sich ein dunkelhaariger Kopf über sie beugte. Alisa selbst nahm nur ein weißes breites Kreuz wahr. Völlig benommen dachte sie, dass dies der Notarzt sein müsse, und wollte schon zu reden beginnen, doch für Worte war sie noch zu schwach. Sie hörte, wie es auf der Erde knirschte und sie dann eine warme Männerstimme fragte: »Geht es wieder?«
Es war eine wunderbar samtig dunkle Stimme. Voller Ruhe und Selbstvertrauen. Sie hätte die Augen am liebsten wieder geschlossen, um noch weiter diese Stimme hören zu können, ganz so, als würde sie sich in einen Ambrosiateich mit Baldrianzusatz fallen und einfach treiben lassen können.
»Frau Ganzow?«
Ein schönes Gesicht hat er auch, dachte Alisa, dann spürte sie einen kleinen Piks am Oberarm.
»Bleiben Sie einfach sitzen. Und schließen Sie ruhig die Augen. Gleich geht es Ihnen besser.«
Alisa hätte am liebsten die Zeit angehalten.
Von Sekunde zu Sekunde fühlte sie, wie die Lebensgeister zurückkehrten. Sie bekam ein Pflaster auf die Einstichstelle, spürte weiche Fingerkuppen, die seidig und kraftvoll waren. Der herbsüße Duft des gepflegten, unparfümierten Arztes wirkte wie eine Erfrischung, die zusätzlich half, die Augen offen zu halten.
Grünbraune Augen, weich umrahmt von dichten Wimpern, sahen sie forschend an. Kräftige Augenbrauen beherrschten das ebenmäßige, sehr männliche Gesicht.
»Ich glaube, Sie sollten für die Villa Bernstein noch mindestens zwei Schutzengel einstellen!«, hörte Alisa wieder

die samtig dunkle Stimme und schaute auf volle blassrosa Lippen, die sich lächelnd voneinander lösten.
Himmel, wie guckst du denn!, durchfuhr es Alisa plötzlich, und mit einem Mal kam sie sich so dumm vor wie noch nie zuvor in ihrem Leben. Personal und Gäste standen um sie herum und schauten sie so neugierig an, als wäre sie irgendein exotisches Wesen.
»Mami!«
»Ja!«
Julius und Vicky küssten sie. Erst da war Alisa wieder völlig bei sich. Ihre Kinder neben sich, begriff sie auch endlich, wer der Mann war, der ihr da gerade geholfen hatte. Niemand anders als Dr. Liegmann, der Notarzt, mit dem sie damals in Hamburg an der Alster telefoniert hatte, als einer der Bauarbeiter vom Gerüst gefallen war.
»Jetzt ist alles wieder gut, ja?«
Alisa nickte und strahlte. Da kam im selben Moment von links ein braunes Fläschchen mit Rescue-Tropfen angeschwebt und von rechts ein silberner Flachmann – die steinmachersche Art von Medikation, die Dr. Liegmann zu Alisas Glück freundlich, aber entschieden zurückwies.
»Den Flachmann tun Sie sich besser nach einem Schweinebraten mit Knödeln an«, sagte er. »Und die Rescue-Tropfen, verehrte Dame, haben Sie die auch entsprechend verdünnt? Sonst wirken sie nämlich nicht.«
»Nein. Aber ist das wirklich so wichtig?«, fragte Frau Steinmacher.
»Ich habe es von verschiedener Seite so gehört«, sagte Dr. Liegmann und verzog keine Miene – im Gegensatz zu Marvin und Jeanne, die grinsend hinter dem Rücken von Frau Steinmacher standen und deren Mann zuwinkten, damit er ihnen einen Schluck aus dem Flachmann abtrat.

»So, die übrigen Damen und Herren sind wohlauf?«, fragte Dr. Liegmann und schaute in die Runde.
Zustimmendes Geraune erklang.
Der letzte Blick des Notarztes galt Alisa. Lange prüfende Sekunden schaute er ihr in die Augen und lächelte dabei. Alisa hielt unwillkürlich die Luft an – merkte dabei aber nicht, dass sie so verträumt guckte wie ein Backfisch.
»So eine Spritze«, sagte Wanda leise. »Die muss es ja ganz schön in sich haben.«
Alisa erhob sich erst, als der Arzt nicht mehr zu sehen war. Der Fotograf machte ein paar Bilder, der Lokalreporter drängelte.
»Und nun?«
»Öffnen wir die Kiste, junger Mann«, sagte Wanda.
Es war noch ein Schloss aufzuflexen.
»My job!«, erklärte Marvin und steckte das Kabel der Flex wieder in die Verlängerung.
Als die Maschine anlief, war gerade eine halbe Stunde vergangen. Erneut stoben Funken, war der Lärm höllisch und gab es den so typischen Geruch, wenn Metall durchgesägt wurde. Marvin bewegte sich sehr vorsichtig und hielt den Kopf etwas abgewandt, damit ihm kein Funke in die Augen flog.
Endlich war es so weit. Das Schloss war auf.
Der Fotograf leckte sich über die Lippen. Er kroch heran und hielt den Apparat schussbereit. Atemlose Spannung herrschte, als Alisa sich niederkniete und den Deckel anfasste.
»Dann wollen wir mal«, sagte Wanda. »Sosehr mich das mit unserem Herrn Lemcke auch trifft, aber wieder einmal bewahrheitet sich: Im Leben stehen Glück und Leid einfach dicht beieinander.«
Alisa holte tief Luft – doch bevor sie den Deckel zurück-

schlug, lud sie alle Beteiligten dieses Nachmittags zu einem abendlichen Umtrunk auf Kosten des Hauses ein.
»Das ist ein Wort«, sagte Herr Steinmacher mitten in das Ächzen des zurückfallenden Deckels hinein.
»Wow!«
»Phantastic! Marvellous!«
»Wahnsinn!«
»Krass! Super!«
Alisa glaubte ihren Augen nicht. Die Truhe war randvoll mit Geschirr. Silbergeschirr. Silber mit filigranen Gravuren, wohin sie auch sah, was sie auch ins Licht hielt – Bestecke, ein Wein-, ein Champagnerkühler, Menagen, Tabletts verschiedener Größe, Silberplatten, Kerzenständer, Fotorahmen, vier Konfektschalen, Serviettenhalter.
Die Gegenstände machten die Runde, wurden befühlt und beschnuppert, in die Sonne gehalten, in den Händen gewogen. Irgendwer begann zu applaudieren, niemand ließ der Fund unberührt. Wanda liefen die Tränen über die Wangen, als sie sich die Kerzenständer an die Brust drückte. Selbst Alisa begann zu heulen. Der Fotograf knipste um sein Leben, dies war die Story des Jahres.
Erst als alles ausgepackt und begutachtet war, wagte es der Lokalreporter, Wanda zu fragen.
»Frau Wiegand«, bemühte er sich so professionell zu klingen wie möglich, »bitte, wie kam dieses Silber in diese Kiste?«
»Eine ganz einfache Geschichte«, begann Wanda, und die Runde scharte sich um sie, als würde sie jetzt ein Märchen erzählen.

»Frau Ganzow? Lemcke. Lemcke hier.«
Alisa kannte diese stets gereizte Stimme. Was sie nicht länger verwunderte, denn an der Seite dieses Mannes

zu leben konnte für Frau Lemcke kein Zuckerschlecken sein.
»Guten Tag, Frau Lemcke. Wie geht es Ihrem Mann jetzt?«
Auf der Kante ihres Schreibtisches sitzend, hatte Alisa gerade den Bewerbungsbrief eines Musiktrios auf dem Schoß. Die Musiker baten sie, kurz in die beigelegte CD reinzuhören. Sie hofften ganz einfach darauf, einmal zu einem kleinen Event in der Villa Bernstein aufspielen zu dürfen.
»Na ja, er hat Glück im Unglück gehabt, mein Alter«, sagte Frau Lemcke, wobei Alisa ihr energisches Handwinken vor Augen hatte, mit dem diese ihren im Hintergrund herumpolternden Mann aufforderte, endlich ruhig zu sein. »Weil, es ist ja bloß 'ne tiefe Fleischwunde. Die ham sie genäht. Ich bin aber Gott froh, dass er sich immer hat gegen Tetanus impfen lassen. Leider liegt er jetzt noch aufm Sofa. Und meckert, weil das Schicksal ihn dort gepackt hat, wo seine schlimmsten Erinnerungen sind.«
»Was ich schon verstehen kann«, entgegnete Alisa. Sie hatte nicht vergessen, was Lemcke ihr am Telefon erzählt hatte, nämlich dass er sich selbst ins Bein geschossen hatte, weil er nicht mehr bei den Grenztruppen der DDR dienen wollte. »Jetzt aber hat es das gesunde Bein getroffen, nicht wahr?«, fragte sie nach. »Es tut mir wirklich so Leid. Auch meiner Großtante, die ja ein durchaus besonderes Verhältnis zu Ihrem Mann hat. Ich drücke ihm beide Daumen, dass er diesen Unfall ganz schnell wieder vergisst. Grüßen Sie ihn bitte ganz herzlich.«
»Ach, er hat ja 'ne Laune, sag ich Ihnen. Von morgens bis abends ist er jetzt das Opfer. Ich kann's ehrlich nicht mehr hören.«
»Richten Sie ihm aus: Er wird gebraucht! Aber erst einmal

soll er sich schonen. Denn wenn er sich ärgert, heilt die Wunde schlecht.«
»Sie haben gut reden, Frau Ganzow. Machen Sie das mal meinem Mann klar.« Sie hustete absichtlich laut, weil im Hintergrund Lemckes aufgebrachte Stimme zu hören war.
»Ich wollt aber noch was fragen, Frau Ganzow. Nun, wo mein Mann ausgefallen ist, könnte da mein Sohn einspringen? Er ist arbeitslos geworden. Es würde ihm gut tun, ein bisschen was anpacken zu können.«
So etwas wie »Der kann doch nüscht!« drang aus dem Hintergrund an Alisas Ohr.
»Nu halt die Klappe! Still!«, zischte Lemckes Frau am zugehaltenen Telefonhörer ihrem Mann zu.
Es war komisch und tragisch zugleich.
»Wenn er all das macht, was Ihr Mann kann, warum nicht«, sagte Alisa zögernd.
»Aber immer! Gearbeitet hat er mal auf der Werft in Stralsund. Dann umgelernt auf Maurer. Er ist echter Profi-Handwerker. Und auch ein ordentlicher Gärtner. Dafür leg ich meine rechte Hand ins Feuer.«
»Besser nicht!«, rief Alisa. »Also, dann könnte er morgen antreten, um den Komposthaufen fertig zu bauen. Ihr Mann ist damit aber nicht überflüssig«, schickte sie noch schnell hinterher, denn was man auch alles gegen Lemcke sagen konnte, zuverlässig war er.
Frau Lemcke wollte sich für den Gefallen natürlich revanchieren. Ob sie vielleicht noch ein paar Gardinen nähen könne? Für die Kellerfenster zum Beispiel? Alisa sagte ohne länger nachzudenken Ja. Dort fehlten wirklich noch Gardinen, eins von dutzenden Details, die noch nicht gelöst waren.
Ich sehe tatsächlich dauernd die Bedürfnisse dieses Hauses, schoss es ihr durch den Kopf. Bin ich wirklich schon

so sehr mit dieser Villa verschmolzen? Irgendwann löse ich mich noch auf. Werde zu einem Requisit oder löse mich in einer der Malereien von Kathinka Höchst auf.
Frau Lemcke bot Spitzengardinen an.
Alisa war es egal. Keller war Keller.
»Wissen Sie, ich hab da nämlich eine Schwippschwägerin, die mal in Plauen …«
»Na, dann man los. Plauener Spitze usedomsch für die Kellerfenster.«
Alisa konnte sich jetzt ein Lachen nicht mehr verkneifen. Aber wenn Frau Lemckes Schwippschwägerin eine gute Klöpplerin war, umso besser. Ein Kontakt mehr. Alisa wusste, wenn es ein Geheimrezept für den Erfolg eines Hotels gab, waren es Empfehlungen, die erst mal nichts kosteten. Und so bot sie im Gegenzug Frau Lemcke an, die Klöppelarbeiten, falls sie ihr gefielen, in einer Vitrine auszustellen, um auf diese Weise für die Kunst der Schwippschwägerin zu werben.
»Frau Ganzow, Sie sind ja wirklich 'ne Wuchtbrumme!«
»Danke.«
Nach diesem Telefonat vertiefte sich Alisa wieder in die eingegangenen Anfragen und versah sie mit Stichworten, damit Tina sie beantworten konnte. Außerdem waren neue Prospekte eingetroffen, darunter einer mit Vitrinen, in denen man das herrliche Familiensilber ausstellen konnte. Und dann war da noch der weiße DIN-A4-Umschlag mit Schimmbachs Büroadresse als Absender. Inhalt: Fotos im Großformat von der Einweihung. Dazu ein Kärtchen. Eine Einladung zu einer Ballonfahrt.
»Mit lieben und herzlichen Grüßen, Alexander.«
Mit schweren Armen legte Alisa die Fotomappe beiseite. Erst allmählich wurde ihr wirklich voll bewusst, was sie da geschafft hatte – die Idee der Villa Bernstein Wirklichkeit

werden zu lassen. Es kam ihr vor, als hätte sie eine schwere Prüfung bestanden, aber jetzt drohte die Gefahr, dass sie in ein tiefes dunkles Loch fiel. Auf einmal spürte sie, wie eine grenzenlose Leere von ihr Besitz nahm. Irgendetwas fehlte in ihrem Leben. Und jedes Mal, wenn ihr Alexander begegnete, fühlte sie den Mangel besonders schmerzlich.

Was sollte sie ihm antworten?

Aber es gab für Henrik keinen Ersatz. Das hatte allmählich sogar ihre Großtante begriffen.

Alisa schaute auf Henriks Bild. Nein, es gab nur einen Mann in ihrem Leben.

»Frau Ganzow?«

Marina hatte geklopft. Alisa hatte sie bloß nicht gehört. Nun stand ihr Kindermädchen in der Tür.

»Ja, was gibt's?«

»Tja, also, mir ist sie gleich aufgefallen, diese alte Dame. Noch vor Ihrer Tante. Jetzt haben sich beide in der Wolle.«

»Alte Dame? Wie bitte?«, fragte Alisa erschrocken. »Und wo sind die Kinder?«

»Oben. Ich hab sie gleich weggenommen und ihnen ein Video eingelegt. Vor Schreck. Anders wusste ich mir nicht zu helfen. Bestimmt eine Ausnahme.«

»Schon gut«, sagte Alisa, die genau wusste, wer die alte Dame war: Henriks Mutter. Sie hatte ihre Drohung wahr gemacht und war wiedergekommen. »Bitte, Mia, gehen Sie nach dem Video mit Julius und Vicky gleich an den Strand. Den Kampf mit meiner Schwiegermutter möchte ich hier ohne sie durchstehen.«

»Ach so!«, rief Mia aus. »Alles klar. Wir gehen sofort los.«

Alisa straffte sich, zog den Rock nach unten und machte sich darauf gefasst, im nächsten Augenblick ihrer Schwiegermutter Sigrid Ganzow gegenüberzutreten.

Sie kam mit Wanda ins Büro.
»Kindchen, du schaffst es allein?«, fragte ihre Großtante.
»Ja, Tante Wanda.«

»Alisa, ich möchte Vicky und Julius sehen!«
Henriks Mutter stand in einem lila Kostüm vor ihr. Gealtert, gebrochen, doch ihre Stimme war zugleich um Festigkeit bemüht. Ganz so, wie Alisa es erwartet hatte. Und doch, es schwang eine Art Resignation mit, die den Ton ein wenig glättete. Noch immer versuchte sie ihren Schmerz mit Härte zu verbergen, obwohl sie dabei offensichtlich von ihm innerlich aufgefressen wurde.
Es war auf einmal, als würde eine mit Erinnerungen gefüllte Blase platzen. Alisa hörte Henrik sprechen. So wie damals, kurz nachdem ihnen klar war, dass sie füreinander bestimmt waren. »Weißt du, ich liebe meine Mutter«, hörte Alisa ihn leise erklären. »Ich liebe sie, wie jedes Kind seine Mutter, seinen Vater liebt. Auch wenn es weiß, dass sie es sind, die ihm Schmerzen zufügen, die es jeden Tag spürt.« Henrik schien wie aus weiter Ferne fortzufahren: »Sie hat nur mich. Ich bin ihr einziger Sohn, ihr einziges Kind. Meinen Vater liebt sie schon lange nicht mehr. Doch sie will mich. Ganz und gar. Meine Gefühle, mein Tun, meinen Lebensweg – alles möchte sie bestimmen. Ich habe lange gebraucht, um zu verstehen, dass sie im Grunde nur sich selbst liebt. Eigentlich ist sie eifersüchtig auf mich, auf meine Ideen, meine Selbständigkeit, meine Ziele, mein Leben. Und eigentlich hasst sie mich in meiner Individualität. Das ist es, was am meisten schmerzt.«
Alisa erinnerte sich kurz an die zärtlichen Küsse, die sie ihm gab. »Nie hat sie mir die Freiheit gelassen zu sein, wie ich bin«, sprach Henrik weiter. »Sie wollte immer nur eins: mein Schicksal bestimmen.« Alisa spürte die Kälte, die bei

den Worten damals in ihr hochgekrochen war. Sie hatte größte Mühe gehabt, sie nachzuvollziehen. Konnten Mütter wirklich so sein? Dass sie Mutterliebe mit Besitz- und Machtgier verwechselten? »Siehst du, wie versteinert sie ist? Wie ein Fossil.« Henriks Stimme löste sich wie ein Nebelschwaden in der Sonne auf.

»Guten Tag, Mutter«, sagte Alisa freundlich, obwohl sie sich genau darüber im Klaren war, wie provozierend dies in den Ohren ihrer Schwiegermutter klingen musste. Trotzdem, Alisa wollte die Spannung zwischen ihnen endlich auflösen. Lieber ein reinigendes Gewitter als dieser beharrliche wortlose Hass.

Die Hand, die sie ergriff, war kraftlos und knochig. Schlapp lag sie in Alisas Hand, so als wollte sie ihr nur ein paar Knochen und ein bisschen Haut gönnen.

»Niemand hat das Recht, Mutter zu mir zu sagen – außer mein Sohn!«, kam es über Sigrid Ganzows Lippen.

Ihre Stimme hatte Ähnlichkeit mit einem Dolch aus gehärtetem Stahl. Und doch spürte Alisa in ihrer Sensibilität dahinter die Glut, die den Stahl einst geformt hatte – die Glut einer gepeinigten Seele.

»Verzeih bitte«, erwiderte sie souverän und drehte das Foto von Henrik auf ihrem Schreibtisch so, dass Sigrid Ganzow es sehen konnte und begriff, dass sie, Alisa, Henrik immer geliebt hatte und noch immer liebte.

»Du siehst, Henrik ist stets bei mir. Bei uns.«

»Ach! Er ist tot! Tot! Und das ist auch deine Schuld!«, schnappte Sigrid Ganzow los wie ein verwundeter Hund.

Der Arm, den sie in unbeherrschter Leidenschaft hochgerissen hatte, senkte sich kraftlos, als zöge ihn ein schweres Bleigewicht wieder nach unten. Alisa beschlich die Ahnung, dass ihre Schwiegermutter krank war. Sonst hätte sich Sigrid Ganzow, dieses Bündel verzweifelter, gebro-

chener Leidenschaft, nie zu einer derart kraftlosen Geste hinreißen lassen.
War Marina mit den Kindern schon am Strand?
Alisa griff zum Telefon.
Als sich Marina meldete, sagte sie ihr kurz, sie solle mit den Kindern oben bleiben.
»Kommando zurück, Marina, okay?«
Alisa rang sich ein Lächeln ab.
»Du wolltest die Kinder sehen? Dann komm. Überzeuge dich, dass es ihnen gut geht. Ursprünglich hatte ich anderes vor.«
»Sie mir vorenthalten, wie?«
»Ja!«, sagte Alisa scharf. »Weil ich ihnen eine Großmutter ersparen will, die im Begriff ist, vor Hass und falschen Beschuldigungen zu erblinden!«
Sigrid Ganzow versteifte sich. Alisa sah erst Unsicherheit in ihren Augen aufflackern, dann eine Spur Erstaunen. Sie schöpfte Hoffnung. Wenn Julius und Vicky sie anguckten … Vielleicht reichte ein Blick von ihnen, und alle Verhärtung fiel von ihrer Schwiegermutter ab.
Gemeinsam gingen sie durch die hohe Doppelglastür, am Wintergarten vorbei und standen schließlich im privaten Trakt der Villa Bernstein.
Alisa klopfte.
Scheppern, Klappern, Befehle und Widerreden waren hinter der Tür zu hören.
»Wir spielen Hotel!«, rief Vicky, als sie die Tür aufriss.
»Ich bin der Koch!«, triumphierte Julius und hielt in der einen Hand ein Küchenmesser hoch und in der anderen eine Banane.
Sigrid Ganzow folgte Alisa mit zusammengekniffenem Mund in die Küche. Auf Bank und Stühlen hockten sämtliche Plüschtiere und Teddybären vor aufgefalteten Pa-

pierservietten und Tellern. Julius schnitt eine Banane und ordnete die Scheibchen auf einem Plastikteller zu einem Gericht an. Vicky goss Milch in mehrere Gläser und tat Zucker und Kakao hinzu. Neben jedem Glas lagen ein Teelöffel und ein Keks. »Das sind unsere Gäste!«, sagte Vicky und schaute Sigrid Ganzow mit großen Augen an.
Alisa und ihre Schwiegermutter sahen wie gebannt zu. Sigrid Ganzow wirkte erst so, als wollte sie das Geschehen, das Bild, das sie sah, abwehren, doch langsam, sehr langsam ließ sie es zu. Sie schmolz. Und ihre Gesichtszüge wurden weicher und weicher. Sie hatte gefunden, was sie suchte – die Ähnlichkeit mit ihrem Sohn.
»Möchtest du auch mal probieren, mmmh?«
Der große braune Teddy bekam eine Kostprobe, dann die Schildkröte, das Lamm, der Frosch, die Puppe, die Schlange und zuletzt Alisa.
»Bist du auch eine Oma?«, fragte Vicky.
»Ja«, sagte Sigrid Ganzow, und in diesem Ja steckte schon einiges vom typischen Singsang der Großmütter, wenn sie Fragen ihrer Enkelkinder beantworteten.
»Das ist eure Oma«, setzte Alisa hinzu. »Sie ist die Mami von eurem Papa.«
Julius und Vicky schauten Sigrid Ganzow so neugierig und mit so großen Augen an, dass die gar nicht anders konnte, als zu lächeln. Ihr Panzer hatte kleine Risse bekommen. Und es schien, als ob Schollen von ihr abbröckeln würden, Schollen der Voreingenommenheit, des Hasses, aber auch des Grams. Sigrid Ganzows Augen füllten sich mit Tränen.
»Dann lasst euch doch mal umarmen«, stieß sie hervor. »Von eurer Omi.«
Sie trat auf die Küchenbank zu, ging ein Stück in die Knie und nahm erst Julius und dann Vicky in den Arm. Ihre ma-

geren Hände zitterten. Als sie den Kindern über den Kopf streicheln wollte, wichen die etwas angewidert vor ihr zurück.

Alisa fasste ihre Schwiegermutter unter die Arme und zog sie zu sich hoch.

»Gib ihnen etwas Zeit«, sagte sie so ruhig sie konnte, obwohl auch sie mit den Tränen kämpfte. »Marina, bitte zeige unserer Oma doch mal die Wohnung, ja?«

Marina, die am Tisch saß und Kekse mit Butter bestrich, kam herbei und führte die aus dem Gleichgewicht gebrachte Großmutter Ganzow in Alisas großräumiges Wohnzimmer, mit Blick auf einen Teil der Ostsee und den Garten.

Währenddessen hockte Alisa sich zu ihren Kindern, beruhigte sie, sprach erklärende Worte und blieb eine ganze Weile bei ihnen. Bald begannen sie wieder zu spielen.

Als Alisa in einer Ecke die Taschen mit den Badesachen entdeckte, war ihr Plan schnell gefasst. Das Praktische, das Alltägliche, das Selbstverständliche – es war das Beste und Einfachste, um ihre Schwiegermutter und ihre Enkel aneinander zu gewöhnen. Sie würde sie mit Marina an den Strand schicken und sich später dazugesellen. Alisa seufzte auf. Sie drückte ihre beiden Kleinen und knuddelte sie. Jeder bekam einen dicken Kuss auf Stirn und Pustebäckchen. Beide dufteten so wunderbar nach Kindsein und Unschuld. So süß, so warm, so unbeschreiblich lebensfroh! Sie leuchteten wie zwei gütige Lichtlein in dieser leider viel zu oft kantig-düsteren Erwachsenenwelt.

Als Sigrid Ganzow schließlich eine gute halbe Stunde später mit Mia, Wanda und den Kindern zum Strand aufbrach, war Alisa wirklich stolz auf sich. Sie hatte geschafft, was ihr bis vor ein paar Stunden noch völlig unmöglich er-

schienen wäre – der Beginn der Versöhnung mit ihrer Schwiegermutter.
Leider konnte sie dieses Gefühl nicht lange genießen. Die Arbeit im Hotel ging weiter. Ein Herr im grauen Leinenanzug kam auf sie zu, just in dem Moment, in dem sie Tina die zu beantwortenden Briefe mit ihren Randnotizen reichte.
Sie selbst wollte sich gerade daranmachen, sich ein paar Worte für Alexander Schimmbach und seinen Vorschlag, eine Ballonfahrt zu unternehmen, abzuringen.
»Darf ich mich vorstellen, Frau Ganzow? Bär, Utz Bär.«
Der Mann, der ein ziemlich zerknittertes Sakko trug, sprach mit hoher Stimme, obwohl sein Körper recht stattlich war. Alisa kannte seinen Namen aus der Lokalpresse. Sie führte ihn in ihr Büro und nahm sich eine gute Viertelstunde Zeit für ein Gespräch. Bär bat um die Möglichkeit für eine Ausstellung seiner Landschaftsbilder in der Villa Bernstein. Zwischendurch steckte die freie Kosmetikerin den Kopf durch die Tür, zog sich aber sofort wieder zurück, als sie sah, dass Alisa beschäftigt war.
Alisa machte Utz Bär für die nächsten sechs Monate keine Hoffnungen. Er dürfe sie dann aber gerne noch einmal bezüglich der Ausstellung ansprechen. Utz Bär war zufrieden. Er empfahl sich und hinterließ in Alisas Büro einen etwas strengen Geruch.

Als Mia mit Oma, Tante und Kindern um halb sieben noch immer nicht zu Hause war, packte Alisa kurzerhand ihre Badesachen zusammen und lief an den Strand. In der schwächer gewordenen Sonne saßen die beiden ungleichen Frauen am Wasser und unterhielten sich, wie es schien, ganz friedlich. Mia hatte mit den Kindern eine Sandburg gebaut und trug immer wieder Wasser herbei, um den Burggraben zu füllen. Eine Gruppe Jugendlicher spielte Volleyball. Ein gutes Stück entfernt funkelte die 1995 eröffnete neue Seebrücke grausilbern wie eine gigantische, ins Meer ragende Rüstung. Von fern hörte man Trommelschlag und Trompetenklang aus dem Theaterzelt des Chapeau Rouge.

Rasch zog Alisa ihr Kleid aus und lief an den Kindern vorbei in die herrlich erfrischende Ostsee. Julius und Vicky jubelten. Die Mami war gekommen! Endlich! Als ihr die beiden Kleinen durch die flachen Wellen entgegentobten, verspürte Alisa ihr schlechtes Gewissen: Ja, es war wahr, sie hatte durch die viele Arbeit einfach zu wenig Zeit für die Kinder. Sie herzte und küsste sie, wirbelte eines nach dem anderen durchs Wasser und krabbelte mit ihnen rücklings durch die Wellen – so lange, bis der Wind kühl wurde und die Sonne sich orangerot verfärbte.

Ein schmerzlicher Blick aus Mutter Ganzows Augen empfing sie, als sie mit den glücklichen Kindern an der Hand aus dem Wasser stieg. Für einen kurzen Moment erkannte Alisa Freude in diesem Blick, die aber ebenso schnell verschwand, wie sie aufgeflammt war.

Abends lag Alisa noch lange wach. Sie war unendlich erleichtert, dass dieser Tag, vor dem sie immer Angst gehabt hatte, ohne dramatische Einbrüche vorübergegangen war. Nur, eins war klar und würde sich nie ändern: Henriks Mutter war durch den Tod ihres Sohnes an Leib und Seele gebrochen. Ob sie sich durch ihre Enkelkinder jemals wieder würde aufrichten lassen können oder ob die Erinnerung ihren Schmerz vergrößern würde, war ungewiss.

Henrik, wärst du doch bloß geblieben.

Manchmal war alles einfach zu viel. Alisa weinte, bis sich der Knoten in ihrer Brust löste.

Und die Antwort an Schimmbach stand immer noch aus.

VI

Gäste gingen, neue kamen. Familie Prof. Hubertus Steinmacher versprach, im nächsten Januar oder Februar wiederzukommen. Den rheinländischen Ehepaaren hatte es so gut gefallen, dass sie ankündigten, der Villa Bernstein auch im nächsten Sommer die Treue halten zu wollen – nach einer ausgedehnten Fahrradtour, die sie von Lüneburg über Dömitz an der Elbe, Ludwigslust, Lübz, Ueckermünde, Anklam bis nach Usedom führen würde. Insgesamt sollte die Tour vierzehn Tage in Anspruch nehmen, und danach wollten sie sich im Hotel Villa Bernstein wieder ausgiebig verwöhnen lassen.

Jeanne und Marvin nahmen den Zeitungsartikel über die Schatzsuche mit nach Amerika und dankten Alisa herzlich für die aufregende Zeit in ihrem Haus. Auch sie wollten eines Tages wiederkommen. Alisa hörte es mit Freude, denn Stammgäste waren das Kapital für jedes Hotel.

Was gab es Besseres, als wenn Gäste ihr Hotel als zweites kleines Zuhause empfanden.
Schon im Frühjahr des nächsten Jahres zeichnete sich ab, dass die Villa Bernstein sich als Hotel etabliert hatte. Beinahe täglich gingen Buchungen ein – Alisa brauchte sich, was die finanzielle Seite ihrer Unternehmung betraf, keine Sorgen für die Zukunft zu machen.
Zu den gut fünf Millionen Übernachtungen pro Jahr trug nun auch sie ihren Anteil bei. Am goldgerahmten Aushängebrett in der Eingangshalle der Villa waren ständig Tipps für Ausflüge und Veranstaltungen zu finden. Zusätzlich hängte sie Werbeblätter heimischer Künstler und Handwerksstätten aus. Natürlich war die Lemcke'sche Schwippschwägerin mit ihren Plauener Spitzen ebenso dabei wie die Trompe-l'œil-Künstlerin Kathinka Höchst. Der Kontakt zu Holger Sammer hielt sich ebenfalls, zumal er einen befreundeten Drechsler weiterempfehlen konnte. Manch einer der Gäste kam auf diese Weise zu wunderschönen und einmaligen Souvenirs, die es eben nicht überall zu kaufen gab.
Es war schon erstaunlich, wie schnell so ein Hotelbetrieb ins Laufen geraten konnte, wenn die wesentlichen Strukturen und Kontakte stimmten. Beruhigt konnte Alisa erleben, dass ihre Auslastungsquote ständig stieg – schließlich mussten Hypotheken getilgt, Personal entlohnt und Serviceleistungen wie unter anderem der Wäschedienst bezahlt werden.
Ende April klagte Wanda über Rückenschmerzen. Niemand dachte sich etwas dabei, obwohl jeder wusste, dass sie auf die einundachtzig zuging. Sie hatte sich eine kleine Zweizimmerwohnung in Heringsdorf in Alisas Nähe gemietet und traf sich hin und wieder mit Alexander Schimmbach. Der gute Mann blieb Alisas stumm

schmachtender Verehrer. Zweimal hatte er sie mit Wanda und den Kindern in seine Fischerhütte eingeladen und sie zum Essen ausgeführt. Auf Wunsch von Tante Wanda hatten sie gemeinsam einen Ostergottesdienst in der St.-Johannes-Kirche in Liepe, der ältesten Kirche Usedoms, besucht. Alisa gefiel die kleine Kirche aus Feld- und Backsteinen sehr gut, zumal sie idyllisch mitten im Ort war, von hohen Bäumen umgeben, doch die Atmosphäre zwischen ihr, Wanda und Schimmbach war immer etwas angespannt. Die Chemie wollte einfach nicht zwischen ihnen stimmen. Und das desto mehr, je selbstsicherer Alisa sich in ihre Rolle als Hotelchefin einfand. So war auch Schimmbachs Traum von einer Ballonfahrt unerfüllt geblieben. Alisa hatte sich damals mit Arbeit entschuldigt, was auch der Wahrheit entsprach. Dennoch, Schimmbach hoffte. Und Wanda auch.

In Haus und Garten half nun seit Lemckes Unfall sein Sohn Herbert mit. Sie teilten sich die anfallende Arbeit, da Lemckes Bein sich weigerte, schwere Lasten zu tragen. Was Alisa am meisten ärgerte, war, dass er Kindern deutlich seine Abneigung zeigte. Julius und Vicky kannten ihn schon zu gut, nahmen es gelassen und gingen ihm wenn möglich aus dem Weg. Doch wie sollte sie es den Kindern ihrer Gäste erklären, wenn er schimpfte und herumgrummelte, sie sollten leise sein und ihn bei der Arbeit nicht stören? Dabei bekam sein Sohn schon den Großteil seiner schlechten Laune ab. Alisa stellte immer häufiger fest, dass ihr Hausmeister seinen Sohn aus irgendwelchen unerfindlichen Gründen ablehnte, obgleich dieser eigentlich ein ganz gelassener Mensch war, durchaus gutmütig und umgänglich. Trotzdem musste Alisa immer wieder nach ihnen sehen und zwischen ihnen vermitteln. Wenn sie nicht dann und wann nach ihnen schaute und

ihnen die Arbeitsaufträge erklärte, wäre so manches liegen geblieben.
Im Mai ging es Tante Wanda wieder besser. Als sie an einem Sonntagnachmittag mit Julius und Vicky die Seepromenade entlangspazierte, schwelgte sie in alten Erinnerungen – zum Beispiel, wie sie in den Westen geflüchtet sei. Langsamen Schrittes genoss sie die frische würzige Frühlingsluft. Die Kleinen wollten die fünfhundertacht Meter lange Seebrücke entlanglaufen, weil ihnen Mia erzählt hatte, dass es im ersten Abschnitt ein Muschelmuseum gebe. Das wollten sie doch jetzt, da sie schon so groß seien, einmal sehen. Wanda und Alisa stimmten zu und vergaßen dann über den ausgestellten zweitausendfünfhundert Muschelexemplaren aus aller Welt ihre Alltagssorgen. Als sie zurückgingen, war der Wind stärker geworden. Kleine Meereskrönchen schäumten weiß auf den Wellen.
Wanda schlug vor, über den Kurplatz zu schlendern und ein Café aufzusuchen. Entschieden lenkte sie ihre Schritte in Richtung Eis-Villa Stein, die als eines der besten Cafés Usedoms gilt. Dort lockten ausgezeichnete Eiskreationen und fantastische Pfannkuchen. Glücklich liefen Vicky und Julius, die den Weg mit Mia schon gegangen waren, voraus.
»Weißt du, Alisa, du kannst dir gar nicht vorstellen, wie groß meine Freude ist, dass ihr, du und die Villa, so miteinander verwachsen seid.« Sie packte Alisa fester um den Arm, wie um sich festzuhalten. Doch ihre Füße trippelten flink wie ehedem. »Nun kann ich ihr schönes Bild mit ins Grab nehmen!«.
»Denk doch nicht an so etwas, Tante Wanda!«
»Doch, doch, Alisa. Weißt du, ich hab ja keine Kinder bekommen. Ich sag's dir ganz offen, diese Hexe damals, die

sich Engelmacherin nannte, in ihrer Küche und mit der Stricknadel ...« Ihr Blick verlor sich in dem weiten Dunst über der Ostsee.

Alisa schwieg beklommen.

»Außerdem hatten wir Frauen es mit den Männern damals viel schwerer als ihr heute.« Sie holte Luft. »Und dann noch der Krieg. Von 45 bis zum Mauerbau 61 konnten wir ja noch in den Westen kommen. Weißt du eigentlich, dass ich bloß mit dem, was ich am Leibe hatte, geflüchtet bin? Nur meinen Schmuck hatte ich mir in das Futter meines Pelzmantels eingenäht. Was haben wir an Angst ausgestanden! Die Russen hatten Straßensperren aufgestellt. Ein paar andere Leute und ich saßen auf einem Lastwagen. Der ist dann mit vollem Tempo durch die Sperre gedonnert. Einfach durchgebrochen. Wie gut, dass die Zeiten vorbei sind. All die Zeiten ...«

Vicky und Julius waren an der Eisdiele angelangt und riefen ihnen zu, sie sollen sich beeilen.

Die beiden Frauen blieben stehen und sahen sich an.

»Das habe ich alles nicht gewusst«, hörte sich Alisa sagen.

»Ich hab es auch niemandem erzählt. Selbst deinem Vater nicht. Du weißt ja, seine Mutter und ich, also wir beiden Schwestern, waren wie Feuer und Wasser. Aber nun ist alles vorbei. Ihr, du und die Kinder, ihr seid jetzt wichtig. Eure Zukunft zählt.«

Wandas Augen begannen zu schwimmen. Alisa ahnte, was nun kommen würde.

»Alisa«, Wanda nahm Alisas Hände zwischen ihre. »Alisa, Kind, ich sage es ganz offen. Ich habe Angst. Angst um dich.« Sie machte eine Pause. »Wenn du allein bleibst. Bei dieser Arbeit. Ich habe, um ehrlich zu sein, nicht geahnt, dass all das so viel Arbeit machen würde.«

Schweigend legte Alisa ihren Arm um ihre Großtante.

Was auch sollte sie ihr sagen? Dass sie sich eigentlich mit ihrer Villa Bernstein verheiratet fühlte?
Und immer noch Henrik ihre Liebe galt?
»Tu nicht so, als wärst du eine Nonne«, hauchte Tante Wanda.
Sie atmete schnell und angestrengt. Mit einem leichten Aufstöhnen strich sie sich über die untere Rückenpartie.
»Was hast du, Tante Wanda?«
»Ach, ist halb so schlimm. Ab und zu krieg ich so ein Ziehen hier hinten am Rücken. Komm, Alisa, die Kinder.«
Vicky tröstete ein kleines Mädchen, dessen Eistüte auf dem Trottoir lag. Es weinte und stampfte gleichzeitig wütend mit den Füßen auf. Ein grau-schwarzer Wolfsspitz war flink hinzugelaufen und leckte gerade die letzten Eistropfen auf. Julius schaute ihm fasziniert zu, und man sah, wie er mit seiner Angst kämpfte. Schließlich siegte sein Mut. Er hob den Arm und kraulte dem Hund den Kopf. Und noch ehe er sich's versah, schlappte dessen eisgekühlte Zunge über sein Kinn. Der Wolfsspitz, dessen Schwanz wie ein Posthörnchen buschelig auf dem Hinterteil lag, schien zu lachen, so weit zog er seine Lefzen nach hinten. Seine dunklen Augen blitzten vor Lust. Noch mehr Eis? Noch mehr Kinder um ihn herum?
Nach einer Weile, als die drei gerade ihr Eis löffelten, stand Wanda auf und ging zur Toilette. Als sie zurückkam, schien ihr Gesicht grau wie Beton. Mühsam setzte sie sich. Der Eislöffel in ihrer Hand begann zu zittern. Plötzlich schrie sie auf. Ihre Hände schnellten nach hinten, und der Löffel fiel zu Boden. Ihre gekrümmten Hände flatterten auf dem Rücken. Dann kam eine neue Schmerzattacke. Wanda griff nach Alisas Hand, rutschte dabei aber vor Schmerz vom Stuhl. Sie kam seitwärts auf den Boden auf und wimmerte. Alisa legte ihr ihre Jacke unter den

Kopf, streichelte sie und sprach ihr gut zu. Vicky sprang entsetzt auf und drängte sich an ihre Mutter. Julius, der lieber draußen bei dem Wolfsspitz geblieben war, presste seine Nase an die Fensterscheibe.
»Der Arzt kommt gleich!«, rief die Bedienung, und Minuten später rollten Sanitäter eine Trage in die Eisdiele. Kurze Zeit darauf traf auch der Arzt ein.
»Meine Niere, Alisa. Meine Niere. Der Stein ...«
Aufmerksam hörte der Arzt zu.
»Sie haben Nierensteine, glauben Sie?«
»Ja.« Tante Wanda nickte schwach, und da die Wirkung der schmerzstillenden Spritze schnell einsetzte, fügte sie hinzu: »Schon immer, ich hatte schon immer Nierensteine. Und vorhin ...« Ihre Augen hefteten sich auf das Gesicht des Arztes.
»Vorhin ...? Da waren Sie auf der Toilette?«
Tante Wanda nickte wieder.
»Blut«, flüsterte sie kraftlos.
Der Arzt straffte sich.
»Das ist wichtig, dass Sie mir das sagen. Ich werde alles Notwendige veranlassen.«
Er griff zum Handy und informierte das Krankenhaus. Die Sanitäter schoben Wanda in den Rettungswagen und fuhren mit ihr davon.

Im leeren Frühstückszimmer blitzte das Familiensilber hochherrschaftlich hinter den Vitrinengläsern.
Es war ein später, warmer Juliabend, den einige Gäste auf der Seebrücke genießen wollten. Heute hatte Sylvia, die Hotelfachfrau, Dienst am Empfang. Noch immer saß sie gebeugt über dem Buchungskalender, um die Belegung der Zimmer zu koordinieren. Man sah nur ihr glattes, in der Mitte gescheiteltes Haar.

Alisa war seit dem frühen Morgen auf den Beinen. In den letzten Nächten hatte sie besonders wenig Schlaf finden können, weil es erstens im Hotel sehr viel zu tun gab und zweitens, weil sie sich um Wandas Befinden Sorgen machte. Nach der Einlieferung ins Krankenhaus hatte ihre Großtante die erste Nierensteinoperation zwar ohne Komplikationen durchgestanden, doch der Stein war zu groß und bereits zu tief in den Harnleiter hinabgewandert, als dass er entfernt werden konnte. Der Stein wurde zurück in die Niere geschoben, die Öffnung zugepfropft, und Tante Wanda musste tagelang darauf warten, einen neuen Operationstermin in einer Spezialklinik zu bekommen, wo der Stein mit Ultraschall zertrümmert werden sollte.
Eine zermürbende Zeit.
Nun, gut zwei Monate nach der zweiten Operation und gelungenen Zertrümmerung des Steins war Tante Wanda noch immer sehr schwach. Die meisten Stunden des Tages verbrachte sie in ihrem Liegestuhl auf dem Balkon ihrer kleinen Wohnung, betreut von einer Pflegerin.
Mit einem Silbertablett, auf dem zuckerbestäubte Waffeln, ein Mokkakännchen und ein Cognac standen, wuselte Martin, Alisas neuer Kellner, vorbei. Er hob die rechte Augenbraue.
»Für unseren Hohelieddichter, Herrn Schüss. Sie sollten ihm mal zuhören, Frau Ganzow. Ist schon wirklich was Besonderes.«
Rufus Schüss, Alterbe eines Berliner Modehauses, stets weiß gewandet, geliftet und Mitte sechzig, liebte es, abends im Wintergarten zu sitzen und Gedichte zu rezitieren. Tagsüber wandelte er gerne mit einem Gedichtband, vor sich hin murmelnd, im Garten umher. Er wirkte, als wäre er in die Liebe selbst verliebt, in ihre Süßigkeit, in ihren Schmerz, fand Alisa. Lächelnd trat sie auf die Glastür

zu und vernahm schon den theatralisch bedeutungsvollen Klang seiner Stimme:

»Es wird der bleiche todt
　　　mit seiner kalten hand
Dir endlich mit der zeit
　　　umb deine brüste streichen,
Der liebliche corall der lippen
　　　wird verbleichen;
Der schultern warmer schnee
　　　wird werden kalter sand«

Stille. Sie hörten seinen schweren Atem, unregelmäßig, mit großen Pausen. Dann endlich:

»Ach! Was ist alles diß,
was wir vor köstlich achten!
Alß schlechte Nichtigkeit? Als hew,
staub, asch unnd wind?

Barocklyrik, Hoffmannswaldau und Gryphius, 17. Jahrhundert! Du liebe Güte, wer musste da zuhören? Alisa hielt Martin die Tür auf. Er servierte geräuschlos und wollte schon gehen. Ein herrisch eingeworfenes »Bleiben Sie, junger Mann!« nagelte ihn auf der Stelle fest. Beklommen zog Alisa die Tür zu. Seit Wochen häuften sich die Momente, in denen sie das Gefühl hatte, in Arbeit zu ertrinken und von der Düsternis und Beschwernis um Tante Wanda erdrückt zu werden.
Und nun dies!
Rufus Schüss, schweig still!
Sie floh in ihr Büro und sank auf den Besucherstuhl. Sie hielt sich die Ohren zu.

Ich bin doch noch jung!, schrie plötzlich eine kleine Stimme in ihr. Ach was, sagte eine andere streng, du hast zu funktionieren, vergiss das nicht. Du hast eine Aufgabe. Trägst Verantwortung. Und die Arbeit macht dir doch Spaß. Bin ich nicht in Wirklichkeit nur ein perfekt funktionierendes Etwas, ein Geschäfts-Neutrum?, wehklagte die zarte Stimme und schwieg eingeschüchtert. Denn alle spontanen Gefühle waren eingeschlafen, abgebremst und verbargen sich. Kaum wahrnehmbar hauchte die zarte Stimme traurig: erfolgreich, hübsch und einsam …
Du verblühst, Alisa, du verblühst.
Barocklyrik, der Hauch der Vergänglichkeit. Und das gerade jetzt! Im Sommer! Reiß dich zusammen! Bleischwer riss sich Alisa aus ihrer Lethargie und ging in die Eingangshalle zurück.
»Gibt es was Neues, Sylvia?«
»Nein, Frau Ganzow. Nur dass die Steinmachers diesmal zu zweit kommen.«
»So? Wer kommt denn?«
»Mutter und Sohn Arnold.«
»Doch wohl nicht fürs Doppelzimmer, oder?«
»Nein, nein. Der Herr Professor kommt auch, allerdings neun Tage später. Er bittet darum, ihm einen Golflehrer zu buchen. Er möchte so gerne Golf spielen lernen. Ob wir das für ihn managen könnten.«
»Golfpark Balmer See in Neppermin«, sagte Alisa und fügte stolz hinzu: »Obwohl das Hotel Balm dort sehr gut ist, immerhin vier Sterne, kommt Prof. Steinmacher erneut zu uns. Darüber freue ich mich sehr. Sorgen Sie dafür, dass er sich wieder bei uns wohl fühlt, Sylvia, ja?«
»Selbstverständlich. Im Moment hab ich mit der Gruppe vom Albwanderverein zu tun. Sie wissen schon, das Damenkränzchen aus Schwaben. Die bitten um ein Rundum-

Erlebnis-Programm mit Wandertour, Kutschfahrt, Picknick und Kulturprogramm.«
Alisa war froh, etwas abgelenkt zu werden. Wie gerne hätte sie jetzt das getan, was ihren Gästen angeboten wurde.
»Da wäre ein Besuch der achthundert Jahre alten Dorfkirche in Koserow auf jeden Fall richtig. Dabei fällt mir noch ein, Sylvia, besorgen Sie doch bitte für unsere Gäste ein paar Buchexemplare der *Bernsteinhexe*. Der Autor heißt, glaube ich, Wilhelm Meinhold. Sprechen Sie mal mit unserem Buchhändler!«
»Ach ja, die Geschichte kenne ich. Es geht da um eine schöne Pfarrerstochter«, sagte Sylvia. »Von ihr wird erzählt, dass sie am Streckelsberg eine reiche Bernsteinader fand, den Armen half und dann prompt wegen ihres Reichtums verdächtigt wurde, eine Hexe zu sein.«
»Sie kennen sich ja richtig aus, Sylvia«, lobte Alisa sie.
»Na ja, Schulwissen. Die Ärmste wurde dann verbrannt. Heute profitiert ganz Koserow von ihrem Schicksal.«
»Gut, was weiter bieten wir den Damen im Kulturprogramm?«
»Den Spielplan vom Chapeau Rouge habe ich schon. Außerdem könnten sie in Lüttenort das Otto-Niemeyer-Holstein-Gedenkatelier besuchen und dann einen Abstecher nach Benz zum Kunstkabinett machen.«
»Ich sehe schon, Sie kriegen das auf die Reihe«, sagte Alisa. »Gibt's sonst Probleme?«
»Ja, Max hat keine Lust mehr, Spätzle vom Brett zu schaben! Die anderen lernen es einfach nicht. Er bleibt der Einzige auf ganz Usedom, der dies kann.«
Beide lachten.
»Ach, da fällt mir noch ein, Herr Schimmbach hat angerufen. Er kommt um neun.«
»Das ist ja in einer halben Stunde!«

Junge Stimmen näherten sich und lenkten Alisas Aufmerksamkeit auf das junge Pärchen aus Leipzig, das gerade durch die Tür trat. Ihre Leinenschuhe hinterließen zarte Sandabdrücke auf den meeresblauen Orientläufern. Alisa ertappte sich dabei, wie sie den jungen Mann ansah. Sein Hemd stand weit offen. Vorwitzig lugten braune Härchen hervor. Die Zwangsvorstellung, den Stoff über der breiten Brust zu packen und diesem verführerischen Burschen das Hemd über die kräftigen Schultern zu reißen, hielt Alisa irritierend fest.

»Ach! Was ist alles diß,
was wir vor köstlich achten!
Alß schlechte Nichtigkeit? Als hew,
staub, asch unnd wind?«

Die barocken Verse noch im Hinterkopf, fühlte Alisa ein allzu lebendiges Kribbeln im Bauch. Die strenge Stimme in ihrem Kopf schwieg erbost. Er ist wie ein knackiger Apfel am Baum, in den man hineinbeißen könnte, flötete die zarte Stimme.
»Es ist fünf nach halb neun, Frau Ganzow«, flüsterte Sylvia.
»Wie?«
»Herr Schimmbach ...«
»Jaja. Sylvia, Sie machen weiter?«
»Ich hab doch Dienst, Frau Ganzow!«
Was ist bloß mit mir los? Wie bei einem Urknall setzte auf einmal Alisas Selbstdisziplin aus. Verdammt noch mal, ich will leben! Mich spüren! Ich bin noch jung! Weder verwelkt noch aus marmorner kalter Vernunft! Ohne dass sie wusste, wie ihr geschah, meldeten sich mit vitaler Kraft Gefühle zu Wort, die sie aus ihrer Haut der Hotelchefin

rissen. Plötzlich glaubte sie, die Hitze ihres Herzens zu fühlen – wohlig nackt, pulsierend heiß wie die Glut des Sommers.

Und wenn es auch nur Schimmbach war …

Ganz leicht wurde ihr schwindlig. Fluchtartig rannte Alisa in ihre Wohnung, wirbelte ihre Schuhe von den schmerzenden Füßen, riss sich die Kleider vom Leib und stellte sich unter die Dusche. Heiß-kalt, heiß-kalt – es schien so einfach, sich eine alte, lästig gewordene Haut abzuwaschen. Hatte sie sich nicht bei einem Shoppinganfall vor gut einem halben Jahr teure Dessous gekauft? Her damit! Jetzt! Seh ich nicht verführerisch aus?

Ja, gestand sie sich stolz ein.

Los, teste dich, genieße deine Schönheit, solange sie noch blüht!, schrie ihr die zarte Stimme im Kopf zu.

Zehn Minuten später ging sie betont langsam durch den sommerlich blühenden Garten auf ihre Gartenlaube zu. In diesem Moment wusste sie, dass sie eigentlich sich selbst genoss und ihr vollendetes Werk der Villa Bernstein. Seit langer Zeit hatte sie sich nicht so rundum weiblich und gut in ihrer Haut gefühlt. Fast wie früher …

Neben sich einen Sektkühler mit Champagnerflasche und zwei Gläsern, sah Alexander Schimmbach ihr lächelnd entgegen.

Alisa öffnete die Fenster ihrer Wohnung weit, um die laue Sommerluft hereinzulassen. Es lag nicht an Schimmbach, sondern an ihr selbst, dass sie sich so frisch und unternehmungslustig, geradezu leichtsinnig fühlte. Er erzählte von seinem Urlaub auf Kuba, himmelte sie an und erinnerte immer wieder an die Nacht, in der sie ihn gerufen hatte.

»Die Tür öffnete sich, und Sie standen in ein Bettlaken gehüllt vor mir, Alisa! Wissen Sie noch?«

Er goss Champagner nach.
»Hm.« Alisa lehnte neben ihm am Fensterrahmen und schaute auf die leise murmelnde Ostsee. Behutsam beugte Schimmbach sich zu ihr und schnupperte an ihrem Haar. Wie um sich zu betäuben, tranken beide ihre Gläser leer.
»Alisa, ich begehre dich«, hauchte er.
Und was dann geschah, hatte sie noch nie erlebt. Und sie würde es auch nie vergessen.
Seine rechte Hand legte sich um ihre Hüfte und zog sie sachte zu sich. Plötzlich spürte sie seine Lippen auf ihrem Mund. Roch sein Rasierwasser, fühlte die Hitze seines Bauchs. Einmal den Kopf verlieren, sich fallen lassen, sich wieder jemandem schenken können ... Ihr Körper stöhnte innerlich vor Verlangen auf. Sie versuchte noch ihr Glas abzustellen, doch es fiel klirrend zu Boden. Ihre Hände – sie wusste kaum, was sie tat – griffen automatisch in Schimmbachs Nacken. Sein Mund öffnete sich. Sie spürte seine Zungenspitze. Die Zunge, die sich zu ihr schlängelte, fühlte sich breit und nass an. Sie versuchte, einen altvertrauten erotischen Genuss wiederzufinden, doch je feuchter der Kuss wurde, desto mehr wünschte sie sich von diesem Mund zu befreien. Schimmbachs Hände legten sich auf ihren Bauch, tasteten sich zu ihrem Busen, schoben sich unter ihr Kleid. Seine Lippen wanderten, da sie den Kopf nach hinten bog, um seiner Zunge zu entfliehen, ihren Hals entlang, küssten ihren Brustansatz, schoben den Stoff über ihre Schulter. Angestrengt hielt Alisa die Augen geschlossen.
Irgendwann lag Schimmbach auf ihr und sie auf dem Sofa. Immer mehr strengte sich ihr Kopf an, sich jemand anders vorzustellen, nur nicht Schimmbach. Sein tiefes Atmen, sein leidenschaftliches Gemurmel dämpften ihre verkrampfte Vorstellungswelt.

Eins wußte sie: Es war nicht Henrik, den sie sich vorstellte.
Nein. Nicht Henrik.
Und dieser Gedanke erschreckte und beschämte sie. Statt seiner blauen, lachenden Augen, die immer so sorglos frisch strahlten wie das Blau eines Himmels nach einem Regenguss, verschlangen sie grünbraune Augen. Dichte Brauen darüber, der Atem eines Mannes, der zwischen vollen blassrosa Lippen strömte wie der Hauch heißen Sommerwindes über ein Kornfeld. Sie erinnerte sich an den warm-sinnlichen Duft männlicher Haut, an schneeweißen Stoff und an eine samtig dunkle Stimme, die von Schutzengeln sprach …
Ihr Körper zitterte innerlich vor Begehren nach Zärtlichkeit und Berührung. Ja, sie gestand es sich ein, sie sehnte sich nach Erlösung einer Spannung, die die strenge Stimme im Kopf jahrelang verneint hatte. Sie fühlte sich, als würde sie vor Lust bersten wollen, doch es war Schimmbach, der ihr das Gefühl raubte, vor Lust explodieren zu dürfen.
Es war, als würde sie gezwungen, nach innen zu verpuffen, so als würde sie zu trocknem Staub verfallen.
Ohne Lust.
Ohne Erotik.
Ohne Spaß.
Ohne Höhepunkt.
Ohne Glückstränen.
Dann spürte sie, wie Schimmbach sie hastig auszuziehen versuchte, sich ungestüm an sie drängte und plötzlich aufstöhnte. Etwas nässte von außen ihren Slip … Ejaculatio praecox.
Ein Auto fuhr laut hupend die Straßenpromenade entlang. Alisa sah an die Decke. Ihr Blick folgte den Streifen der

Scheinwerfer. Im Haus rumpelte es. Ein Poltern folgte, Klirren von Glas. Stille.
»Alexander, was ist das?«
»Entschuldige, entschuldige, Alisa, ich ... ich ...« Er sank in die Polster zurück, zog sich sein Hemd über den Kopf und bedeckte seinen Schritt.
»Ich glaube, ich hab da was falsch gemacht«, stammelte er.
»Ich auch, Alexander. Alkohol fördert das Verlangen und hindert das Tun. Wir sollten es dabei für alle Zukunft bewenden lassen.« Alisa erhob sich. »Ich hab ganz andere Sorgen. Komm mal mit!«
»Ich ... ich kann nicht ...«
»Ist doch egal.« Alisa band die Ärmel seines Hemdes um seine Hüften. »Alexander, wir sollten uns nichts vormachen.« Sie sah ihm tief und ernst in die Augen. »Es tut mir Leid, ich hab da auch einen Fehler gemacht. Verzeih. Und nun sollten wir mal nach unten gehen und nachschauen.«
»O nein, nicht doch!«
»Komm schon!«
Gemeinsam gingen sie die große Mahagonitreppe hinunter. Ruhe überall. Auf den letzten Stufen spürten sie bereits den Luftzug. Sie schauten im Restaurant nach. Nichts. Eilten ins Frühstückszimmer. Fenstersplitter glitzerten auf dem Teppichboden. Die Vitrinen, die zuvor das Familiensilber geborgen hatten, standen weit offen. Alles Silber war verschwunden.
Wenig später kam die Polizei. Auf Alisas Wunsch hin hatte sie das Martinshorn nicht eingeschaltet.

Der Hotelbetrieb lief wie gewohnt weiter. Von den Tätern, die eingebrochen hatten, fehlte jede Spur. Und das Silber war nirgendwo wieder aufgetaucht. Für Wanda war der

Diebstahl unerklärlich und belastete sie mehr, als sie zuzugeben gewillt war.
Sie müsse sich leider in Geduld üben, hatte die Polizei schulterzuckend gemeint, und Alisa blieb nichts anderes übrig, als in den Vitrinen Keramikarbeiten eines heimischen Künstlers auszustellen.
Und natürlich stürzte sie sich weiterhin in die Arbeit. Gäste kamen und gingen, das gute Spätsommerwetter lockte viele Touristen an die Usedomer Ostseeküste. Alisa und ihr Team waren voll ausgelastet.
Eines Morgens, mehrere Wochen nach dem Desaster mit Schimmbach und dem Einbruch, ging Sylvia wie üblich die Post durch. »Wo bleibt eigentlich Tina?«, fragte Alisa beunruhigt. »Hat sie angerufen?«
»Nein. Ich finde es auch merkwürdig. Es ist bald zehn Uhr, um neun hätte sie hier sein müssen.«
»Ja, eben.«
Draußen gingen Mia und die Kinder mit Rucksack und buntem Plastikspielzeug durch den Garten. Vor dem Gartentor trafen sie auf das Nachbarmädchen mit seinen kleinen Stiefgeschwistern. Sie lärmten und lachten und freuten sich auf die glitzernde Ostsee. Hatten die es gut!
»Schaun Sie mal, Frau Ganzow!«
Sylvia zog unter einem Stapel Post einen Beate-Uhse-Katalog hervor.
»Das ist ja ein Ding. Wer hat denn den hierher bestellt?«
Das konnte sich nur jemand ausgedacht haben, der sie ärgern wollte, weil sie als Frau das Hotel allein führte. Natürlich gab es Neider. Sie dachte an das ältere Ehepaar, das selbst ein kleines Hotel in der Nachbarschaft hatte und es ihr gewiss nicht gönnte, diese schöne Villa Bernstein ihr Eigen zu nennen.
Am besten ignorieren, ermahnte Alisa sich. Sie hatte zwar

eine Vermutung, wer ihr diesen Streich gespielt haben könnte, aber mit so etwas musste sie eben leben.
Das Telefon klingelte.
»Frau Ganzow, Dr. Liegmann möchte Sie sprechen.«
Sylvia reichte Alisa den Hörer. Wie ein Blitz schoss die Erinnerung an ihre erste Begegnung durch Alisas Kopf. Wieder spürte sie seinen weichen Blick, die dunklen Augen – alles war plötzlich präsent. Auch wie sie sich nach ihm gesehnt hatte, damals, als Schimmbach sie begehrte.
»Jaa?« Mehr brachte ihre Stimme im ersten Moment nicht zu Stande.
»Frau Ganzow, ich bin am Hafen. Frau Lemnitz wurde hier gefunden. Könnten Sie bitte kommen? Sie möchte mit Ihnen sprechen.«
»Ja natürlich. Ich komme sofort!«
In Windeseile fuhr Alisa zum Hafen. Schon von weitem sah sie eine Traube von Menschen und die Wagen von Notarzt, Sanitätern und Polizei. Einige Leute lösten sich bereits von der Menschenmenge. Alisas Herz schlug schneller. Was war geschehen? Arme Tina! Sie war ihr in den Jahren sehr ans Herz gewachsen. Hoffentlich konnte sie ihr helfen.
Dr. Liegmann kniete neben ihr. Die Polizisten versuchten die Schaulustigen zum Gehen zu bewegen. Eine Polizistin sprach behutsam auf Tina ein. Diese hockte leicht gekrümmt noch immer auf dem Asphalt. Man hatte ihr eine Decke umgelegt. Kopfschüttelnd standen die beiden Sanitäter neben der unbenutzten Rolltrage. In seiner weißen Breite wirkte der Rücken von Dr. Liegmann wie ein starker Schutzwall gegen jegliche Gefahr. Beklommen trat Alisa näher. Tina war bei Bewusstsein. Doch sie wehrte sich gegen jegliche Art von Berührung

und fuchtelte mit den Armen. Ihr Unterschenkel blutete, die Stirn war aufgeschlagen, ihre Bluse an Schulter und Arm zerrissen. Über die linke Wange zog sich eine große Schramme.

Alisa trat in ihr Blickfeld, und Tina sah zu ihr hoch. Sofort hockte Alisa sich neben sie und nahm sie in die Arme. Lautlos begann Tina zu weinen.

»Sie möchte weder in den Rettungswagen noch ins Krankenhaus«, flüsterte die junge Polizistin.

»Was ist denn geschehen, Herr Doktor?«, fragte Alisa.

In diesem Moment lugte die Sonne hinter einer dicken Wolke hervor. Winzige helle Goldpünktchen schimmerten in seinem dunklen Haar.

»Sie ist zusammengeschlagen worden. Ich habe zwar keine Frakturen feststellen können, doch sie sollte gründlich untersucht werden. Es könnten im schlimmsten Fall innere Verletzungen vorliegen.« Er sah Alisa ernst an.

»Frau Ganzow, bitte, ich … schaff das auch so … Ich will …«

»Keine Angst, Tina. Was Dr. Liegmann sagt, ist richtig. Er ist jetzt der Chef, nicht ich, Tina. Es ist besser für dich. Wenn du magst, begleite ich dich, okay?«

Tinas Blick bohrte sich in Alisas. Sie schien etwas sagen zu wollen. Alisa überlegte kurz, dann fragte sie: »Möchtest du danach zurück in die Villa Bernstein? Zu mir?«

»O jaaa! Ja!«

Tina holte tief Luft.

»Ich habe noch ein Gästezimmer in meiner Wohnung, dort kannst du bleiben, solange du willst.« Und um sie ein wenig aufzuheitern, setzte Alisa noch hinzu: »Du wärst dann unser außerordentlicher Bernstein-Gast! Und verwöhnen werden wir dich. Ganz sicher, Tina!«

»Wirklich?«

Tinas Augen weiteten sich vor Freude.
»Sie hat große Angst«, flüsterte die Polizistin Alisa zu. »Ich glaube, das wäre wirklich das Beste für sie.«
»Schön, wenn Sie das machen könnten«, sagte auch Dr. Liegmann. »Jetzt haben Sie doch auch bestimmt nichts mehr dagegen, Frau Lemnitz, wenn ich Ihnen ein Mittel gebe, damit sich Ihr Kreislauf stabilisiert und die Schmerzen nachlassen, oder?«
Tina nickte, und erleichtert hoben sie die Sanitäter auf die Trage.
Einer der Sanitäter schloss das EKG an und legte eine Kanüle an Tinas rechten Handrücken. Während Dr. Liegmann die Spritze vorbereitete, fiel Alisa auf, wie schön und kräftig seine Hände waren. Sie streichelte Tinas linken Arm und sah sie aufmunternd an. Und doch merkte sie, wie sich Tinas Zittern auf sie selbst übertrug. Ein winziger Schwung Angst bauschte sich in Alisa auf. Angst um Tina und Angst vor ihren Gefühlen wegen dieses Mannes. Beklommen sah sie zu, wie er ruhig und konzentriert das Notwendige tat.
»Haben Sie große Schmerzen, Frau Lemnitz?«
»Mein Kopf und das Bein …«
Aufmerksam musterte Dr. Liegmann Tina.
»Sie stehen unter Schock, Frau Lemnitz. Das, was Ihnen geschehen ist, ist schlimm, doch es ist vorbei. Jetzt sind wir bei Ihnen und werden Ihnen helfen.«
Er warf einen Blick auf die Blutdruckanzeige und das EKG.
»Gut, der Blutdruck ist noch niedrig. Das ist aber normal bei Schock. Gleich wird es Ihnen besser gehen, Frau Lemnitz. Ich gebe Ihnen eine kleine Dosis Valium, und dann nehmen wir Sie mit, und Frau Ganzow kommt ganz schnell nach, okay?«

Er wechselte noch ein paar Worte mit den Sanitätern, dann stieg er aus dem Rettungswagen, der Sekunden später losfuhr.
»Nun hat schon wieder ein Schutzengel versagt, nicht?« Lächelnd trat Dr. Liegmann auf Alisa zu.
»Offensichtlich. Ich hoffe doch sehr, dass dies hier nichts mit dem Einbruch bei mir zu tun hat. Doch Sie haben Recht, es ist schon etwas merkwürdig und heute das dritte Mal.«
Wieder senkten sich ihre Blicke ineinander. Dr. Liegmanns Fahrer startete den Motor.
»Wie geht es denn eigentlich unserem Flex-Opfer?«, fragte er, während er sich ins Auto setzte.
»Die Wunde ist gut verheilt. Nur belasten will er sein Bein nicht. Ich glaube aber, das hat andere Gründe.«
»Tschuldigung.« Der Polizist kam auf Alisa zu.
»Gut«, sagte Dr. Liegmann. »Wenn Sie einverstanden sind, komme ich morgen vorbei.«
Alisa nickte wie ferngesteuert. Er hat gesehen, wie mein Herz klopft, dachte sie.

Der Polizist stellte Alisa die üblichen Fragen. Seit wann Tina bei ihr beschäftigt sei, ob es Drohungen gegeben, ob Tina Feinde habe. Und welchen Grund sie, Alisa, habe, ihre Angestellte Tina Lemnitz bei sich privat aufzunehmen.
»Ich möchte ihr einfach helfen. Sie schützen«, antwortete Alisa spontan.
»Und wovor, Frau Ganzow? Denken Sie bitte genau nach. Schließlich haben Sie vor kurzem einen Einbruch gemeldet. Vielleicht gibt es da ja einen Zusammenhang?«
Richtig. Wer mochte das Tafelsilber gestohlen haben, und wo war es? Alisa erinnerte sich an das Gespräch bei

der SOIVER, kurz vor Beginn der Bauarbeiten. Und begann zu erzählen. Die Miene des Polizisten hellte sich sichtlich auf.

Im Auto spürte Alisa immer noch den Händedruck von Dr. Liegmann. Der Schweiß brach ihr aus. Was ist mit mir los? Ich darf doch nicht so fühlen!
Dann, leiser: Henrik. Henrik ... Siehst du mich?
Kannst du mich verstehen?
Ist das falsch, was da mit mir vorgeht?
Und ganz, ganz leise: Henrik, bist du mir böse?

Am Abend standen sie zu fünft vor der Einfahrt – nacktschädlige Schlägertypen in Kampfhosen und Springerstiefeln, provozierend lässig und gleichzeitig angespannt wie geballte Fäuste, die nur einen Windhauch brauchten, um loszuschlagen. Sie rauchten und tranken Bier. Sollte Alisa die Polizei rufen? Selbst hingehen und mit ihnen reden?
Sie traute sich nicht, weil sie wusste, man würde sie nicht verstehen, da man sie nicht verstehen wollte. Holzner-Czerny rief an und erkundigte sich nach Tinas Befinden. Und mit einem Mal wurde ihr alles klar. Tina galt als Abtrünnige. Sie hatte eine Grenze überschritten. Ein Lager gewechselt.
Nach drei Stunden waren sie immer noch da.
Es wurde bereits dunkel.
Es wurde zehn, elf, Mitternacht.
Sie standen, tranken, begannen laut zu reden.
Plötzlich brüllten einige.
Das Brüllen nahm bedrohlich zu.
Sie schlugen sich.
Dann gingen sie.

Die ganze Nacht hindurch hielt Tina tiefer Schlaf umschlungen. Ihre verletzte Seele tauchte in den schützenden Bereich des Vergessens ab. Am Morgen erwachte sie früh, begann zu schreien und riss Alisa dadurch aus dem Schlaf. Sie lief ins Gästezimmer hinüber und hielt die weinende Tina in ihren Armen.

Erst nach langer Zeit begann sie zu erzählen.

»Mein Ex war's. Vorgestern hat er mich angerufen. Er wolle mich sprechen.« Sie knetete ihre Finger. »Aber ich wollte nicht. Da hat er mich gestern Morgen abgefangen. Ganz freundlich tat er zuerst. Einen kleinen Spaziergang am Hafen. Na ja, und dann ist er voll ausgerastet. Hat mir alles vorgeworfen. Dass ich ihre Gemeinschaft verraten hätte, weil ich bei 'ner Wessi arbeite, und überhaupt ...«

Tina schluckte.

»Was meinst du mit überhaupt, Tina?«

»Damals, als Sie mich behalten wollten, da hab ich doch mal gefehlt. Wissen Sie noch?«

Alisa erinnerte sich. Einmal hatte Tina bei einem Anruf äußerst zerknirscht gewirkt und sich kurze Zeit später einen Tag freigenommen.

»Ich war schwanger«, wisperte Tina. Ihre Hände strichen über ihren Bauch, so als könnte sie die Schmerzen von damals endgültig wegstreicheln. »Von ihm. Gregor. Er wollte es nicht.«

Tröstend streichelte Alisa Tina, die sich lautlos den Schmerz aus der Seele weinte.

»Aber dass Sie mich wollten, hat mir das Leben gerettet«, sagte sie später. »Was wär sonst aus mir geworden?«

»Deshalb hast du dich so in die Arbeit gekniet, stimmt's?«

Tina nickte.

»Der Schuft ist also auch auf deine Arbeit eifersüchtig.

Aber sag doch mal ganz ehrlich, ist da was mit Holzner-Czerny?«
Tina atmete tief ein und aus.
»Maurus und ich ... na ja, wir haben uns mehrmals getroffen. Heimlich.«
»Tina! Du weißt hoffentlich, dass er verheiratet ist!«
»Ich liebe ihn aber. Ganz einfach«, entgegnete sie trotzig.
»Er hat gestern angerufen«, sagte Alisa.
Tinas Augen weiteten sich.
»Echt?«, rief sie froh.
»Ja. Und dein Ex ist dahinter gekommen, oder?«
»Leider.«
»Hab keine Angst«, sagte Alisa. »Willst du ihn denn jetzt anzeigen?«
Tina schwieg und zupfte nervös an der Bettdecke.
»Das muss ich mir noch überlegen.«
»Möchtest du dich waschen, Tina?«, fragte Alisa. »Ich helfe dir.«
Es klappte, wenn auch mit gewissen Schmerzen. Die Wunden unter den Verbänden taten weh. Nur mit Geschick ließ sich Tinas Körper abschäumen.
Wenig später konnte sie dafür in frische Wäsche schlüpfen, die Alisa ihr lieh. Alisa schüttelte das Bett auf, half ihr beim Hinlegen und deckte sie zu wie eine Mutter ihr Kind.
»Ich will dir nur sagen, heute Abend kommt noch einmal Dr. Liegmann.«
Alisas Herz schlug schneller, sobald sie nur seinen Namen aussprach.
»Gut, der ist echt okay«, meinte Tina. »Krieg ich das Frühstück ans Bett?«
Alisa beugte sich lachend über sie und drückte Tina fest an sich.

»Kriegst du! Spiegeleier mit Speck oder Honigsmacks mit Milch?«
»Martin soll kommen, wenn es geht«, bat Tina. »Er ist immer so lustig. Und Appetit hab ich auf ’nen ganz starken Kaffee, Brötchen mit Marmelade, Käse und Schinken. Und Rührei … und Honigsmacks!«
»Wie Sie wünschen, Frau Lemnitz!«

Voll und ganz in ihre Gedanken versunken, kam Alisa ins Entree. Das Gesumm und die Stimmen um sie herum signalisierten ihr, dass der Hotelalltag auf Hochtouren lief. Hedwig, die Putzfrau, eilte mit Eimer und Wischlappen in den Frühstücksraum. Scheel sah sie Alisa von der Seite an und grummelte verärgert: »Dass ich das nu tatsächlich auch noch machen muss! Bei meinen Kindern hat’s das nicht gegeben!«
Schon gestern hatte sie sich darüber mokiert, wie nachlässig die jungen Mütter seien. Auf Fensterbrett und Schreibtischstuhl hätten volle Windeln gelegen. Einfach abgelegt, als wären es leere, aufgerissene Briefumschläge. Sie und Helen, das Zimmermädchen, hatten sich mächtig über diese Schweinerei aufgeregt.
»Jetzt riecht’s zwar anders, aber auf jeden Fall genauso übel«, stöhnte Hedwig.
Ein Kleinkind heulte erbärmlich. Es hatte sich erbrochen, eine Lache aus Zwiebackbrei und Möhrensaft befleckte den dunkelblauen Teppich. Nervös wischte die Mutter ihrem Kind über den Mund. Das kommt halt vor, dachte Alisa. Ist zwar nicht schön, aber kleinmenschlich.
In diesem Moment schlug mit einem gewaltigen Knall die Kellertür zu. Erschrocken drehte sie sich um.
»Meine Güte, Herr Lemcke!«, sagte sie tadelnd. »Muss das sein? Denken Sie doch mal an unsere Gäste!«

Mit erhitztem Gesicht und einem Pappkarton unterm Arm stakste Lemcke auf sie zu.

»Jaja. Aber auf den letzten von diesen Ihren Gästen hätten wir gut verzichten können!«, keifte er.

»Pscht!«, machte Alisa. »Doch nicht so laut! Was ist denn los?«

»Das ist los!«, schnaubte Lemcke und streckte Alisa den Karton entgegen. »Wir haben einen Klaujohann im Haus gehabt!«

Im Karton lagen mehrere Packungen mit neuen Glühbirnen.

»Stimmt!« Sylvia kam von der Rezeption herüber. »Vorhin sagte Helen zu mir, so was habe sie noch nie erlebt. Heute früh wollte sie im Bad das Licht einschalten, und es blieb dunkel. Alle Birnen rausgeschraubt! Aber nicht nur im Bad. Überall!«

»Elf Stück!«, warf Lemcke ein. »Dreimal Bad, zweimal Flur, zweimal Nachttisch, zwei von der Deckenlampe, die vom Schreibtisch und von der Stehlampe auch! Is doch nicht ganz dicht, der Mensch! Reist für viel Geld ins Hotel und klaut, damit's ihm die Glühbirnen wieder reinbringen!«

»Waren das die aus Zimmer fünf?«

»Ja.«

Es war also das Ehepaar gewesen, das nur drei Tage gebucht hatte, aber mit zwei großen Koffern und voll bepackten Reisetaschen eingezogen war. Beim ersten Saubermachen hatte Helen entdeckt, dass die Reisetaschen gefüllt waren mit Dingen, die sie selbst nur privat kaufte: nämlich Gebäck, Brot, Käse, Lachs, Chianti und Schnaps – von ALDI! Das war natürlich nicht erlaubt, doch Alisa hielt es für besser, erst mal so zu tun, als wüsste sie es nicht. Doch Diebstahl …

Nun war es wohl zu spät.
Die ersten Gäste verließen den Frühstücksraum. Freundlich wünschte Alisa ihnen einen schönen Tag. Die Mutter trug ihr säuerlich muffelndes Kind auf dem Arm. An der Rezeption beantwortete Sylvia ausführlich die Frage eines Gastes, der wissen wollte, wo denn nun die »Heilige Insel« sei.
»Ach, das ist die Greifswalder Oie«, begann Sylvia zu erzählen, die sich in den vergangenen Monaten zur veritablen Fremdenführerin gemausert hatte. »Von den Slawen wurde sie ›Heilige Insel‹ genannt. Im 19. Jahrhundert war es dort ganz einsam. Leuchtturm, Nothafen, Seemannsheim, um Seeleuten und Fischern Schutz zu geben, das war alles. Eine Zeit lang nutzte sie Wernher von Braun als Raketenstartplatz. Doch heute ist sie ein einzigartiges Naturschutzgebiet. Tier- und Pflanzenliebhaber schätzen diese Insel allein schon deswegen, weil sie bevorzugter Rastplatz für Zugvögel ist. Und die wild lebenden Shetlandponys sind wirklich etwas Besonderes für Kinder! Sie können die Insel schnell erreichen. Sie liegt nur zwölf Kilometer von Usedom entfernt. Nehmen Sie den Heringskutter von Karlshagen aus. Das ist ein tolles Erlebnis.«
Die Küchentür öffnete sich, und man hörte fröhliches Gelächter. Max erblickte Alisa und bedeutete ihr, dass er sie sprechen wolle.
Ein Tag wie jeder andere, dachte Alisa und folgte ihm in die Küche. Danach ging sie in ihr Büro, um zu telefonieren und die Post, die wirklich wichtig war, durchzusehen. Eine Schriftstellerin bat um eine Lesung aus ihrem neuen Buch, das sie beigelegt hatte. Eine Familiensaga, die in einem der jahrhundertealten Gutsherrenhäuser auf Usedom spielte. Wenn es unterhaltend geschrieben war,

könnte man vielleicht die Lesung mit Musik oder einer Bilderausstellung kombinieren, zumal sich vor ein paar Tagen drei junge Musikhochschüler mit Geige, Flöte und Cello beworben hatten. Salonmusik und ein bisschen was aus einem historischen Roman, das wär doch mal was. Es klang vielversprechend. Zur Entspannung legte Alisa ihre Füße auf den Rollcontainer und schlug das Buch auf. Neugierig begann sie zu lesen.

»Alisa!«

Eine kräftige Männerstimme riss sie aus der Lektüre. Sie war so vertieft in die Geschichte, dass sie nicht gehört hatte, wie sich die Tür öffnete.

»Meine Güte, haben Sie sich verändert!«

Augenblicklich sah Alisa auf. Diese Stimme. Der smarte Business-Man-Auftritt: Ja, er war es – Dr. Spengler. Ihr Exchef.

Er war schlanker als damals, als sie noch für ihn als Managementassistentin in Hamburg gearbeitet hatte. Sekundenschnell erinnerte Alisa sich an das Bild, wenn er, die Füße auf dem Schreibtisch, Salmiakpastillen kaute und mit ihr Geschäftliches besprach. Sein Haar war grau geworden, und er trug es sportlich kurz. Er wirkte straffer, sehniger als vor Jahren. Und seine muskulöse Ringerfigur wog mindestens zehn Kilo weniger. Selbst die Falten im Gesicht zeigten sich nur als flache, helle Streifen. Tat ihm die Liebe so gut oder hatte er sich liften lassen? Und die Liebe stand schräg hinter ihm und lächelte verkrampft.

»Hallo, Herr Dr. Spengler!«, sagte Alisa endlich. »Das ist ja eine Überraschung!«

Sie umarmten sich herzlich.

»Das mit den Beinen haben Sie wohl von mir übernommen?«, meinte Spengler lachend und sah sie belustigt an.

Wie damals hatte Alisa das Gefühl, von seinem Blick bis auf die Haut ausgezogen zu werden. Nein, ehrlich, er war ihr noch immer ein Rätsel.
»Es hat ja was für sich«, erwiderte Alisa ironisch und umarmte Cora.
»Schön, dass du gekommen bist!«
Sie hielten sich in den Armen und sahen sich prüfend an. Cora trug teuren Goldschmuck und ein pflaumenblaues Etuikleid mit blassorangefarbenem Seidenschal um die Schultern. Das Kleid war eng und ließ erahnen, dass Cora in der Tat auf ihr Gewicht achtete. Wenn sie auch nicht mehr ganz so ausgezehrt wie damals im Winter an der Außenalster wirkte, so strahlte sie doch immer noch diese eigenartige Unruhe aus. Ihr Busen fühlte sich sehr fest und groß an, als sie sich umarmten. Ist er wirklich noch derselbe wie zu den alten Spengler-Zeiten?, überlegte Alisa amüsiert.
»Das ist alles deins?«, fragte Cora, und deutlich schwang in ihrem Ton Bewunderung, aber auch Neid mit.
»Meine Villa Bernstein, ja!«, antwortete Alisa lächelnd. »Aber ›deins‹ ist übertrieben. Noch gehört alles den Banken. Trotzdem, herzlich willkommen!«
»Danke, Alisa«, sagte Dr. Spengler. »Wir wollten mal kurz so für zwei, drei Nächte vorbeischauen, ein bisschen ausspannen. Haben Sie denn noch ein Zimmer für uns?«
Er lachte.
»Für Sie doch immer, Herr Dr. Spengler.« Alisa bemerkte, wie Cora ihre Lippen zusammenpresste und Spengler in die Seite knuffte. »Das Seesternchen-Zimmer, ich glaube, das wär was für euch.«
»Oh, ein Sternchen für mein Sternchen«, säuselte Spengler betont verspielt und küsste Cora auf die Schläfe. Schelmisch blinzelte er Alisa zu.

»Na, Alisa, wenn ich das nicht einen Aufstieg nenne! Das sieht hier ja wirklich entzückend aus.« Neugierig schaute Spengler sich um. »Und was ist das?«

Er hatte die Vitrinen mit den Bernsteinschätzen entdeckt und schritt federnd auf die Erinnerungen von Theodor Leibbrecht zu.

»Und dir? Geht alles gut?«, fragte Cora schnell. »Du siehst gestresst aus, Alisa!«

»Es ist Hochsaison, Cora«, sagte Alisa. »Schade, dass ihr nicht zur Einweihung kommen konntet.«

»Darum sind wir ja jetzt da. Wir müssen unbedingt einmal abtauchen. Weil ... wir warten, dass die Scheidung durchkommt.« Über Coras Gesicht huschte ein Schatten. »Noch will sie ihn nicht freigeben. Ich hab dir ja erzählt, sie hat das große Geld. Doch wir wissen jetzt, dass sie schon lange vor unserer Beziehung die Ehe gebrochen hat. Richtig systematisch. In drei Jahren fünf Liebhaber! Ihre Aufenthalte in den so genannten Nervenkliniken hatten einen ganz anderen Background. Curt hat einfach die Nase voll von ihr.«

»Aber zwischen euch ist alles wie am Anfang?«

»Ja klar! Was glaubst du denn?!«

»Na, das ist doch wunderbar. Übrigens hab ich mal geträumt, dass du nackt auf seinem Schoß sitzt!«, flüsterte Alisa. »Da muss wohl etwas von eurer verheimlichten Erotik in mein Unterbewusstsein gesickert sein.«

»Wie peinlich!«, rief Cora etwas laut und wurde rot.

Da Spengler sich mit Schwung umdrehte und Alisa und Cora neugierig anblickte, fragte Alisa schnell: »Wie ist es? Darf ich auf ein Glas Champagner einladen und euch dann das Hotel zeigen?«

»Mit Vergnügen«, antwortete Spengler. »Nur zu. Will doch mal sehen, was meine Exassistentin in der Zwischenzeit

so auf ihre schönen Beine gestellt hat. Ganz ohne ihren Chef!«
Er grinste von einem Ohr zum anderen. Typisch, er war wie früher. Volles Chefgehabe. Na ja, Hauptsache, Cora war mit ihm glücklich.
Die Gläser kamen, sie prosteten sich zu, und in der nächsten halben Stunde führte Alisa sie stolz durchs Hotel.
Im Garten spielten Vicky und Julius mit den Nachbarskindern. Mia saß in einer Hängeschaukel, im Schoß eine Schüssel mit Pfirsichen und Äpfeln, neben sich einen großen runden Teller, auf dem sich die Obststückchen aneinander reihten wie Haifischzähne.
Spengler war begeistert.
»Das ist ja eine Szene wie von Philipp Otto Runge gemalt. In der Atmosphäre wie bei den Hülsenbeck'chen Kindern!«
»Was du alles weißt, Schatz!«, flötete Cora beflissen.
»Kommt mal her, ihr zwei!«, rief Alisa ihre Kinder.
Sie kamen angebraust, gaben artig ihre mit Sand und Saft verklebten Händchen und sausten gleich darauf wieder davon. Alisa blieb nicht verborgen, wie beklommen Cora ihnen nachschaute.
»Entzückend!«, meinte Spengler. Er streichelte Cora über den Rücken und drückte zärtlich ihre Schultern. »Komm, mein Schatz, du hast an mir ja auch einen gaaanz grooßen Lausbuben!«
Cora schloss die Augen und ließ sich von ihm auf den Mund küssen.
Zurück im Haus, erzählte Alisa ihnen die Geschichte zu dem Bernsteinschatz in den Vitrinen.
»Das müssen wir unbedingt einmal vertiefen, das mit dem Bernstein«, meinte Spengler und sah auf die Uhr. »Ich will mal unsere Taschen holen.«

»Cora, was ist los mit dir? Du wirkst so verspannt!«
»Ach, Alisa, ich bin ganz ehrlich: Eigentlich beneide ich dich ein bisschen.« Sie zog den feinen Schal fester um ihre Schultern und hielt ihn unterhalb ihres Busens zusammen. »Dieses schöne Hotel ... und deine Kinder, ach, weißt du, ich hätte auch gern welche ...«
»Cora, nun weine nicht gleich!« Alisa streichelte über Coras Wange. »Man kann nicht alles haben. Dafür bist du nicht allein.«
»Das sagst du! Aber ich liebe ihn so stark. Ich hätte so gerne ein Kind von ihm. Und es klappt nicht.«
»Vielleicht verzehrst du dich zu sehr, Cora. Mit Zwang geht gar nichts!«
»Ich möchte ihn nicht verlieren, Alisa, verstehst du? Und«, Cora machte eine kleine Pause, »die Ärzte haben festgestellt, dass es an ihm liegt.«
Cora sah zur Tür, durch die Spengler pfeifend mit den Taschen schritt. Sie wurde blass. Alisa drehte sich um und erstarrte vor Schreck.
Sie waren wieder da!
Glatte Schädel, breitschultrige Gestalten. Wie gestern Abend bauten sie sich erneut vor der Einfahrt auf. Max, der gerade aus der Küchentür kam, folgte wie alle anderen Alisas erschrockenem Blick.
Angst machte sich breit wie kalter, beißender Nebel.
Als lebten zwei Welten, die der Angst und die der Ahnungslosigkeit, nebeneinander her, hörte man nur die leise Stimme von Sylvia am Telefon. Vom hinteren Teil des Gartens riefen Julius und Vicky etwas, das niemand verstehen konnte.
Dann ging alles ganz schnell.
Die Stimmen der Kinder wurden lauter, und kurz darauf gesellte sich heftiges Fußgetrappel hinzu, und alle sa-

hen die Kinder über den gepflasterten Gehweg durch den Garten am Seerosenteich vorbeirennen. Julius hielt triumphierend einen gelb-roten Papierdrachen über seinem Kopf, dessen Schwanzende fast waagerecht in der Luft tänzelte. Lachend lief Vicky hinterher. Hinter ihr hüpfte in hohen Luftsprüngen ein kleiner weißer Gummiball, der an einer Schnur hing, die sie fest in der Hand hielt. Wie in Zeitlupe nahm Alisa wahr, wie sich ein dicker Arm hob. Etwas glitzerte in der Luft. Ein dunkles glitzerndes Etwas flog vor dem Hintergrund der dicht belaubten Bäume über die bunten Blumenrabatte in den Garten, auf die Kinder zu.

Später erinnerte sich Alisa daran, dass sie als Erste geschrien hatte.

Und dass sie wusste, was da durch die Luft geworfen wurde. War es Zufall oder Absicht? In diesem Moment, als es geschah und Vicky zu brüllen begann, dachte sie das Schlimmste. Und sie wurde von der rasenden Wut gepackt, zu Max in die Küche zu rennen und eins seiner scharfen Messer zu holen – um Rache zu üben.

Alisa sah im wahrsten Sinne des Wortes nur noch rot.

Als sie zu Vicky hinausstürmte, nahm sie wahr, wie die Kahlköpfe draußen auf dem Gehsteig standen und bloß glotzten. Als begriffen sie ihre eigene Tat nicht. Oder ergötzten sie sich an den Folgen? Man sah es den dumpfen Gesichtern nicht an.

Beide Kinder schrien. Vicky lag am Boden und hielt sich den Kopf, der stark blutete. Daneben war die Bierdose, aus der noch ein Rest Bier floss. Zeitgleich mit Marina stürzte Alisa auf Vicky zu. Weinend schloss sie ihr schreiendes kleines Mädchen in die Arme.

Später erzählte man ihr, dass einer der Glatzköpfe demjenigen mit der Faust in die Magengrube geschlagen

habe, der geworfen hatte. Spaziergänger blieben stehen, einige zückten ihre Handys. Mit lautem Martinshorn kam ein Streifenwagen angefahren.
Mia war derweil geistesgegenwärtig ins Haus gelaufen und kam mit Autoschlüssel und einer Tasche zurück, aus der Vickys Lieblingsteddybär guckte. Schnell startete sie den Wagen und hielt mit laufendem Motor neben Alisa.
Ehe die Polizei sichs versah, rauschten sie los. Alisa saß mit Vicky und Julius auf der Rücksitzbank. Plötzlich war sie nur noch ganz kühler Verstand. Kinder trösten und hoffen, dass Mia keinen Unfall baute. In Windeseile fuhren sie ins Krankenhaus.
Die Platzwunde wurde sofort vernäht. Wegen Verdacht auf eine leichte Gehirnerschütterung sollte Vicky ein paar Tage auf der Kinderstation bleiben.
Erst am Abend, nachdem Vicky in ihrem Krankenhausbettchen eingeschlafen war, fuhren Alisa, Mia und Julius zurück.
»Ihr beide seid wirklich tapfer«, meinte Alisa auf der Heimfahrt.
Doch Julius schlief bereits.
Im Garten des Hotels brannten bunte Lichter. Scheinwerfer strahlten das Hotel schmeichelnd an. Die Spuren des heutigen Tages schienen verschwunden. Die altvertraute elegante, behagliche Atmosphäre war wieder eingezogen. Und doch, das Ereignis war in den Köpfen aller.
Liebevoll brachte Alisa ihren kleinen Sohn zu Bett. Eine Zeit lang saß sie an seiner Bettkante, hielt sein Händchen, küsste Julius' Nasenspitze und Stirn. Wie konnten Menschen bloß so etwas tun? Wie sollte sie ihre Kinder beschützen? Sie mochte nicht mehr darüber nachdenken. Es war alles ein bisschen zu viel – erst Tina und jetzt Vi-

cky. Schweren Herzens riss sie sich von Julius los und schaute noch kurz nach Tina. Die saß, gestützt von Kissen, aufrecht im Bett und sah zum offenen Fenster hinaus, neben sich auf dem Tisch einen bunten Blumenstrauß, ein Töpfchen mit einer teuren Gesichtscreme und ein gutes Parfum.

»Dr. Liegmann war schon da«, sagte sie. »Ist so weit alles okay. Wie geht es Vicky?«

Dr. Liegmann!

Sie hatte ihn verpasst! Wie gerne hätte sie jetzt seine beruhigende Aura genossen. Mit ihm über alles gesprochen. Das Streicheln seiner Augen wäre Balsam für sie gewesen. Schade. In kurzen Worten erzählte ihr Alisa vom Tag.

»Die Blumen sind von Herrn Holzner-Czerny?«

»Ja, und auch die Creme und das Parfum. Maurus will morgen vorbeischauen. Toll, nicht?«

»Hoffentlich ohne unerbetenen Begleitschutz«, entfuhr es Alisa.

»Die Polizei hat Gregor schon festgenommen«, erzählte Tina. »Die Anklage lautet auf Körperverletzung. Da hat Maurus gar nicht lang gefackelt. Er hat ja Recht. Es wäre falsche Toleranz gewesen, ihn einfach unbehelligt zu lassen. Jetzt kommt das Gleiche auch auf Sie zu, wegen Vicky. Mein Gott, es tut mir so Leid. Ich habe das alles auf dem Gewissen. Wie kann ich das jemals wieder gutmachen?«

»Überstunden, Tina«, antwortete Alisa salopp, um ihre tiefe Rührung zu überspielen. Sie nahm Tinas Hand. Einige Zeit schwieg sie, dann sagte sie: »Ach, es wird schon wieder. Glaubst du eigentlich, dass die das mit dem Einbruch auch waren?«

Nachdenklich nagte Tina auf ihrer Unterlippe.

»Also, ehrlich, verstehen Sie mich nicht falsch – nur ein

bisschen einbrechen und was klauen, so läppisch sind die nicht. Die hätten mehr angerichtet.«
»Mal es lieber nicht aus!«, sagte Alisa. »Ich muss leider schon wieder runter. Gute Nacht.«
Im Restaurant saßen die letzten Gäste beim Abendessen.
»Habt ihr wenigstens noch was Gutes für mich?«, fragte Alisa Sylvia an der Rezeption.
»In der Küche auf jeden Fall, Frau Ganzow«, antwortete sie lächelnd. »Zwei Dinge aber noch. Morgen sollen Sie bitte zur Polizei kommen. Und von Dr. Liegmann herzliche Grüße.«

Cora und Dr. Spengler waren ins Seesternchen-Zimmer im oberen Stock eingezogen. Sie genossen die herrliche Ostsee, die salzig-würzige Seeluft, gingen baden und nutzten ausgiebig Sauna, Massage- und Beautyangebote in der Villa Bernstein. In den nächsten beiden Tagen sah Alisa sie vor lauter Stress kaum. Der Hotelbetrieb, die Unfälle mit Tina und Vicky, der Polizeitermin – sie kam kaum zum Luftholen. Und Cora war auch keine Kollegin mehr, mit der man unverfänglich herumflachsen konnte. Sie hatte, das war nicht zu verkennen, sich gehäutet, war nicht mehr die Büro-Frustöse, der bunte Bonbon, die eingebildete taube Nuss. Die Leidenschaft hatte sie verändert: Cora wollte die Frau an Spenglers Seite sein. Um jeden Preis.
Und sie, Alisa, hatte ihre eigenen Probleme. Glücklicherweise unterstützte Marina sie kräftig. Doch wann immer es ging, fuhr Alisa selbst zu Vicky. Manchmal sogar erst am Abend, wenn sie schon schlief. Dann saß sie bei der Kleinen, streichelte ihren Kopf, hielt ihre Hand und flüsterte ihr leise Trost- und Liebesworte ins Ohr. Jedes Mal drückte Vicky selbst im Schlaf Alisas Hand und hielt sie fest. Sie spürte sehr wohl, dass ihre Mutter bei ihr

war. Kinder würden sich gegenseitig helfen, erzählte eine Krankenschwester. Und Vicky habe schon über ihre Kuscheltiere Kontakt mit den anderen Mädchen. Automaus und Feuerdrache hätten sich schon eine Menge erzählt. Das zu hören tat Alisa ungemein gut.
Merkwürdigerweise schien ihr Cora aus dem Weg zu gehen. Umso so mehr überraschte es sie, dass Spengler am zuvor geplanten Abreisetag um weitere drei Tage verlängerte. Auch das war etwas, was Alisa ein wenig aufbaute. Dass er nach dem schrecklichen Ereignis nicht abreiste, sondern unbeeindruckt weiter die Vorzüge der Villa Bernstein genoss. Die Küche sei hervorragend, hatte er gemeint, und die Zimmer seien so behaglich, dass man gar nicht mehr nach Hause wolle.
Dann die herrliche Landschaft! Wie viele kleine Seen es hier gebe. Neulich hätten sie mitten im Inselinneren einen Wald durchwandert und einen See entdeckt. Stundenlang hätten sie dann am Sandstrand neben Schilf und hohem Gras gelegen. Nackt und ganz und gar ungestört. Ganz allein – wie Adam und Eva im Paradies! Hätte er gewusst, welch ein landschaftlicher Schatz hier im Norden liege, wäre er schon viel früher einmal von Hamburg aus hierher gefahren.
Und in den seltenen Momenten, in denen Alisa allein war und nachdenken konnte, war sie sich sicher:
Ich fühle mich hier trotz allem sehr wohl.
In Heringsdorf auf Usedom.
Es ist hier einfach schön.
Sehr schön …

Drei Tage nach dem Unglück beschloss Alisa in der Mittagszeit, Vicky im Krankenhaus mit einer frisch gebackenen Erdbeertorte zu überraschen.

»Das ist eine tolle Idee!«, freute sich die Kinderkrankenschwester, als sie Alisa mit der Torte auf dem Arm sah. Leicht aufseufzend schloss sich die schwere Glastür hinter ihr.
»Frau Ganzow«, die Schwester kam eiligen Schrittes weiter auf Alisa zu, »ich muss Ihnen etwas sagen.«
»Geht es Vicky denn nicht gut?«
»Doch, doch, alles bestens. Ein goldiges, selbstbewusstes Mädchen.«
Ein Kind in einem Rollstuhl rauschte schneller als erlaubt über den Flur. Mit der Torte auf dem Arm konnte Alisa gerade noch ausweichen.
»Tobias, nimm bitte Rücksicht! Du bist hier nicht auf der Rennbahn!«
»Doch! Klasse Piste hier!«
»Also, Frau Ganzow, ihre Schwiegermutter sitzt schon seit einer Stunde bei Vicky. Sie macht allerdings einen etwas verwirrten Eindruck. Wir schauen immer mal wieder im Kinderzimmer vorbei. Ich habe das Gefühl, dass sie das, was geschehen ist, irgendwie nicht mehr richtig begreifen kann.«
Sigrid Ganzow saß mit dem hageren Rücken zur Tür.
Die rosa Stoffkatze, die sie Vicky auf die Bettdecke gesetzt hatte, hielt sie fest umklammert. Vicky selbst sah sehr zufrieden aus, stellte Alisa mit erfahrenem Blick fest, und ein Stein fiel ihr vom Herzen.
»Mami!«, schrie Vicky glücklich auf, als Alisa in den Raum trat. »Toll! Eine Torte!«
Der Jubel war riesig. Eine Runde Erdbeertorte für alle. Alisas Schwiegermutter drehte sich steif um, so als fiele es ihr schwer, sich von Vickys Anblick zu lösen. Und tatsächlich, in der ersten Sekunde schien sie Alisa nicht zu erkennen. Oder wollte ihr Geist es nicht wahrhaben, dass sie kam?

»Hier sind Teller und Löffel!«, rief die Schwester im Hintergrund.
»Guten Tag, Mutter.« Sie reichte ihr die Hand.
»Tag, Alisa«, sagte Sigrid Ganzow heiser.
Sie sah wieder Vicky an, die übers ganze Gesicht strahlte. Alisa beugte sich zu ihr hinunter und küsste und umarmte sie liebevoll.
Da fing sie diesen merkwürdigen Blick auf, ein brennender, sehnsüchtiger, ja, eifersüchtiger Blick. Bilder der Vergangenheit und verschüttete Gefühle schienen in ihm in einem einzigen Moment zusammenzukommen. Und doch wirkte Sigrid Ganzow in sich selbst gefangen, erstarrt und hilflos.
»Sie ist so klein«, sagte sie. Ihre Lippen zogen sich zu einem Strich zusammen.
Vicky, die bereits ihren zweiten Löffel mit Erdbeertorte in ihr Mündchen schob und genussvoll mit dicken Backen kaute, hob den Zeigefinger.
»Ich bin schon groß, Oma!«
Oma Ganzow ließ die Katze rückwärts hüpfen.
»Woher wusstest du ...?«, fragte Alisa sie, doch Vicky war schneller.
»Julius und Mia haben sie angerufen, Mami!«
»Ja. Der Kleine hat mich angerufen. Er spricht so deutlich wie Henrik. Und sie hat seine Augen und seine Stirn.«
»Siehst du, Mutter, Henrik lebt in ihnen weiter.«
»Henrik ist tot. Er kommt nicht wieder.«
»Oma, wir sind doch da! Guck mich an!«, rief Vicky und patschte kräftig auf Oma Ganzows magere Hand. »Hier! Willst du?«
Beherzt hielt sie ihrer Oma einen Bissen Erdbeertorte vors Gesicht. Gespannt sah Alisa zu.
»Na komm, schmeck doch mal, Oma!«, sagte Vicky mit Nachdruck. Wie in Zeitlupe öffnete diese ihren Mund.

Schwups, schob Vicky den Bissen hinein.
»Na, ist doch klasse, oder? Aus Mamis Hotel!«, sagte sie stolz.
»Schön, schön«, murmelte Oma Ganzow und sah zu Alisa, die ihr Töchterchen an sich drückte.
»Soll ich dich nachher mitnehmen?«, fragte Alisa.
»Ich bleibe bis heut Abend«, antwortete ihre Schwiegermutter. Und nach einer Pause: »Ich hab ja keinen mehr.« Fast schon wütend ließ sie die Stoffkatze auf und nieder hüpfen. »Iss man noch ein Stückchen, Kleine!«
Alisa hätte zugleich weinen und lachen können. Klammheimlich freute sie sich aber über Vickys Robustheit und Julius' Initiative. Und doch grauste ihr bei dem Gedanken, dass der Angriff auf Vicky die Seele ihrer Schwiegermutter ein zweites Mal erschüttert hatte … vielleicht sogar zu stark.
Ihr Handy klingelte.

Noch mit dem Klang von Vickys Stimme im Ohr, verließ Alisa wenig später das Kinderkrankenhaus. Sie stieg in ihren Wagen und fädelte sich in den Verkehr ein. Sie dachte an all das, was sich in den letzten Wochen abgespielt hatte. Sie schaltete mechanisch, achtete auf die Ampeln, ihren Vordermann … doch dann merkte sie, wie ihre Arme immer schwerer wurden und ihre Beine zu zittern begannen. Rechtzeitig wurde ihr klar, dass ihr ein Schwächeanfall bevorstand.
Sie fuhr in eine Parklücke und stellte den Motor aus. Ihr war leicht übel. Sie kurbelte das Seitenfenster herunter und schloss die Augen. Tief durchatmen, ermahnte sie sich. Bloß nicht ohnmächtig werden. Es ist nur der Stress! Alles ganz normal!
Doch der Schweiß nässte durch ihre Poren. Alisa bedurfte

all ihrer Konzentration, die Übelkeit mit Atemübungen zu bekämpfen.
»Frau Ganzow! Was ist los?« Die dunklen Augen von Dr. Liegmann schauten sie liebevoll an. »Sie sehen blass aus. Es ist wohl alles ein bisschen zu viel für Sie gewesen. Kommen Sie.«
Auf einmal hatte Alisa das Gefühl, laufen zu müssen. Er öffnete die Tür, sie löste ihren Sicherheitsgurt. Beim Aussteigen stützte er sie.
»Es geht schon, danke. Ich brauche nur ein wenig Bewegung.«
Lächelnd sah er sie an.
»Das ist schon mal eine gesunde Einstellung. Darf ich Sie begleiten? Ich habe Dienstschluss.«

Sie gingen zur Ostsee hinunter, an den Strand. Alisa zog die Schuhe aus und lief in das seichte Wasser hinein. Ein Handy klingelte. Sie warf einen kurzen Blick zu Dr. Liegmann und atmete erleichtert auf. Ihm galt der Ruf nicht. Er war längst ihrem Beispiel gefolgt und krempelte sich die Hosenbeine hoch.
Er hat nicht nur schöne Hände, sondern auch schöne Füße, stellte Alisa fest. Die Kühle des Wassers kroch in ihre Adern. Es kam ihr vor, als ob ihr langsam ein schmerzender Dorn aus Körper und Seele gezogen würde. An den Fersen gab der Sand nach, und sie tat einen weiteren Schritt auf eins der sandigen Wellenfelder. Wie ein Kind genoss sie für Sekunden das sinnliche Wechselspiel mit den Elementen – der Wärme des Sonnenlichts, der prickelnden Kühle des Wassers, dem trocknenden Atem der Luft und einem Sand, der ihre Fußsohlen massierte.
»Was macht die Übelkeit?«

»Verflogen wie ein Schaumkrönchen im Wind!«, antwortete Alisa.

»Das haben Sie aber schön gesagt«, meinte er und sah Alisa zugleich belustigt und nachdenklich an.

Schweigend gingen sie eine Zeit lang nebeneinander her. Geruhsam zogen schneeweiße Wolken am strahlend blauen Himmel Richtung Osten. Am Horizont war spielzeugklein ein Passagierschiff zu erkennen. In der Nähe der Küste glitt ein Segelboot mit aufgeblähtem Spinnaker über das glitzernde Wasser. Frauen bräunten sich in Strandkörben. Ein Mann in weiß-blau gestreiftem Anzug stakste mit einem Bauchladen voller Süßigkeiten und Zigaretten über den breiten Strand. An seinem Gürtel hingen rücklings dutzende von bunten Ballons. Ab und zu machte er eine witzige Bemerkung, über die die Urlauber lachten.

»Hier hat wirklich jeder genug Platz, um seine Seele baumeln zu lassen«, meinte Dr. Liegmann.

»Ja, das stimmt. Ich wollte, ich hätte etwas mehr Zeit«, sagte Alisa. »Ich habe gehört, es soll noch Strände geben, wo man ganz für sich allein sein kann.«

»Ja, an den Steilküsten oder den einsamen Seen im Binnenland«, erwiderte er. Und nach einer Pause fragte er: »Wie sind Sie eigentlich zu Ihrer Villa gekommen?«

Alisa begann zu erzählen.

Aufmerksam hörte er ihr zu.

»Sie sind eine richtige Power-Frau«, meinte er anerkennend.

Eine kurze Weile hing sie in Gedanken seinem Kompliment nach. Sie gestand es sich ein – ja, es tat gut, dieses Lob.

Nutze jede Chance, hatte ihr Henrik kurz vor seinem Tod gesagt. Sie hatte die ihre genutzt: das Hotel aufgebaut und bis jetzt Vicky und Julius zu fröhlichen, gesunden Kindern aufgezogen. Sie konnte stolz auf sich sein.

»Und Sie, habe ich den Eindruck, sind aus voller Überzeugung Arzt?«

Er nickte.

»Ja, weil ich einfach Menschen mag und gern helfe. Schon als Kind hab ich bei meinen Spielfreunden Wunden verpflastert und Holzsplitter mit abgebrannter Stecknadel und Pinzette herausoperiert.«

»Sie sind jetzt Notarzt, das ist doch sicher sehr anstrengend, oder?«

»Mit wenig Schlaf muss man auskommen können. Und immer bereit sein. Mit dem Wagen oder mit dem Helikopter. Wir haben ja hier sehr häufig schwere Autounfälle.«

»Mein Mann ...«, hob Alisa an, doch ihre Stimme kippte weg. Er blieb stehen. Sein Blick war ehrlich und fragend. Alisa verstand. Sie räusperte sich. Ein Schmerz, der aus der Tiefe ihrer Seele zu kommen schien, ließ sie sagen: »Ich bin jetzt allein. Henrik starb bei einem Autounfall. Es war eine Allee wie hier in Mecklenburg.«

Sie wischte sich übers Gesicht, als wäre sie durch ein Spinnennetz gegangen.

»Da haben Sie viel Mut und Tapferkeit bewiesen, Frau Ganzow. Und ...«, er sah Alisa ernst an, »darf ich das sagen? Ich bin sehr froh, dass wir heute miteinander sprechen können.«

Alisa biss sich auf die Lippe. Nur jetzt nicht weinen. Sie sah im Geiste Henrik vor sich. Und sie sah Dr. Liegmanns schönes, männliches Gesicht, spürte die ruhige Kraft, die von ihm ausging. Ihr Herz wurde schwer wie ein Ballon, den man mit Wasser füllt.

Er umfasste ganz sacht ihren Ellbogen, so als wollte er sie stützen.

»Setzen wir uns?«
»Ja.« Erleichtert gab Alisa der Schwäche in ihren Beinen nach.
Beide sahen sie aufs Meer hinaus.
Schmatzend platschten kleine Wellen auf den flachen Strand und lenkten ihren Blick einige Minuten lang zurück in die Vergangenheit. Damals, vor fünf Jahren, war sie mit Henrik nach der Arbeit an die Ostsee gefahren. Wie unbeschwert waren sie da gewesen. So glücklich, so verliebt.
Sie sah noch genau wie damals den roten Herzballon vor ihren Augen, der über dem Wasser im Wind schaukelte. Die Schnur in Henriks Hand, an der er die Flasche Wein befestigt hatte.
So als ahnte Dr. Liegmann, was in ihr vorging, ließ er ihr Zeit. Er schwieg und war doch bei ihr. Immer wieder streifte sein Blick sie von der Seite. Es war merkwürdig, aber es schien Alisa, als umfinge sie seine starke, charismatische Aura wie eine schützende Hülle.
Und ganz langsam gewann ein Gefühl Oberhand. Es kam ihr vor, als würde sich etwas in ihr umstülpen, als würden sich zeitlupenartig Bilder und Gefühle von damals verkapseln – in einer kostbaren Truhe der Erinnerung.
Und wurden zu einem Schatz, der geborgen und behütet war in ihrer Seele wie der Bernsteinschmuck. Wie Theodor Leibbrechts Erinnerungen an sein »Kreiselchen« …
»Und Sie, wie sind Sie hierher gekommen?«, fragte Alisa nach langer Zeit.
»Es gibt nicht viele freie Stellen für Internisten, und eine Praxis einzurichten, können sich nur die wenigsten leisten. Ich habe mich aus Überzeugung dazu entschlossen, hier als Notarzt zu arbeiten.«

Es schien, als wollte er noch mehr sagen, doch er schwieg. Alisa hakte nach.
»Gibt es noch einen anderen Grund, dass Sie Arzt geworden sind?«
»Ich musste als Kind miterleben, wie meine Mutter an multipler Sklerose starb.« Wieder machte er eine Pause. »Und kaum hatte ich mein Abitur bestanden, hat mein Vater alle Zelte abgebrochen. Er hat Wohnung, Möbel, Auto verkauft. Ich musste jobben und hab mir so das Studium finanziert.«
»Und was macht Ihr Vater jetzt?«
»Er segelt seither auf den Weltmeeren herum. Er hat den Tod meiner Mutter nie verkraftet. Ab und zu schicken wir uns E-Mails. Bislang sieht es so aus, dass er um Europa einen weiten Bogen macht.« Er holte tief Luft. »Ich bin manchmal wütend auf ihn. Aber ich fühle mich hier sehr wohl.«
Seine Augen wurden dunkler, sein Blick weicher.
Sie sahen sich an.
Wie zwei Menschen, die außerhalb all dessen standen, was zu ihrer Vergangenheit gehörte. Außerhalb ihrer Situation, außerhalb jeglicher Rolle.
Sie blickten sich an wie Mann und Frau.
Zuerst schaute er noch ernst und fragend. Doch in wenigen Sekunden verschmolz sein Blick mit Alisas. Er schien in dem Buch ihrer Gefühle zu lesen. Seine Augen bekamen einen freudigen Schimmer, der sich in Alisa ausbreitete wie die Hitze eines ayurvedischen Gewürztees. Über ihr Herz. Bis hinunter in ihren Bauch. Und tiefer …
Verschreckt hörte sie die strenge Stimme in ihrem Kopf, die sagte: Reiß dich gefälligst zusammen! Sei doch nicht verrückt! Sieh doch, wo du bist.
Aber Alisa fühlte nur ihn.

Diesen Mann. Seinen Blick, der eine so intensive Sprache hatte, dass alles um sie herum bedeutungslos wurde.
Eine Sprache, die nur eins sagte: Du. Du. Du.
Coup de foudre, der Blitz hatte eingeschlagen.
Und doch lag in seinem Blick noch etwas anderes, das Alisa einerseits irritierte, andererseits beruhigte – ein tiefer Ernst. Und eine Stimme in ihr sagte: Alisa, pass auf. Dieser Mann dort sieht gut aus. Er wirkt sinnlich. Er ist klug. Aber er ist vorsichtig. Denn er möchte nicht verletzt werden.
Gewaltsam rissen sie sich voneinander los.
»Wollen wir wieder zurück?«
»Ja, ich muss es auf jeden Fall.«
Und als wäre kein Wort weiter nötig, standen sie auf und gingen zurück.
Er begleitete sie zu ihrem Auto.
Eine Hupe ertönte.
Das durfte doch nicht wahr sein – Schimmbachs silberfarbener Jaguar schlich heran und bremste abrupt, so dass nachfolgende Autofahrer wütend die Hände hochrissen. Dipl.-Ing. Alexander Schimmbach! Fassungslos starrte er durch seine Rundbrille, als könnte er nicht glauben, was er sah.
Alisa spürte seinen entsetzten Blick geradezu körperlich. Und im selben Moment tat ihr Schimmbach aufrichtig Leid.
»Sehen wir uns bald wieder?«, fragte Dr. Liegmann leise, nachdem Schimmbachs Jaguar außer Sichtweite war.
»Ja, gerne. Rufen Sie mich an?«

Im Hotel herrschte Aufregung, weil die arabische Gourmet-Woche, die Max zusammen mit Alisa entworfen hatte, nicht bei allen Gästen auf Zustimmung stieß. So war sie ge-

zwungen, deren Kritik entgegenzunehmen und umzudisponieren.
Und als ob dies nicht schon gereicht hätte, erfuhr sie, dass es ihrer Großtante nicht besonders gut ging. Deren Pflegerin hatte bei ihr angerufen. Ob sie bitte mal vorbeischauen könne?
Alisa sagte sofort zu. Den Besuch hatte sie schon seit Tagen vorgehabt. Die nächste freie Stunde war also Tante Wanda vorbehalten.
»Hallo, Alisa, wie geht es Vicky?«
Coras Schritte kamen näher. Ihr folgte Spengler, der frisch gebräunt noch fescher aussah als zuvor.
Während Alisa über Vickys Befinden berichtete, kam Rufus Schüss in seinem weißen Anzug die Treppe herab.
Mit dramatischer Geste rief er: »Frau Ganzow! Ich muss Sie rügen! Dieser Rauch! Vom Zimmer gegenüber! Nein, nein, nein, das dulde ich aber auch absolut überhaupt gar nicht!«
Cora guckte ihn entsetzt an.
»Das ist absolut degoutant!«, rief er und blieb auf der nächsten Stufe stehen, als er Cora sah.
»Was ist …?«, begann Alisa und richtete in Gedanken ihre Frage an beide.
»Cora, schau mal, hier steht, woher der Name ›Usedom‹ kommt!«
Spengler klopfte mit dem Zeigefinger auf ein Schildchen auf dem Aushängebrett.
Schüss' Blick folgte Spenglers Stimme. Dann sah er wieder zu Cora.
»Hallo«, hauchte sie und legte den Zeigefinger auf den Mund.
Schüss nickte kaum merklich. Er sah mit einem Mal traurig und welk aus. Cora hingegen eilte so schnell sie konnte

zu Spengler. Der zog Cora an das große Aushängebrett. »Die einstigen Bewohner der namenlosen Insel setzten sich zusammen und überlegten. Da aber keinem ein vernünftiger Name einfiel, schwiegen sie lange Zeit. Schließlich platzte einem der Kragen, und er rief verärgert: O so dumm! Aus Osodumm wurde Usedom. Aha! Ach, da fällt mir ein, hast du die Videokamera mitgenommen?«
»Oh, wie dumm«, sagte Cora übertrieben laut lachend. »Nein, mein Schatz!«
»Dann geh ich noch mal hoch, ma chérie!«, meinte Spengler und entschwand mit großen Sprüngen an Schüss vorbei die Treppe hinauf.
»Hallo, Rufus, wie geht es dir?«
Wie eine kleine Schlange, die lächelte, doch am liebsten zugebissen hätte, trat Cora auf Rufus Schüss zu und reichte ihm die Hand.
Er klappte theatralisch die Hacken zusammen und gab ihr einen Handkuss.
»Danke der Nachfrage, Verehrteste, es ist die Zeit der Nachlese in mein Leben gekommen.«
»Rufus, du bist noch immer so ein verquaster Poet!«
»Cora, du weißt doch, welche Schmerzen die Liebe gebiert zwischen den Menschen. Da ist mir das Wort doch um vieles lieber. Alles ist vergänglich. Tu comprends?«
»Jaja. Aber, bitte, tu mir den Gefallen, Rufus, wir kennen uns nicht, ja?«
Schüss hob die rechte Augenbraue.
»Madame, ich schweige wie eine Mücke im Bernstein. Sirre und steche nicht. Genieße du nur dein Leben. Au revoir!«
Er verschwand in Richtung Garten.
Erstaunt sah Alisa Cora an.
»Wir sind uns vor Jahren in Berlin begegnet, damals, in

der schlimmen Zeit nach der Kündigung. Ich war so durcheinander, so verletzt und frustriert«, erzählte Cora rasch. »Na ja, wir kamen aus demselben Hotel, es regnete, und es gab nur ein Taxi. Ich wollte zum Flughafen, er nach Hause. Er hatte Zeit und wir kamen ins Gespräch. Geflogen bin ich dann nicht mehr, sondern für ein paar Tage bei ihm in Berlin geblieben. Er ist sehr geistreich. Sehr welterfahren.« Sie seufzte tief. »Und schwul.«

»Ach«, entfuhr es Alisa. »Hast du das nicht gleich bemerkt?«

»Nein.« Cora strich sich über den Hals. »Wir haben miteinander so wunderbar flirten können. Wir verstanden uns so gut. Weißt du, wir konnten so herrlich offen miteinander reden. Über alles. Ich hatte das Gefühl, ich liebe ihn und er mich. Und dann wollte ich ihn, na ja, so ein bisschen verführen. Das ging ziemlich weit ... Aber dann: Knall, Punkt, aus. Mit aller Dramatik, die du dir denken kannst.«

»So ein bisschen wollte er es wohl noch einmal wissen, oder?«

»Ja und nein, es war anders ... Oh, schön, dass du wieder da bist!«

Spengler kam die Treppe heruntergeeilt. Alisa ging in den Garten hinaus. Am Seerosenteich stand Schüss und starrte ins Wasser. Es gab ja noch ein kleines Problem zu lösen.

»Also, wie kann ich Ihnen helfen?«, nahm Alisa wieder den Faden auf, an den Rauch denkend, über den sich Schüss beschwert hatte.

Schüss lachte auf, wehmütig und trocken.

»Sie mir bei der Liebe helfen?«

Alisa wurde rot.

»Nein, nein, der Rauch ...«

»Ich weiß, Gnädigste, natürlich. Also dieser Zimmernachbar von gegenüber … sein Zigarrenrauch zieht unter meiner Tür hindurch. Stellen Sie sich diesen widerwärtigen Geruch einmal vor!«

»Ich werde mit dem Herrn sprechen. Vielleicht kommt ja ein Zimmertausch in Frage, Herr Schüss«, sagte sie versöhnlich.

Er schwieg.

»Gut, sehr gut«, flüsterte er nach einer Weile, er klang desinteressiert, den Blick fest auf die Seerosen geheftet.

»Ich habe noch eine Idee, Herr Schüss«, beeilte sich Alisa zu sagen: »Wir hängen von innen einen dicken Vorhang vor Ihre Tür. Wären Sie damit einverstanden?«

»Ist mir alles recht.« Auf einmal drehte er sich um. »Gestatten Sie eine Frage, Frau Ganzow? Sie, ich meine Cora, ist Ihre Freundin?«

»Und Exkollegin aus Hamburg.«

»Sie hat sich sehr verändert, finden Sie nicht auch?«

»Sie ist sehr viel schlanker geworden«, sagte Alisa diplomatisch lächelnd.

»Sie war lange auf der Suche, und jetzt hält sie fest, was sie gefunden hat – so wie Efeu sich um die Eiche rankt«, meinte Rufus Schüss nachdenklich. »Tja«, seufzte er auf. »Die Liebe. Wissen Sie was, ich gebe Ihnen einen guten Rat, Frau Ganzow. Machen Sie sich nie ein Bild von dem Menschen, den Sie zu lieben glauben! Nie!«

Wieder seufzte er theatralisch auf. »Es tut nur weh. Und zwar beiden.«

»Sie haben Recht, Herr Schüss«, beeilte sich Alisa zu sagen. Gut, dass Spengler nichts wusste. Und dabei sollte es auch bleiben.

VII

Die Zeit verging wie im Fluge. Tina und Vicky waren wieder wohlauf. Selbst Tante Wanda konnte wieder, wenn auch mit Stützstock, spazieren gehen.
Der Hotelbetrieb lief mit Höhen und Tiefen ab. So musste sich Alisa damit abfinden, dass sie in der letzten Septemberwoche nur eine Auslastungsquote von dreißig Prozent hatte. Trotzdem liefen die Finanzen nicht aus dem Ruder, dank der hervorragenden Belegung der Villa in den Monaten zuvor. Insgesamt aber zahlte sich ihre Arbeit aus. Es war ein gutes Gefühl, dass sie den Verpflichtungen gegenüber den Hypothekenbanken in vollem Umfang entsprechen konnte.
Eines Tages begrüßte sie der Kontoführer ihrer Hausbank mit dem Satz: »Na, Frau Ganzow, nun erhält Ihr Bernstein ja schon einen wirklichen Goldschimmer.«
Natürlich war das übertrieben, doch die

Kontoauszüge, die sie zugeschickt bekam, zeigten, dass sie nie ihr Limit ausreizen musste.
Unzweifelhaft nahm auch ihr Selbstbewusstsein zu. Die Aufgabe »Villa Bernstein« hatte Talente in ihr geweckt, die bislang in ihr verborgen geschlummert hatten. Sie hatte das Händchen, mit Menschen umzugehen. Und ungewohnte Situationen jagten ihr keine Angst ein, sondern spornten sie vielmehr zu Einfallsreichtum an.
Jetzt, da es um ihr Eigentum ging, gewann der Faktor Geld ein anderes Gewicht. Alisa legte Wert auf Ästhetik und Qualität, ohne dass ihr die Kosten dafür das Budget ruinierten.
»Sie verstehen es tatsächlich gut zu wirtschaften«, meinte ihr Steuerberater anerkennend.
»Organisation war immer schon meine Stärke«, entgegnete Alisa gegenüber Tante Wanda. »Weißt du, mir hat die Villa geholfen. Es war die Chance für mich in einer sehr schweren Zeit. Und dieses tolle Gefühl, dass ich mich auf meine eigenen Fähigkeiten und meinen Instinkt verlassen kann, ist kostbarer als alles andere. Eine Erfahrung, die ich ohne das Abenteuer Villa Bernstein sonst wohl nie gemacht hätte.«
Es gab Momente, da schaute sie in den Spiegel und wunderte sich über sich selbst. Dasselbe Gesicht. Ein paar zarte Fältchen mehr, doch welche Power in ihr steckte! Sie konnte wirklich stolz auf sich sein.
Ein wenig Kummer bereitete ihr der labile Seelenzustand ihrer Schwiegermutter. Sie hatte ja niemanden mehr, und das war auch der Beweggrund für sie, in eine betreute Wohnanlage in die Nähe von Heringsdorf zu ziehen. Ab und zu kam sie für ein paar Stunden, um, mit einer Mohairdecke auf den Knien, den Kindern beim Spielen zuzuschauen. Was sie sah und welche Erinnerungen vor

ihrem inneren Auge auftauchten, konnte Alisa nur erahnen. Sicher war, sie erfreute sich an ihren Enkelkindern, auch wenn sie ihr Henrik natürlich nicht zu ersetzen vermochten.
Die Gefühle zu Dr. Liegmann blieben unverändert. Zwischen ihnen entwickelte sich zunehmend ein tiefes Vertrauen – er aber blieb weiterhin ernst und vorsichtig.
Alisa war sich sicher, er hatte immer noch Angst, verletzt zu werden. Warum das so war, darüber sprachen sie nie. Vielleicht ist er einfach so, von Natur aus, dachte Alisa und akzeptierte sein Verhalten, wie es war. In der knapp bemessenen Zeit, die die Arbeit ihnen ließ, fuhren sie zusammen Rad, wanderten gelegentlich und machten mit Vicky und Julius einmal eine Ausfahrt mit einem Fischkutter. Immer blieben sie einander gegenüber ehrlich und offen. Es waren die kostbarsten Momente, wenn sie miteinander schweigen konnten und sich doch verbunden fühlten.
Seelisch und geistig waren sie sich schon sehr vertraut, doch der erste Kuss ließ noch auf sich warten.
Die körperliche Sehnsucht brachte Alisa manchmal zur Verzweiflung, aber eigentlich bewunderte sie seinen wenn auch altmodischen Anstand. Er würde sich ihr erst nähern, wenn er sich ganz sicher war. Eins war damit klar, er wollte keine kurze Romanze, sondern eine langfristige Beziehung.
Seltsamerweise ging Alisa nie der Satz von Rufus Schüss aus dem Kopf: »Machen Sie sich nie ein Bild von dem Menschen, den Sie zu lieben glauben.« Oft lag sie nachts lange wach und grübelte.
Gab es für sie beide eine Zukunft?
Im Alltag?
Bei all den Belastungen, die ihre Berufe mit sich brachten?

Oder würden sie eines Tages zusammenleben können? Und: Was würden die Kinder sagen?
Alisa fand für sich – noch – keine Antwort.
Als eines Tages, Ende Oktober, ihre Mutter anreiste, um nach ihr und den Kindern zu sehen, war sie fast schon erleichtert, endlich einmal mit jemandem über ihre Gefühle sprechen zu können. Während sich unten im Hotel Gäste mit Pilz- und Kartoffelkreationen verwöhnen ließen, sahen Alisa und ihre Mutter aus dem hohen Wohnzimmerfenster hinaus. Am Horizont über der Ostsee färbte sich der Himmel von einem gelblichen Weiß zu Rosaorange.
»Es wird kühl werden«, meinte Alisas Mutter.
»Soll ich uns einen Rotwein aufmachen, Mama?«
»Gerne, Alisa.« Sie lächelte ihre Tochter an. »So warst du eigentlich schon als Kind – immer um den anderen besorgt. Wie muss das damals dein Chef genossen haben.«
»Jaja, Dr. Spengler. Seine Scheidung ist jetzt durch, Cora hat mir kürzlich geschrieben. Er will noch fünf oder sechs Jahre arbeiten, und dann haben sie vor, nach Südengland ziehen.«
»So? Ich denke, ihm gefiel es hier so gut?«
»Tja, da hat sich Cora wohl durchgesetzt«, meinte Alisa achselzuckend. »Die Landschaft soll dort auch sehr schön sein – weites Hügelland und dazu das Meer. Sie paukt wie besessen Englisch – wie damals Stenografie. Sie haben sich schon in ein Cottage verliebt und wollen es in den nächsten Jahren nach und nach ausbauen.«
»Alisa, das sieht mir ja ganz so danach aus, dass du so etwas wie ihr Vorbild geworden bist. Jetzt macht sie es dir im Kleinen nach.«
Alisa öffnete die Weinflasche.
»Komm, nimm einen kräftigen Schluck. Ein guter Dornfelder aus der Pfalz.«

Beide schnupperten über den Gläsern.
»Fantastisch. Gut fürs Herz«, sagte Alisas Mutter und schaute ihre Tochter über den Rand ihres Glases vieldeutig an. »Alisa, ich möchte dich mal etwas fragen«, sagte sie nach einer Weile. »Ich weiß, du hast sehr viel um die Ohren – Kinder, Personal, Gäste. Aber da ist doch noch etwas anderes, oder?«
Sie sahen sich offen an. Alisa schwieg.
»Alisa. Ich kenn dich doch. Da ist so ein Glühen in dir …«
»Mama, ich habe mich verliebt«, sagte Alisa endlich und spürte selbst, wie ihre Augen leuchteten.
»Das darf doch nicht wahr sein!«, rief ihre Mutter aus. »Bei so viel Stress! Wo du so viel Verantwortung zu tragen hast!«
Alisas Mutter schlug sich vor die Stirn. »Ist es denn wenigstens dein Architekt? Dieser Schimmbach? Alexander, natürlich! Na, da wird sich ja Tante Wanda freuen.«
»Nein, Mama. Nicht Alexander.«
»Wie?« Ihre Mutter stellte bestürzt das Weinglas, das sie gerade an die Lippen setzen wollte, auf den Tisch. Der Wein schwappte über den Rand, und mehrere rote Tropfen liefen über das Glas bis hinunter zum gläsernen Fuß.
»Mama, es ist doch kein Drama«, sagte Alisa verärgert.
»Kind, mach es nicht so spannend. Wer ist es denn?«
Alisa begann zu erzählen und fügte zum Schluss hinzu: »Weißt du, es ist so anders als damals mit Henrik, Mama. Ganz anders.«
»Du magst ihn wohl hoffentlich nicht nur, weil er gut aussieht und Arzt ist?«
Alisa ließ sich nicht auf ihren Spott ein.
»Es ist etwas zwischen uns, das ich dir nicht erklären kann.«

»Du hast genug Arbeit und Probleme, Alisa. Du kannst es dir doch nicht leisten, dich mit einem Mann einzulassen. Was ist, wenn er sich als schlechter Charakter entpuppt? Aber wie dem auch sei – dann hast du Henrik vergessen?«

»Das ist es ja, was mich eine Zeit lang so gequält hat.«

»Du hast ein schlechtes Gewissen gehabt, weil du so fühlst wie jetzt?«

»Ja und nein.«

Die beiden Frauen sahen auf das glitzernde Glas, in dem der Wein ruhte. Lange Zeit sprach keine von ihnen.

»Liebst du denn Henrik noch?«

»Natürlich liebe ich Henrik noch«, antwortete Alisa bestimmt. »Er ist immer um mich herum, sieht und erlebt alles mit, was ich tue. Da bin ich mir ganz sicher. Aber, ach Mama, ich weiß auch nicht, irgendwie ist es anders als früher, als er lebte. Er ist ... ja, er ist spirituell bei mir. Und ich glaube, auch er hat sich verändert. Er wirkt anders als damals, als er lebte.«

»Wie meinst du das, Alisa?«

Sonja Cromm horchte auf.

»Ich bin mir sicher, Henrik ist noch weitherziger als früher.«

»Du glaubst also, er ist dir nicht gram wegen deiner Gefühle einem anderen Mann gegenüber?«

»Ja, das glaube ich«, sagte Alisa erleichtert. Sie sah lange auf die untergehende Sonne, bis ihr die Tränen kamen. »Ja, Mama, das glaube ich. Ganz fest. Manchmal kommt es mir so vor, dass ich nur noch arbeite, um etwas gegen dieses süße Sehnen zu tun. Die strenge Stimme in mir aber sagt: Es darf sich nicht erfüllen, wonach du begehrst. Es darf nicht sein. Du hast deine Pflichten. Du musst Henrik treu bleiben. Und sie sagt: Gib es doch zu, es ist nur die Sehnsucht nach Leidenschaft, nach Sinnenrausch. Er sieht gut aus, du fühlst dich mit ihm wohl, da sprechen nur deine Hormone.«

»Das stimmt wohl auch«, warf ihre Mutter ein.

»Nein«, entgegnete Alisa heftiger, als ihr lieb war. »Es gibt noch eine andere Stimme. Und die sagt: Es ist mehr, viel mehr! Ich habe mich verliebt – in den Mann. Lieben tu ich ihn – als ganzen Menschen. Wir beide gehen sehr behutsam miteinander um.«

Ihre Mutter schwieg nachdenklich.

»Ich kann dir nur raten, lass dir Zeit, Alisa. Viel Zeit. Ein guter Wein will reifen. Leidenschaft allein genügt auf gar keinen Fall. Mir wäre es lieber, du würdest auch die nächsten Jahre als selbständige Frau mit Vicky und Julius deinen Weg gehen. Aber du weißt ja, man kann nicht klüger sein als sein Schicksal. Erinnerst du dich?«

Lange Zeit schwiegen beide. Die Dämmerung kroch in das Zimmer und dämpfte die hochgekochten Gefühle. Schließlich sagte Alisa: »Bitte, erzähl Papa nichts davon, ja? Und Tante Wanda erst recht nicht.«

An diesem Abend hatte Alisa eine Idee. Sie holte drei der schönsten Bernsteine aus der Vitrine und legte sie sich unters Kopfkissen.

Mochte die Magie des Steines ihr Glück bringen!

So ein bisschen Naturglaube kann ja nicht schaden, dachte sie noch und schlief ein.

Tina war an der Rezeption und telefonierte. Sie sprach wie immer, und man merkte ihr an, wie gut es ihr tat, wieder am vertrauten Platz zu sitzen.

»Chefin, eine ostfriesische Trachtengruppe hat sich angemeldet.«

»Oh, Kluntjes, Tee und ein Wulkje drauf, ein Wölkchen süße Sahne«, meinte Alisa.
»Ein Wölkchen, flauschig und zum Kuscheln, wäre mir lieber«, sagte Tina.
»Du hast doch Dr. Holzner-Czerny.«
»Aber wie oft.«
»Tina, Tina.«
»Schon gut, Chefin! Übrigens, Dr. Liegmann hat vorhin angerufen und lässt fragen, ob Sie morgen Zeit hätten, mit ihm nach Anklam zu fahren?«
Alisa runzelte die Stirn.
»Nach Anklam? Gibt es da etwas Besonderes?«
»Er hat gemeint, es könne für Sie wichtig sein.«
»Gut, ich rufe ihn an.«
Etwas verlegen trat Frau Lemcke durch die Tür. An ihrem Arm hingen zwei große Körbe, die von Leinentüchern bedeckt waren.
»Das ist alles selbst gemacht: Fliedergelee, Erdbeere mit Birne, Pflaumenmus, Quitte, Johannisbeere und Blaubeeren. Natur pur, Frau Ganzow. Ob Sie wohl mal probieren wollen?«
Alisa und Frau Lemcke standen in der Küche.
Max kam herbei, öffnete eins der Gläser mit Holundergelee und probierte. Sein Gesicht sah zufrieden aus. »Gut«, murmelte er und öffnete das nächste. Zwischendurch reichte er Alisa einen Löffel. »Nichts geht über gute Lieferanten«, sagte er. »Chefin, hier rate ich zu.«
»Das wird die Frauen freuen«, meinte Frau Lemcke. »Sind alle aus meiner Landfrauengruppe. Die kochen so viel ein, wissen gar nicht mehr, wohin damit. Ihren Bedarf, dachte ich, decken die allemal.«
»Ich meine, das lässt sich machen«, sagte Alisa, und Max nickte zustimmend.

Zufrieden wollte Frau Lemcke von dannen ziehen.
»Übrigens, Frau Lemcke, ich habe manchmal wirklich Ärger mit Ihrem Mann und Ihrem Sohn«, hielt Alisa sie zurück. »Zwischen den beiden donnergrollt es oft ohne ersichtlichen Grund.«
»Jaja, ich weiß.«
Nervös griff sie sich an den Hals. Sie kämpfte mit sich. Schließlich sah sie Alisa voll ins Gesicht und sagte: »Warum sollen Sie es nicht wissen, Frau Ganzow, schließlich haben wir Ihnen viel zu verdanken. Also, Herbert ist mein Sohn. Verstehen Sie?« Sie schwieg einen Moment. »Mein Mann ist nicht sein Vater.«
»Ach! Das erklärt alles«, meinte Alisa und dachte bei sich: Oh, diesem Mann blieb aber auch wirklich nichts erspart. Was Tante Wanda wohl dazu sagen würde!

In Anklam wehte ein scharfer Wind. Der Herbst zog mit Stürmen und Regen über die Küste Mecklenburg-Vorpommerns und peitschte die Wellen der graublauen Ostsee schäumend an die leeren Strände.
Buntes Laub fegte raschelnd durch die Straßen der Stadt. Alisa und Dr. Liegmann duckten sich gegen den Wind und zogen ihre Kapuzen in die Stirn. Vor einem schmalen alten Backsteinhaus mit hohem Giebel blieben sie stehen. »Antiquitäten Vogler« stand in absplitternden schwarzen Buchstaben auf einem Messingschild.
Noch bevor sie die unterste Steinstufe betraten, rauschte prustend eine dunkle Gestalt in weitem Regenmantel um die Ecke.
»Hallo!«, rief eine Alisa bekannte Stimme.
Es war Holger Sammer, dem gut ein Dutzend Kinder auf Inlinern folgte. Einige der Jungs hatten große selbst gebastelte Drachen bei sich.

Er schüttelte sein nasses Haar und reichte Alisa und Dr. Liegmann die Hand.
»Pädagoge auf Rollschuhen? Mal was anderes«, sagte Dr. Liegmann.
»Ja, wenn man möchte, dass einem die Kinder heute folgen, muss man eben manchmal zu ganz besonderen Methoden greifen.«
Sammer grinste übers ganze Gesicht und drehte einen Kreis. Die Mädchen schauten neugierig, die Jungs mit den Drachen aber maulten, weil sie weiterwollten.
»Wir sind hier im Schullandheim, und morgen geht's ins Otto-Lilienthal-Museum. Heute die Drachen, morgen Flugmaschinenbau. Mal sehen, was die Kids dazu sagen.«
»Meine beiden Kleinen sind auch begeisterte Drachenbastler«, erwiderte Alisa. »Nur nehmen sie noch Papier und keine Fallschirmseide. Aber anmalen tun sie sie mit Begeisterung.«
»Die besten Stichwortgeber für alles Kreative sind eh Kinder«, sagte Dr. Liegmann. »Das habe ich schon oft auf der Kinderstation beobachten können. Da entsteht aus einem kleinen Hölzchen ein Mensch, und die Bettdecke wird zum Abenteuerspielplatz.«
Plötzlich hatte Alisa eine Idee. Deutlich sah sie die Bilder vor ihrem inneren Auge. Ein großes Kinderhaus aus Holz in der Form eines Schiffs, mit Räumen zum Schlafen, Kochen, Spielen. Kinder, die malten, bastelten, werkelten. Vicky und Julius immer mit dabei. Außer Mia noch Betreuer, die handwerkliches Know-how weitergeben konnten. Der Garten war schließlich groß genug, bei einer Grundstücksgröße von siebeneinhalbtausend Quadratmetern.
Mit einem Mal hatte Alisa keine Geduld mehr. Man verabschiedete sich rasch.

»Alisa, Sie denken wieder«, meinte Dr. Liegmann lächelnd und zog die Hand von dem Türgriff des Antiquitätenladens zurück. »Hat Herr Sammer Sie etwa inspiriert?«
»Vielleicht.«
»Und ich? Hab ich denn keine Chancen mehr?«
Sie sah zu ihm auf. In seinen Augen blitzte der Schalk. Das Bild vom Kinderhaus zog sich dezent zurück, löste sich aber nicht auf. »Genauso viel Chancen wie die Villa Bernstein?«
Er nahm ihre Hände und zog sie die Stufen empor. Ganz nah kamen sich ihre Gesichter. Jeder spürte die Wärme des anderen, die Wärme des Mundes, der Stirn, der Wangen ... die Sehnsucht in den Augen.
Ich gehöre dir doch schon mit Haut und Haar, hätte Alisa am liebsten geschrien und ihn geküsst. Jetzt. Hier. Sofort. Für immer.
Da wurde von innen die Haustür aufgezogen. Ein schmaler junger Mann mit Sichelbeinen in schwarzer Lederhose und Patchworkweste sah sie spöttisch an. Als er sprach, lag ein angewiderter Zug um seinen schmalen Mund.
»Kann ich was für Sie tun?«
Es dauerte nur wenige Sekunden, und Dr. Liegmann und Alisa kamen wieder zu sich.
»Wir möchten uns gerne bei Ihnen umsehen«, antwortete Dr. Liegmann schnell und legte den Arm um Alisa.
Misstrauisch schaute der junge Mann beide an.
»Haben Sie was Spezielles im Auge?«
»Ja, Silber und Schmuck.«
»Gut, dann kommen Sie mit.«
»Silber? Warum Silber?«, fragte Alisa.
Sie stiegen eine knarzende steile Holztreppe hoch. Im ersten Stock gingen drei kleine Räume ineinander über. Bis unter die Decke standen, lagen, lehnten in gedankenlo-

sem Durcheinander Gegenstände aller Farben, Formen und Materialien: Holzpferdchen neben eisernen Schürhaken, Fischerhemden neben Pinseln und Emailletöpfen aller Größen, ein Elefantenfuß als Papierkorb, ein Ballen angegrautes Leinen neben Zinnbechern, ein Cembalo ohne Saiten, Vasen, Taufkleider, bestickte Fahnen und rostige Flinten.

Im mittleren Zimmer, zwischen Regalen mit alten Büchern und zusammengerollten Teppichen, standen drei hohe Vitrinenschränke. Und Alisa sah sofort, was darin aufbewahrt wurde: Porzellan und Silber.

Ihr Silber!

Wein- und Champagnerkühler, Kerzenständer, Fotorahmen, Konfektschalen, Menagen, Serviettenhalter, Bestecke … es war alles da!

»Sie!«, rief sie laut aus. »Das gehört alles mir! Das ist mein Familienerbe! Wie kommen Sie dazu?«

Der junge Mann zog seine Weste glatt. Er stellte sich besonders aufrecht, als er entgegnete: »Das kann jeder behaupten.«

»Alisa«, wandte sich Dr. Liegmann verschmitzt an sie, »genau deswegen sind wir hier. Es ist doch der gestohlene Familienschatz, oder? Sicher?«

»Ja, das Silber ist komplett. Kein Stück fehlt!«

Sie legte ihre Hände an das Glas des Vitrinenschranks. Dann drehte sie sich ärgerlich um.

»Wie kommen Sie zu meinem Erbe?«, fragte sie den jungen Mann.

»Deswegen waren Sie letzte Woche also hier?«, erwiderte dieser, ohne auf Alisa einzugehen.

»Richtig. Und eben deswegen: Beantworten Sie bitte die Frage, die meine Begleiterin Ihnen gestellt hat!«

»Bin ich Ihnen Rechenschaft schuldig? Was wollen Sie?

Etwas krumm Ihr Auftritt, mein Herr. Muss ich schon sagen.«

»Um nicht länger mit Ihnen zu debattieren – könnten wir bitte Ihren Chef sprechen?«

Der junge Mann zitterte vor Wut.

»Nein, können Sie nicht. Besser, Sie verlassen das Geschäft, oder?«

Über ihnen knarzte der Boden.

»Führen Sie uns bitte zu Herrn Vogler!«, sagte Dr. Liegmann. »Wir wollen ihn sprechen. Es ist wichtig.«

»Tut mir Leid.«

»Dann begeben wir uns jetzt selbst zu ihm – oder kommen mit der Polizei wieder!«, rief Alisa erbost.

Schnellen Schrittes gingen sie an dem jungen Angestellten vorbei und stiegen die Treppe ins zweite Stockwerk hinauf.

In dem einzigen unter Dachschrägen liegenden Zimmer schwebten dicke Rauchwolken. Hinter einem riesigen Eichenschreibtisch, der von Papier und Aschenbechern überquoll, saß ein dicker Mann, dessen randlose Brille mehr auf den Hängebacken zu ruhen schien als auf der violetten Säufernase.

»Ganzow«, sagte Alisa atemlos. »Guten Tag. Ich bin erstaunt, mein gestohlenes Familiensilber bei Ihnen zu finden.«

»Das erstaunt mich auch, Frau … Frau Ganzow. Wir nehmen nur saubere Ware ins Haus.« Ächzend erhob er sich. »Was unterstellen Sie mir? Dass wir stehlen?«

»Dass Sie Hehlergut eingekauft haben«, antwortete Dr. Liegmann.

Vogler, der so gar keine Ähnlichkeit mit einem Vogel hatte, schaute über sie hinweg.

»Sagen Sie mir, wie Sie an das Silber gekommen sind, und

geben Sie es mir zurück, Herr Vogler.« Alisa bemühte sich, so ruhig und fest wie möglich zu klingen.
»Wer hat es Ihnen angeboten?«, hakte Dr. Liegmann nach.
Langes Schweigen.
»Wer sind Sie überhaupt?«, fragte Vogler.
Die Antwort kam sofort, und keuchend ließ sich Vogler in den knirschenden Ledersessel zurückfallen.
»Also los, nun sagen Sie schon«, drängelte Alisa. »Oder müssen wir mit der Staatsmacht anrücken?«
»Sie können gar nichts beweisen«, erklärte mit hoher Stimme der junge Mann in der Tür. »Sie haben ja noch nicht einmal ein Foto!«
Alisa schoss es siedend heiß durch den Körper. Sie sah Dr. Liegmann an. Der lächelte und zog den Heringsdorfer Zeitungsartikel aus der Manteltasche.
»Wir haben Fotos«, sagte sie. »Hier, bitte! Und unsere Lokalpresse hat sicher noch mehr im Archiv.«
Vogler wurde blass. Mit seiner dicken Hand wedelte er den jungen Mann hinaus.
»Geh! Mach die Tür zu!«
Er senkte den Kopf und blickte sie von unten über den Brillenrand an.
»Hier kam ein Mann mit einer alten Frau an.«
»Einer? Nicht mehrere? Wie sah er aus? Glatzkopf und Springerstiefel?«, fragte Alisa aufgeregt.
Vogler schüttelte den Kopf.
»Wie kommen Sie denn da drauf? Nee, nee. Glatze schon, und tätowiert war er auch. Aber die Alte, die zitterte so. Er sagte, es sei ihr Erbe und das solle nun versilbert werden, weil sie ins Altersheim müsse. Ich hab mir nur gedacht, na ja, deswegen zittert sie wohl auch so. Is ja nur normal, wenn man sich von solch schönen Dingen trennen muss.«
Er sah zu Alisa hin.

»Sonst fiel Ihnen nichts auf?«
Er grübelte.
»Ist ja schon 'ne Weile her. Nee. Nur dass er, glaube ich, so 'nen Berliner Schnack hatte.«
»Schnabler!«, rief Alisa. »Schnabler! Er hat sich gerächt!«
Widerstrebend griff Vogler zum Telefon und rief die Polizei.
Als Alisa und Dr. Liegmann eine Stunde später mit dem Familienschatz ins Auto stiegen, fragte Alisa ohne zu überlegen: »Woher wusstest du …?«
Dr. Liegmann hielt inne und drehte sich zu ihr um.
»Alisa … Alisa …«, flüsterte er, und in seinen Augen lag tief schimmernd ein Ozean voll Liebe. »Du hast ganz einfach … du … gesagt.«
Eine Ewigkeit klebten ihre Blicke aneinander wie Saugnäpfe an Glasscheiben. Alisa sah auf seine vollen Lippen und spürte ihr Verlangen … Hinter ihren Schläfen pochte es vor Sehnsucht und Feuer. Wieder versanken ihre Blicke ineinander. Und jeder wusste, was der andere fühlte und was er dachte – dass es mit ihnen beiden etwas Besonderes auf sich hatte.
Hier hatten sich zwei gefunden, die zueinander passten wie zwei Puzzleteilchen. Da war etwas zwischen ihnen, das über das erotisch-feurige Knistern hinausging, etwas, das mit ihren Gedanken zu tun hatte, etwas, das wie ein gemeinsames Atmen und Pulsieren war.
Und ganz langsam, ganz zart beugte er sich zu ihr und küsste sanft ihren Mund.
Wie ein Schmetterlingsflattern berührten sich ihre Lippen.
Ein ohrenbetäubender, stummer Knall durchfuhr funkensprühend Alisas Kopf.
Nur nicht nachgeben, dachte sie.

Nicht hier.
Nicht jetzt.
Aber heute Nacht. In der Villa. Und sie schwor sich, die drei Bernsteine, die noch unter ihrem Kopfkissen lagen, als Opfergabe für ihre Liebe zu verbrennen. Und ihre Leidenschaft auszuleben, auszukosten im aromatischen, weihrauchähnlichen Duft des Bernsteins.
Ihre erste Liebesnacht. Heute noch. Heute. Ich kann nicht länger warten. Ich liebe dich. Ich liebe dich. Ich liebe dich.
Und sie küsste Clemens wieder. Und wieder. Und wieder.
Tränen liefen ihr übers Gesicht. Er wischte sie weg und nahm Alisa ganz fest in seine Arme.
»Komm«, sagte er heiser. »Komm, lass uns nach Hause fahren.«